청중의
삶을 바꾸는
강사력

강사 시크릿

Instructor Secret

강사 시크릿

초판인쇄 2023년 12월 21일
초판발행 2023년 12월 27일

지은이 김규인
발행인 조현수
펴낸곳 도서출판 더로드
마케팅 최관호 최문섭
IT 마케팅 조용재
교정교열 이승득
디자인 디렉터 오종국 Design CREO

ADD 경기도 파주시 초롱꽃로17 305동 205호
물류센터 경기도 파주시 산남동 693-1 1동
전화 031-942-5364, 031-942-5366
팩스 031-942-5368
이메일 provence70@naver.com

등록번호 제2015-000135호
등록 2015년 06월 18일

정가 18,000원
ISBN 979-11-6338-429-8 03810

청중의
삶을 바꾸는
강사력

강사 시크릿

Instructor Secret

김규인 지음

도서출판 더로드
The Road Books

Prologue

엄마의 향기처럼

남자의 눈물. 50 중후반쯤 되는 남자. 내 앞에서 그렇게 펑펑 우는 남자 처음 봤다. 당혹스러웠다. 사연을 듣고 보니 어떤 말로도 위로할 수 없었다. 울컥울컥 가슴에서 뜨거운 무언가가 올라와도 참았다. 나까지 울면 주체할 수 없을 것만 같았다. 강의 용품을 주섬주섬 가방에 넣고 주차장으로 내려와서야 눈물이 쏟아졌다. 얼마나 아팠을까? 얼마나 견디기 힘들었을까? 누구보다 그 아픔을 잘 아는 내가 아무 말도 해줄 수 없었다. 운전대를 잡고 집으로 오는 내내 이런저런 감정이 들었다. 그 아픔을 공감하는 것. 내가 지금 가고자 하는 길을 잘 가고 있다는 것. 나의 말 한마디가 누군가를 살릴 수도 있다는 것. 목표가 더 선명해졌다는 것.

2023년 4월부터 10월까지 경기도 A 자활센터 사업단별 소양 교육 24회기를 진행했다. 5월에 만났던 사업단은 마스크 만드는 사업단과 카페 사업단이었다. 총 네 번을 만나야 하는 분들이다. 첫날, 20여 명 참여했다. 자존감 향상 및 소통 교육이었다. 유난히 아무런 반응도 없었던 한 분이 있었다. 강제로 앉아 있는 분 같았다. 인상도 별로 안 좋았다. 조폭 같았다. 신경 쓰이기는 했지만, 다른 분들이 워낙 적극적이었고 집중해 줘서 잘 마쳤다. 일주일 후 두 번째 시간이다. 여전히 자세 불량에 부정적 기운이 감도는 분. 어떻게 하면 그분을 웃게 할 수 있을까 일주일 동안 숙제처럼 연구했다. 세 번째 만나는 날이다. 강의 시작 전, 아이스 아메리카노를 내게 내밀었다. 그곳에 있는 교육담당자와 대상자들이 모두 박수를 치며 환호성을 질렀다. 의외의 반응이라는 뜻이었다. 나도 놀라웠다. 두 번 만나는 동안 내내 인상만 팍팍 쓰고 있었던 분이다. 네 시간 동안 강의하고 마쳤을 때다. 가방 정리하고 있는 내게 슬며시 다가오더니 스마트폰에 있는 사진 한 장을 보여준다. 결혼사진이었다. 사진 속 부인은 참 예뻤다. 갑자기 하염없이 눈물을 펑펑 쏟아낸다. “제 아내예요. 얼마 전에 죽었어요. 저도 죽으려고 했어요. 자살예방센터에서 상담 받아도 소용없었는데 강사님 강의 듣고 이제 살아가겠다고 결심했습니다." 가슴이 먹먹했다. 지금 이 순간도.

지난 6월. 이불 빨래를 하고 이불 두 장을 꺼냈다. 낡은 이불이다. 색상도 선명하지 않고 너덜너덜하다. 하나는 침대 위에 깔고, 하나는 덮으려고 침대 위에 올려놓았다. 밤늦게 잠자리에 들었다. 딸 진이가 곁에 다가와 왜 이렇게 낡은 이불을 덮느냐며 할머니 같다고 했다. 외할머니 이불이라고 했다. 좋은 이불도 있는데 왜 하필 이런 이불을 쓰냐고 한마디 덧붙였다. "엄마 냄새 맡고 싶어서"라고 했다. 진이는 이불을 코에 갖다 대고 킁킁 냄새를 맡더니 외할머니 냄새 하나도 안 난다고, 피존 냄새만 난다고 했다. 내가 맡아 봐도 그렇다. "엄마한테는 외할머니 냄새가 난단다." 진이는 고개를 갸우뚱거리더니 내 방을 나갔다. 엄마가 돌아가신 지 8년째다. 엄마 유품 정리하면서 그릇 몇 개랑 여름 이불 두 장 가지고 왔다. 두꺼운 이불도 좋은 게 있었지만, 장롱 속 자리 차지할까 봐 얇은 이불을 선택한 거다. 해마다 여름에 한 번씩 꺼내서 깔고 덮고 한다. 그 이불 속에는 엄마가 있다. 엄마와 이불 속에서 장난치던 모습, 내 머리 쓰다듬어 주시던 모습, 엄마 품 파고들며 엄마 젖가슴 만지다가 꿀밤 맞던 모습, 엄마 뒤만 졸졸 따라다니던 내 모습, 투정 부리고 화내던 모습, 어느 날 갑자기 남편을 떠나보낸 막내딸을 걱정하는 엄마의 깊은 한숨 소리와 엄마의 눈물도 담겨 있었다. 나중에 돈 벌어서 엄마한테 효도해야지 했던 '나중'은 없었다. 기회조차 오지 않았다. 이불을 돌돌 말아 엄마 냄새를 맡으면 눈물이 난다. 그렇게 매일 밤 엄마의 향기를 맡으며 잠을 자곤 한다. 보고 싶은 엄마. 그리운 엄마. '엄마'라는 글자만 떠올려도 가슴이 먹먹하다. 눈시울이 뜨거워진다. 지금은 이해 못 할 우리 진이가 몇십 년 후에야 알게 될 비밀이다.

지난 6월 1일. 몸살감기가 시작되었다. 과로이겠지 하며 약 먹고 며칠 쉬면 괜찮을 줄 알았다. 병원 다니며 약 먹어도 별 차도가 없었다. 열이 지속되고, 기운도 없고, 오감이 마비된 것만 같았다. 이틀 병원에 입원해서 수액을 맞아도 그때뿐이었다. 계속 이어지는 출강. 도저히 못 움직일 때는 다른 강사 배정해서 도움받기도 했지만, 내가 꼭 가야만 하는 강의는 무리하면서까지 갔다. 6월 14일. 3일 동안 춘천고등학교 안전교육이 잡혀 있었다. 왕복 운전 5~6시간. 3교시 강의하는 날이었다. 아무리 아파도 강의 시작되면 언제 그랬냐는 듯 아무렇지 않다. 오전 두 타임 강의 마치고, 차에서 휴식을 취했다. 6월의 햇살은 무척이나 뜨거웠다. 햇볕을 가리려 창을 막아도, 에어컨을 틀어도 소용없었다. 오후 한 타임 남아서 근처에서 점심을 먹어야 했다. 낯선 곳이라 어디에 뭐가 있는지 잘 몰라 운전하면서 두리번거렸다. '엄마 밥집' 이라는 작은 간판이 보였다. 얼른 차를 U턴해서 골목에 있는 식당으로 들어갔다. 그냥 가정집이었다. 주방과 거실에서 손님을 맞이했다. 으리으리한 식당보다 편안해 보였다. 오후 1시가 넘어서인지 한 테이블에만 손님이 있었다. 예상대로 사장님은 엄마 같은 분위기였다. 뷔페식이다. 입맛이 없어서 음식도 제대로 못 먹었는데 보기만 해도 군침이 돌았다. 얼핏 봐도 반찬이 열 가지가 넘었다. 생선, 고기, 여러 가지 나물 반찬, 상추, 오이, 가지, 고추 등 싱싱한 채소와 갖가지 김치 등. 내가 좋아하는 반찬은 물론, 엄마가 해줬던 반찬들이 있었다. 대부분 텃밭에서 직접 가꾼 채소라고 했다. 큰 접시에 두 번이나 담아서 배부르게 먹었다. 뱃속에 들어가는 양이 한정된 것이 안타까울 정도였다. 그렇게 식사를 마치고 나오는데 뜨거운 태양도 방해되지 않았고, 기운이 펄펄 나는 듯했다. 불과 한 시간 전만 해도 곧 쓰러질 것 같았는데 신기했다. 지금도 아이러니하다. 밥이 보약이라고는 하지만, 그렇게 맛있게 점심 한 끼 먹고 보름 가까이 앓던 감기, 몸살이 나아질 수 있는 걸까. 엄마 생각. 엄마 밥상. 엄마 손맛에 대한 그리움. 엄마 손은 약손. 다 갖다 붙여도 신기했다. 그때 생각했다. 나도 우리 강사들에게, 내가 만나는 대상자들에게 엄마 같은 존재가 되어야겠다고. 어떤 아픔과 어려움이 있을 때 생각만으로도 나을 수 있는 신비한 존재. 그런 엄마. 엄마의 향기처럼.

나는 내 일을 사랑한다. 이렇게 좋은 직업이 없다. 좋은 건 나누어야 한다. 강사가 되고 싶은 사람과 초보 강사, 현직 강사들에게 나의 경험과 노하우를 전하며 작게나마 길잡이가 되었으면 하는 바람으로 이 책을 쓰기 시작했다. 강사가 되고 싶었던 간절함으로 무작정 뛰어 들었던 세계. 각오는 했지만 쉽지 않았던 현실 속에 부딪힐 때마다 꿈을 이루기 위한 목표 하나만으로 견뎌냈다. 지금은 〈국민강사교육협회〉라는 강사 교육 기관을 운영하며 강사 성장도 시키고 있다. 강사들에게 비법이나 노하우를 알려 주면서 먼저 가본 선배 강사로서의 경험을 나누고 싶어서 시작했다. 그 과정에서 보다 더 현실적이고 정확하게 알려 주고 싶은 마음에 집필하게 된 책이다. 유명하고 훌륭한 강사들의 책이 수없이 쏟아져 나오고 있지만, 나만의 경험이 또 다른 이에게 도움이 될 수도 있다는 생각에 용기를 냈다. 8년 동안 2,000회 이상 강의했다. 교육 대상자로 만난 사람만 해도 수십만 명이다. 많은 시행착오를 겪었다. 누구나 처음은 있고, 처음부터 잘하는 사람 없다. 쉽고 빠르게 성공하는 법도 없다. 강사가 되겠다고 공부하는 사람이 셀 수 없을 정도다. 하루아침에 강의 스킬이나 노하우가 쌓이지는 않는다. 현장 경험이 곧 실력이 된다.

이 책은 내가 강사 생활하면서 직접 겪었던 이야기들이 소개된다. 초보시절부터 지금까지 성장하며 변화해 나가는 과정. 실수했던 일, 감동적이었던 일, 억울하고 속상했던 일, 행복했던 일 등. 모두가 소중한 재산이다. 강의 현장에서 많은 사람들과 만나고 소통하면서 스스로 터득하고 깨달았던 이야기들. 그 속에서 나만의 메시지도 얻게 된다. 이 글을 읽은 이들이 '강사' 라는 직업이 얼마나 좋은지, 얼마나 가치 있고 의미 있는 일을 하는지 알았으면 좋겠다. 강사로서의 삶에 사명감이 더해지고 책임감이 더해져서 우리 사회에 강사의 선한 영향력이 널리 퍼지길 소망한다.

2023년 12월

지은이 김규인

Contents

차 례

PART 02 실전이 곧 실력이다

Contents

차 례

PART 03 최고의 강의를 위한 준비

PART 04 꿈꾸는 삶에 서 보니

Contents

차 례

PART 05 강사를 키우는 강사가 되기까지

Instructor Secret

*

PART 01

나의 꿈, 그 길을 걷다

Instructor 01 ········· Secret

땀 흘리지 않은 돈

*

"이거 가지고 돌아가세요!"

눈물이 쏟아질 것 같았다. 자존심 상했다. 8년이 지난 지금, 아직도 그날의 기억과 아픔은 생생하다. 강사 생활하면서 굴욕적이었고, 자존심 상했던 날이다.

국제서비스협회 단톡방에서 '강사 섭외' 공지가 떴다. 최은미 교수님께 얼른 개인 톡을 보냈다. 내가 가겠다고 당당하게 자신 있다고 했다. 신청자 몇 명 중에 내가 뽑혔다. 뛸 듯이 기뻤다. '1대 1 웃음 치료, 분당 서울대 병원 병동, 21세 백혈병 환자' 전달받은 대상자 정보였다. 누구인지도 모르는 사람과 통화했는데 보호자와 면접을 본 후 결정한다고 했다. 그전에도 1대 1 웃음 치료를 해본 적이 있어서 자신 있었다. 그때 성공적으로 해냈던 나에게 주변 강사들은 일대일 웃음 치료가 가능한 것인가 의심했었다. 마치 돈만 주면 어떤 강의든 한다는 식으로 나를 향해 빈정거리기도 했다. 신경 쓰지 않았다. 자신 있었다. 웃음의 힘을 나는 믿었다.

2018년 4월. 오전 10시 면접을 보러 가기 위해 서둘러 준비했다. 거울을 스무 번은 본 것 같다. 분당 서울대 병원으로 향했다. 처음 가보는 병원이었다. 눈이 휘둥그레졌다. 어디가 어딘지 도무지 감을 잡을 수 없었다. 도착했다는 전화를 하고 병실을 찾아갔다. VIP 병동. 영화에서나 볼 법한 으리으리한 시설과 철저한 보안장치들은 너무나 낯설었다. 마치 다른 세상 같았다. 몇 개의 출입문을 통과하기 위한 절차들도 쉽지 않았다. 보호자의 첫인상은 나와 비슷한 나이로 보였다. 환자의 엄마인 듯했다. 한눈에 보기에도 표정이 어둡고 야위어 보였다. 처음 본 VIP 병실은 TV에서 본 것보다 더 럭셔리하고 병실이 아닌 호텔 스위트룸(가본 적은 없지만) 정도 되는 것 같았다. 촌스럽게 나도 모르게 두리번거렸다. 대충 봐도 병실이 50평대 정도는 돼 보였다. 소파에 앉아있던 양복 차림의 세 명이 조용히 자리를 떠났다. 침울한 분위기였다. 보호자 안내에 따라 서로 마주

보며 앉았다. 언뜻 보기에도 고급스러운 소파는 푹신푹신했다. 그분은 내가 병실에 들어서자마자 마음에 안 들었던 모양이다. 두둑한 지갑에서 5만 원짜리 지폐 두 장을 꺼내 나에게 던지듯 말씀하셨다.

"이왕 오셨으니, 차비라도 하시고 그냥 가세요. 제가 생각하는 웃음치료사는 우리 아이가 보자마자 빵 터지며 웃을 수 있어야 하는데 선생님은 너무 단정하세요. 뭔가 가르치러 온 사람 같아요. 완전 선생님 같은 분위기는 싫습니다. 그렇게 단정한 사람이 어떻게 웃음 치료를 해요?"

그분은 외모가 웃기게 생기거나 분장이 웃기거나 해서 따님이 보자마자 웃길 바라셨던 모양이다. 그분의 딱딱한 어조에 어떻게 해야 할지 모르겠고, 말 한마디 제대로 할 수 없었다. 단정하게 생겼다는 이유로 잘린 셈이다. 이왕 왔으니 따님 얼굴이라도 보고 가겠다고 했다. 못마땅한 눈치였지만 나를 따님이 있는 방(병실 안에 또 다른 방)으로 안내해 주었다. 문을 여는 순간, 숨이 멎을 것만 같았다. 주책이다. 눈물이 흘렀다. 온몸에 의료 장치들이 부착된 환자의 모습은 오히려 더 짓누르고 있는 느낌이었다. 몸도 가누지 못하고 꼼짝없이 기계들에 의지해 있는 얼굴과 반쯤 감겨있는 눈은 위태롭게 보였다. 내 딸 진이보다 어린아이. 환자의 고통과 보호자(엄마)의 고통을 짐작할 수 있었다. 그곳에 누워있는 딸이 내 딸이었다면 어땠을까? 상상조차도 하기 싫었다. 더 가까이 가지 못하고 문 앞에서 잠깐 그렇게 보고 난 후 아무 말도 하지 못한 채 고개 숙여 인사하고 병실을 나왔다. 마지막 문을 나설 때였다.

"이 돈 가져가라니까요!"

안 받으면 더 화를 낼 것 같아서 나도 모르게 그 돈을 집어 들었다. 내가 한 건 아무것도 없었다. 수원에서 분당까지 기름 값이 얼마 나오는지는 모르겠지만, 고작 몇 천 원이었을 거다. 집으로 돌아오는 내내 마음이 불편했다. 차라리 잘된 일 같았다. 내가 할 수 없는 일일 것 같았다. 그러면서도 마음이 쓰이고 나의 무책임함이 싫었다. 어떻게든 보호자를 설득하여 내가 할 수 있는 모든 방법을 동원해서 잠시라도 그 환자가 웃을 수 있었다면 어땠을까? 쉽게 포기했던 나 자신이 부끄러웠다. 그 환자는 지금쯤 회복이 되었을까? 기적처럼 일어나 지금쯤 건강한 사회인이 되었으면 좋겠다. 지금까지도 잊히지 않는다. 무엇보다 건강이 가장 중요하다는 사실을 새삼 느꼈다. 자식의 아픔을 지켜볼 수밖에 없는 부모 마음이 오죽하겠는가. 집으로 돌아오는 길, 자꾸만 눈물이 났다. '내가 피땀 흘려 번 돈만이 내 돈이다!' 이런 철학을 가지고 살다 보니 아무런 노력 없이 얻은 돈은 그다지 가치 있어 보이지 않았다. 조수석에 내팽개치듯 그 돈을 두고 운전하면서 힐끔힐끔 쳐다보니 한숨이 나왔다. 마치 도둑질이라도 한 것 같았다. 내가 그날 그 십만 원을 받지 않았더라면 더 멋있지 않았을까. 단돈 만 원이라도 정직하게 벌고 땀 흘려 벌어야 그 돈의 가치가 더 크다고 생각하는 나. 어쩌면 이 시대에 어리석은 일인지도 모르겠지만, 공짜 싫어하고, 내가 받은 만큼 그 이상 돌려줘야 직성이 풀리는 성격. 뭐가 옳은 일인지는 잘 모르겠다.

땀 흘리지 않은 돈! 부끄러웠지만 배운 바는 있었다. 다시는 '노력 없는 돈'은 가지지 않을 거라고. 강사에게 중요한 것은 돈이 아니다. 많은 이들이 돈을 벌기 위해 강사가 되려고 하지만 성공하는 사람이 드문 이유다. 강사도 엄연한 비즈니스다. 노력하고 투자한 만큼 얻을 수 있다. 노력과 투자의 본질은 가치여야 한다. 나는 청중에게 무엇을 주었는가? 나는 상대에게 어떤 도움을 주었는가? 나는 그들의 성장과 변화를 위해 어떤 지식과 지혜를 줄 수 있는가? 이러한 질문 앞에 당당할 수 있을 때 물질적인 부와 성공은 저절로 따라오게 마련이다. 부끄럽지 않은 강사가 되겠다는 다짐을 해 본다.

내 꿈은 전문 강사? 김밥천국?

*

"제가 밥 한 번 살게요. 천국으로 모시겠습니다. 김밥 천국으로요."

내가 누군가에게 밥을 살 일이 있으면 자주 쓰는 말이다. 거의 빵 터진다. 강의하러 다니면서 급하게 식당을 찾다 보면 눈에 들어오는 간판. 김밥천국. 음식 다이소다. 골라 먹는 재미 쏠쏠하다. 가끔 가족이나 지인들과 그곳에 가면 각각 다른 메뉴를 시켜서 나눠 먹는 즐거움도 빼놓을 수 없다.

꿈에도 그리던 강사. 얼마나 꿈꾸었던 삶이었던가. 하지만 아직도 내 전문 분야는 딱 한 가지로 구분되지 않는다. 적어도 한 가지 일에 10년 이상은 해야 전문가라고 하지 않을까? 끊임

없이 도전하고 공부하는 게 멈출 수 없는 이유다. 처음에 이것저것 닥치는 대로 하다 보면 내게 맞는 강의 분야가 있겠지 싶었다. 하면 할수록, 파면 팔수록 욕심이 생겼다. 도전하는 강의 분야마다 매력을 느꼈다. 그러다 보니 관련 자격증만 해도 수십 장이 넘는다. 이중 쓰임을 받는 자격증은 10개 분야 정도다. 강사 중에는 한 가지 전문 분야만 파고들며 전문가로 활동하는 사람이 있는가 하면, 나처럼 시작하는 사람이 다반사다. 그래서 온갖 자격을 갖추기 위해 강사양성 과정에 들어가고 공부한다. 유혹도 많다. 그 교육과정에 들어가 자격증을 취득하면 마치 강의가 줄줄이 연결될 것처럼 홍보하는 곳도 있다. 현실은 그렇지 않다. 강사는 강의해야지만 제 몫을 한다고 생각한다. 강의로 연결이 되는 건 생명줄이나 다름없다. 그러다 보니 갈증을 호소하는 강사들은 유혹에 빠질 수밖에 없다. 나도 그랬다. 8년 동안 각종 강사양성 과정에 쏟아 부은 돈만 수백만 원이 넘는다. 이 정도면 많은 돈을 쓴 건 아니다. 앞으로도 더 많은 돈을 투자해야 할 수도 있다. 배움에 있어서 돈과 시간은 따질 수 없는 가치 있는 일인 건 분명하다. 자신의 전문 분야를 찾기 위해 수백만 원에서 수천만 원까지 들여 공부하는 사람도 있다. 배움에 대한 열정, 나무랄 수 없다. 하지만 막상 자격 취득을 하고 나서 얼마나 쓰게 되는지 생각해 볼 문제인 것 같다. 전문 분야 강사가 되고 싶어서 취득한 자격증. '돈이 아깝다, 괜히 했다.' 이런 생각이 드는 곳도 있고, 지인이 하는 거라서 마지못해 받았던 교육도 있었다. 이런 과정을 거치면서 해야 할 것과 하지 말아야 할 것을 구분할 수 있었다. 난 아직도 내 전문 분야를 넓히고 더 찾기 위해 노력 중이다. 한 가지만 해야 하는 건지, 여러 분야를 해야 하는 건지 정확한 답은 모르지만, 내가 강의할 수 있는 그 현장만이 내게 행복이고 내가 나눌 수 있는 기쁨이다.

2016년, 강사가 되고 싶어서 첫발을 디딘 곳이 사단법인 국제웃음치료협회이고, 두 번째는 사단법인 국제서비스협회다. 다양한 강의 분야를 배우고 접하면서 지식을 쌓고 노력했다. 그다음 세 번째로 도전했던 곳이 사단법인 국제실버체조협회였다. 어르신들을 위한 건강 상식이나 실버 체조, 레크리에이션 등을 배웠다. 처음에 주 대상자가 어르신들이고, 환자들이었다. 웃음 치료하면서 체조나 율동까지 겸하면 더 좋을 것 같았다. 그 교육과정에서 동기 부여를 확실히 받았다. 강사로서 어떤 전문 분야로 나갈 것인지 한창 혼란을 겪던 시기다. 국제실버체조협회 강혜경 회장님께서 '강사 이미지 메이킹' 강의를 해 주실 때였다.

"강사는 자판기가 되어야 합니다! 고객이 어떤 강의를 원하든 망설임 없이 할 줄 알아야 합니다. 그러기 위해서는 다양한 공부를 하고 다양한 강의도 해야 합니다!"

열정적인 강의를 하시는 모습에 존경심이 저절로 들었다. 내게 꽂힌 건 '자판기 강사' 였다. 전문 분야를 찾기 위해 많은 경험을 해보자 시작했던 것이 싹 정리되는 느낌이었다. 뭐든 배우면 다 도움이 될 것이고, 앞으로 더 많은 분야를 공부해 보자 다짐했다. 2년 정도 자판기 강사가 되기 위해 열심히 공부하고 뛰었다. 나를 알리기 위해 강의 다녀오면 SNS 활동도 적극적이었다. 친구 환이는 전화 통화하면서 이런 말을 했다.

"넌 하루에 세 군데나 다녀오면서 각각 다른 강의를 하더라. 그거 어떻게 다 외우니? 안 헷갈려?"

별걱정을 다 한다. 헷갈릴 것도 없고 딱히 외울 것도 없다. 강의 준비만 철저히 한다면 뭐가 문제인가. 강의 자료 만들면서 얼마나 많은 시간을 투자하는지 모르는 친구는 그런 생각이 들 수도 있겠다 싶었다.

웃음 치료, 인권 교육, 법정의무교육이 주 분야였던 2018년. 어느 날 친분이 있는 L 강사님으로부터 전화가 왔다. SNS로 활동 내용 잘 보고 있다며 보기 좋다고 했다. 응원의 전화인 듯했다. 그런데 전화를 끊고 나니 왠지 기분이 묘했다. 빈정대는 것 같은 느낌이랄까?

"요즘은 보따리 장사 같은 강사가 참 많습니다. 한 가지만 해도 부족할 판에 이것저것 다 하는 것 같아요."

한 가지? 인권 교육만 해도 분야가 갈려서 다양하고, 법정의무교육만도 네 가지는 무조건 들어간다. 그럼 내가 하는 강의는 벌써 열 가지가 넘는다는 결론인데, 마치 나한테 하는 말 같았다. 내가 아는 그 강사도 처음에 이것저것 하다가 한 분야로 자리 잡은 사람이다. 그렇다면 나도 충분히 내 길을 찾아가는 과정일 뿐이다. 불쾌했다. 그럴 때 하는 말이 있다. '개구리 올챙이 적 생각 못 한다.' 더 열심히 해서 내가 얼마만큼 성장하는지 보여주겠다고 굳게 결심했다. 내가 아는 보따리 장사는 한 가지 물건만 파는 것이 아니다. 보따리를 풀면 그 속에서 여러 가지 물건이 쏟아져 나온다. 보따리를 푸는 순간 수많은 물건이 쏟아져 나올 텐데 그 물건의 용도를 모르고 팔리는 없다. 주의사항이나 효능은 족히 익혔으리라 본다. 강사도 마찬가지다. 여러 분야를 강의한다면 그만큼 몇 배의 노력이 필요하다. 각 강의에 들어가는 내용에서 이론과 실제, 사례 등 엄청난 공부와 연구, 연습이 필요하다. 강의 요청하는 곳에서 강사를 신뢰하지 않으면 아예 부르지도 않을 것이다. 강의 섭외가 확정되었다는 건 그만큼 믿고 부른다는 거다. 그렇다면 강사는 그 믿음에 실망하게 해서는 안 된다. 간혹 피드백이 안 좋을 때도 있지만 그 경험을 발판 삼아 더 열심히 노력하는 것이 강사다. 한 가지만 하는 전문 강사. 좋다. 한 가지만 전문으로 해서 자리 잡을 때까지 시간을 계산해 보자. 굶어 죽는다. 딱 한 분야만 강의하는 강사, 몇 %나 되겠는가. 이제 시작하려는 강사나, 강의 분야를 더 넓히고자 하는 강사들이 다양한 경험을 접하고 자신에게 맞는 강의 분야를 하나하나 좁혀가는 것. 성장 과정이다.

내 꿈은 강사였다. 강사가 되었다. 내가 할 일은 강의다. 나로 인해 대상자들에게 도움이 된다면 뭐든 하겠다는 각오로 덤벼들었다. 딱 한 가지만 하는 전문 강사는 아니지만, 적어도 내가 하는 강의 분야만큼은 전문적으로 할 수 있다. 보따리 장사라고 해도 좋다. 김밥천국이라고 해도 괜찮다. 더 큰 꿈을 안고 나의 가치를 나누고자 하는 게 바람이다. 융 · 복합 시대. 김밥천국이 뭐 어때서! 나도 때론 고급 한정식 집에서 우아하게 앉아서 밥 먹는다. 전문 분야를 찾아가는 길. 그 과정에서 얼마나 값진 경험을 많이 하는지, 얼마나 가치 있는 일인지 해본 사람만이 안다. 경험 없는 이론은 없다.

몸값? 얼마냐고요?

*

"김규인 강사! 이제 그 정도면 몸값 좀 올려야죠?"

가끔 이런 말을 듣는다. 몸값이라. 내 몸값이 얼마나 될까? 나도 궁금하다. 강사에게 몸값이란 시간당 강사료를 말하는 것. 강사 8년째. 작게는 10만 원. 크게는 100만 원 이상. 그게 전부다. 딱 선을 긋고 시간당 50만 원 이상 주지 않으면 못 간다고 해야 하나? 천만에. 강사료가 전부는 아니다. 예를 들어 10만 원짜리 강의에 갔는데, 그 강의가 연결 연결되어 몇 백만 원까지 되는 경우도 있다.

강사 일을 한 지 2년쯤 되었을 때다. 밤 11시쯤. ㈜비주얼이즈 교육컨설팅 박윤진 대표한테 전화가 왔다. "강사님, 밤늦게 죄송합니다. 좀 급해서요. 혹시 제주도 가실 수 있나요?" 전국을 거의 다녀봤지만 제주도는 처음이다. 무조건 들이대 법칙. 갈 수 있다고 당당하게 말했다. 강사료가 너무 적다고 걱정하는 질문에 계산도 안 해보고 괜찮다고 했다. 두 시간에 30만 원 준단다. 전화 끊고 대충 어림짐작으로 계산해 봤더니 마이너스다. 지금은 일단 경비부터 계산하고 내 수고비가 얼마 정도 되는지 계산이 되는데 그때만 해도 그런 건 신경 안 쓰고 그저 어디든 강의만 할 수 있다면 무조건 기뻤고 행복했다. 나의 그런 마인드가 참 마음에 든다. 더구나 제주도라니, 강의도 하고 여행도 하고 일석이조다. 다음 날 교육담당자에게서 연락이 왔다.

"안녕하세요? 여기는 제주지방법원 ○○○과 ○○○입니다."

법원에서 왜? 보이스 피싱인가 했다. 박 대표 소개라는 말에 안심하고 통화했다. 제주지방법원 판사들 가족 워크숍 특강이란다. 자세한 건 메일로 보낸다는 내용을 끝으로 전화를 끊었다. 심장이 요동쳤다. 두려움이 밀려오기 시작했다. 와! 판사들? 나보고 판사들한테 강의하라고? 못 한다고 할 걸, 안 한다고 할 걸. 딱딱한 공직자들 앞에서도 당당하게 강의했었는데 판사들 앞이라니. 지식 면이나 스펙 면이나 내가 나을 게 하나도 없었다. 그 어마어마한 분들 앞에서 어떻게 강의하지? 도무지 용기가 나지 않았다. 가족 워크숍이니까 연령대가 다양하다는 결론인데, 어디에 초점을 맞춰야 할지도 모르겠고 진짜 미칠 지경이었다. 그건 진짜 자신이 없었다. 강의 주제와 경비는 중요하지 않았다. 그저 대상자가 한 마디로 너무 세다. 한 번 내뱉은 말은 꼭 책임을 져야 하는 성격 때문에 포기하겠다는 말도 못 하고 어떻게든 해야만 했다. 날짜는 점점 다가오고 잠도 오지 않았다. 자료 찾고, 연구하고, 준비하고, 연습하기를 반복했다. 할 수 있다! 한다! 해낸다! 나 자신에게 용기를 주면서도 혹시 실수라도 하면 어쩌나 고민되었다. 그러던 어느 날 친구 숙이한테 전화가 왔다. 그 친구와 통화를 하면 기본 1시간이다. 이런저런 이야기를 주고받다가 요즘 최대 고민, 내가 제주도에 강의 가는데 대상자가 판사라고 걱정했다.

"야, 판사는 하루에 밥 다섯 끼 먹냐? 쫄지 마! 다 똑같은 사람인데 뭘 걱정해? 넌 할 수 있어!"

"그래도 이건 대상자가 좀 세잖니?"

"세 봤자 사람이지. 한국말 할 거 아니야? 너답지 않게 왜 그래?"

그 순간, 엄청난 힘이 생겼다. 숙이 말처럼 판사라고 하루 밥 다섯 끼 먹는 거 아니고 아무리 유식해도 외국어로 말하지 않을 테니 얼마든지 소통이 되겠다는 자신감이 생겼다.

드디어 제주도 가는 날. 제주도의 푸른 바다가 나를 부르는구나! 이렇게 좋은 직업이 또 있을까! 덕분에 여행도 하고. 두려움 반, 설렘 반, 온갖 꿈에 부풀어 행복했다. 김포공항에서 제주공항까지 가는 동안 내 머릿속은 온통 강의 준비였다. 미리 준비해 둔 교안과 순간순간 지혜와 순발력으로 어떻게 대처할 것인지 계획 짜다 보니 금세 도착했다. 제주공항의 야자수 나무들. 깃발 들고 서 있는 것처럼 나를 반기는 듯했다. 제주도 여행은 여러 번 가봤지만 강의하러 가다니, 새로운 기분이 들었다. 택시 타고 예약해 둔 호텔로 가는 해안도로. 맑고 푸른 바다. 환상적이었다. 가슴이 뻥 뚫리는 것 같았다. 택시비가 3만 원 넘게 나왔다. 주말이라 저가 비행기 거의 없고, 항공료, 숙박비, 택시비, 식비를 계산하니 웃음이 나왔다. 5만 원짜리 강의 가서 4만 원짜리 주차위반 과태료 여러 번 내고도 웃음이 나오더니 그 상황은 더 웃음이 나왔다. 그래도 행복했다. 만약 지금도 적은 강사료 때문에 갈사람 없어서 누군가 도움을 요청한다면 마이너스여도 갈 것 같다. 그게 나니까. 그 강의만 잘 마무리하면 나는 판사들 앞에서 강의한 아주 멋진 스펙이 쌓이니 돈이 무슨 상관인가. 휴대폰 알림 문자가 울려서 봤다. 그 강의를 연결해 준 박 대표 명의로 4만 원이 입금되었다. "제주도 잘 도착하셨어요? 택시비 많이 나올 텐데 택시비 하세요." 문자까지 이어서 왔다. 가슴에 따뜻한 기운이 돌면서 말할 수 없는 무언가가 뭉클했다. 노트북을 바로 켰다. 나보다 15살이나 어려도 속이 깊은 사람임을 느꼈다. 보답하고 싶었다. 내가 할 일은 오로지 연습뿐이었다. 거의 밤새우면서 자료 검토를 하고 또 하고, 강의 준비에 몰입했다.

다음 날, 강의 장소 호텔로 갔다. '규인, 쫄지 마! 쫄지 마! 판사들 밥 다섯 끼 안 먹어. 잘할 수 있지? 파이팅!' 연신 외쳤다. 한 명 한 명 강의실로 들어오기 시작했다. 갓난아기부터 초등학생, 중 · 고등학생, 청년, 판사들과 부인들 등장. 긴장되었지만 내색하지 않았다. 내가 누구인가? 대처 능력이 뛰어난 김규인. 모든 열정을 쏟으면 된다는 생각뿐이었다. 두 시간이 어떻게 지났는지도 모르게 에너지를 다 쏟았다. 생각보다 평범한 사람들이었다. 활동적인 프로그램을 할 때면 가족들보다 판사

(TV에서만 보던 사람들 직접 봄)들이 더 많이 수줍어했다. 가족들을 위해 뭐든 하셨다. 순수한 분들에 대한 나의 고정관념은 그때 사라졌다. 어려운 업무에 지쳐있는 분들께 잠시라도 힐링의 시간이 되고 싶었다. 아이, 어른 할 것 없이 모두가 한마음 한뜻 하나로 뭉쳤던 시간이다. 멋졌다. 가끔 그때의 사진을 꺼내 보는데 흐뭇한 미소가 저절로 나온다. 호텔 바로 앞. 에메랄드빛 바다. 11월의 차가운 바닷바람. 땀으로 흥건하게 적셔져 있던 몸이 식어갔다. 음, 바다 냄새 좋다. 여우 목도리까지 친친 동여매고 갔었는데 거추장스러워서 빼고 두꺼운 외투까지 벗어 팔에 걸쳤다. 발걸음이 가벼웠다. 자유를 만끽하고 싶었다. 괜히 쫄았다. 안도의 한숨이 나왔다. 멋지게 폼 잡고 당당하게 바닷가를 거닐었다. 모래에 구두굽이 푹푹 들어가도 좋았다. "강사님, 잘 끝나셨어요? 수고하셨어요. 날씨 춥죠? 따뜻한 커피 한잔 하세요." 박 대표의 카톡이다. 2만 원이 또 입금되었다. 4만 원, 2만 원. 두 번의 송금. 큰 금액은 아니지만, 따뜻한 마음을 보내 준 박 대표에 대한 감동은 지금까지도 잊을 수가 없다. 멋지게 해낸 나 자신도 대단하지만, 그분의 깊은 배려와 따뜻함이 더 대단해 보였다. 반드시 크게 성공해서 갚아야겠다는 결

심을 한 계기였다.

"여보세요? 김규인 강사님이세요? 여기는 서울대법원 ○○○과 ○○○라고 합니다. 강의 의뢰를 좀 드리려고요. 지난번 제주지방법원 건 반응이 너무 좋아서 소개받고 연락드렸습니다."

소개라고? 그것도 서울대법원? 어깨에 뽕을 한 100개쯤 넣으면 그 정도로 힘이 들어갈까? 전국에 계신 판사들 가족 워크숍이 제주도 대명리조트에서 열린다고 오란다. 기뻤다. 그때의 그 목소리가 아직도 감동으로 전해진다. 처음 경험이 힘들고 어렵지, 조금만 더 보완하고 연구하면 되겠다 싶었다. 더 멋지게 해야겠다는 각오로 열심히 준비했다. 성공적으로 마쳤다. 제주도의 푸른 바다는 항상 옳다. 바다가 왜 바다인가? 모든 것을 다 바다(받아) 주니까 바다지. 강의 후 홀로 바닷가를 거닐고, 멋들어지게 분위기 잡고, 예쁜 카페에 앉아 마시는 커피 한 잔의 여유. 세상 아무것도 부럽지 않았다.

그 이후로 박 대표와의 인연은 아직도 이어지고 끈끈한 정까지 쌓였다. 30만 원짜리 강의로 이어진 인연. 신뢰로 뭉친 우리. 박 대표가 나를 섭외하는 횟수가 많아졌다. 강사는 초보 시절만큼이라도 몸값, 강사료 따지면 안 된다. 몇 만 원, 몇 십만 원짜리가 몇 백만 원까지 이어지게 되는 경험을 수없이 했다. 몸값. 나의 가치. 돈으로 환산할 수 있을까? 강의 준비와 강의에 모든 열정을 쏟은 후, 얼마가 되었든 받았을 때 죄송하지 않으면 그 돈이 내 몸값이다.

밑바닥부터 시작하지 뭐

*

막연하게 꿈만 안고 뛰어들었다. 쉽지 않을 거라는 각오 단단히 했다. 밑바닥부터 시작하자. 하나하나 배우면서 쌓아간다는 의미다. 나이, 성별, 학력, 별 의미 없다고 생각했다. 나보다 먼저 시작하고 나보다 경험이 많은 강사는 무조건 선배고 스승이다. 그들에게서 배울 건 배우고, 버릴 건 버리면서 성장하기 시작했다. 강사 양성 과정에 들어가 공부해도 턱없이 부족한 실력으로 강의에 나갈 수는 없었다. 재교육에 열심히 참석했다. 듣고 또 듣고, 필기하고 복습하며 공부해도 까먹기 일쑤였다. 백문불여일견(百聞不如一見) 직접 보고 들으며 현장 분위기를 살피는 게 중요한 것 같았다.

2016년 12월쯤으로 기억된다. 국제서비스협회 명강사 과정

재교육을 받는 날이었다. 노인 운동 지도사 1급 과정 시간. 같은 협회 L 교수께서 강의하셨다. 두 시간가량 열정적인 모습에 입이 떡 벌어졌다. 홀딱 반했다. 이론과 경험, 사례 등 완전 프로였다. 어르신들 노화 과정에서 오는 스트레스, 건강 악화로 인한 우울, 상실감을 예방하기 위한 여러 가지 방법을 알려 주셨다. 몰랐던 것들이 많았다. 청중을 사로잡을 수 있는 카리스마가 완전 마음에 들었다. 그분처럼 되고 싶었다. 쉬는 시간에 그분 곁에 슬며시 다가갔다. 땀을 닦으며 차를 마시는데 휴식을 방해하는 것 같아 조심스러웠다.

"교수님! 강의 참 좋았습니다. 많이 배웠습니다. 저는 언제쯤 교수님처럼 할 수 있을까요? 교수님 강의하시는 곳에 따라가서 봐도 될까요? 더 많이 배우고 싶습니다."

"안 됩니다! 저는 제 강의에 그 어떤 누구도 청강의 기회를 주지 않습니다!"

강의할 때는 모든 것을 나눠 줄 것 같았다. 나를 노려보며 단칼에 거절하는 그 표정과 말투. 마치 내가 큰 실수를 범한 것처럼 느껴졌다. 무안했다. 청강의 기회를 달라고 하면 안 되는 줄로만 알게 된 계기였다. 그 이후로 그분만 보면 그때 생각이 떠올랐다. 인사 외에는 아무런 말도 못 하고 지낸다. 왜 거절했을까? 궁금했다. 선배 강사 중 한 분에게 조언을 구했다. 강사들이나 교수들에게 청강의 기회를 달라고 하면 안 되는지 물었다. 꼭 그런 건 아니지만, 어떤 분은 아예 기회를 안 주는 사람도 있고, 기회를 준다고 해도 식사대접을 하거나, 얼마 정도 돈을 드려야 한다고 했다. 청강의 기회를 준다는 건, 자신의 모든 것이 유출된다는 생각이 들어서 쉽게 허락 안 한다고 했다. 그때만 해도 선배 강사들이 신처럼 여겨져서 믿었다. 자꾸 보고 배워야 하는데 청강의 기회를 얻기가 그리 쉽지 않은 일이라니, 안타까웠다.

국제서비스협회 명강사 과정 5기. 같은 기수였던 한국강사교육진흥원 대표 김순복 교수에게 청강 요청을 했다. 거절당하더라도 한 번 부탁은 해보고 싶었다. 카톡으로 조심스럽게 청강 요청을 했더니 흔쾌히 승낙하셨다. 오히려 영광이라며 날짜와 시간, 장소를 안내해 주셨다. 어찌나 감사하고 기쁜지 말로 표현이 안 될 정도였다. 당일에 주차장에서 만났다. 반갑게 인사를 나누고 차에서 내리는 짐을 받아서 들었다. 노트북 가방, 방송 장비 가방, 소지품 가방, 선물 가방. 강사에게 짐이 그렇게 많은 줄 처음 알았다. 왜소한 몸매의 교수가 두 번 정도는 날라야 할 짐이었다. 함께 짐을 나누어 들고 이천시청 대강당에 들어섰다. 눈이 휘둥그레졌다. 나는 언제 그렇게 큰 강당에서 강의할 수 있을까? 김순복 교수에 대한 존경심이 저절로 생겼다. 강의 시작 30분 전, 교육 자료를 화면에 깔고 테스트를 하시며 강의 준비에 바쁘셨다. 그리고 휴대폰 삼각대를 무대 맨 뒤에 설치하고 내게 부탁하셨다. 두 시간 강의해야 하는데 동영상이 중간에 끊기거나 너무 길면 녹화가 잘 안될 수 있다고 녹화가 잘 되고 있는지 중간 중간 확인 좀 해 달라고 했다. 끊기면 다시 녹화해 달라고 했다. 청강 기회 주신 것도 감사한데 그 정도는 당연한 거다 싶었다. 평소 강의 다녀오면 SNS에 올리시니까 여기저기 각도 바꿔가며 사진도 많이 찍어드렸다. 강의 내용과 강의 스킬도 많이 배울 수 있었다. 이후로 나도 강의 현장에서 내 강의 동영상 촬영을 했다. 자신의 강의를 직접 보고 들으며 피드백하고 수정 보완하기 위한 작업이다. 크게 도움 되었던 방법이다. 내 강의를 듣고 싶어 하는 후배 강사들이 청강 요청을 해오면 허락했다. 김순복 교수한테 그렇게 배웠기 때문에 나도 영광이라고 생각한다.

2019년, 10월. K 협회에서 강사 양성 과정이 열렸다. 그날은 나도 초보 강사들한테 강의하는 날이다. 내 강의 앞 시간에 H 강사가 먼저 안전교육을 했다. 필기에 몰두하고 있는데 큰 고함 소리에 화들짝 놀라 고개를 들었다.

"강의 사진 찍지 마세요! 동영상 찍지 마세요!"

사진 찍는 소리가 거슬렸던 모양이다. 두리번거리면서 봤더니 60대로 보이는 여성 두세 분이 사진과 동영상을 찍고 있었다. 강사가 되고 싶어서 배우러 오신 분들이다. 시간, 시간 모든 순간이 소중하기에 카메라에 담아서 복습하고 싶었을 거다. 나도 처음에 그랬다. 몇 번씩이나 되풀이되는 행동에 그 강사의 분노로 분위기는 엉망이 되었다. 사진이나 동영상 찍는 사람보다 그 강사가 더 무례해 보였다. 이유를 분명하게 말하면 될 텐데 다짜고짜 불쾌감만 표현하니 교육생들은 눈치 보기 바빴다. 간신히 그 강사의 강의가 끝나고 주관하는 C 교수님께서 양해를 구했다. 강사는 자신의 강의가 유출되거나 자료 유출되는 것을 싫어한다고 사진과 동영상 찍는 것을 자제해 달라고 했다. 60대 여성분들은 하나라도 더 배우고 익히고 싶은 마음이었을 텐데 얼마나 무안했을지 짐작이 간다. 강사 양성 과정에 들어가면 대부분 강의 자료를 나눠 준다. 원본을 주는 데도 있고, PDF 파일로 주는 데도 있다. 아무리 강의에 집중해서 들어도 강의 자료 받아보면 잘 모르는 것도 있다. 그래서 현장에서 강의하는 모습을 찍거나 녹음해서 복습 용도로 쓰려고 한다. 나도 그랬다. 초보 강사들은 공부하기도 바빠서 자료 유출하는 거. 관심 없다. 그 여성분들 보면서 마치 내 모습을 보는 것 같았다. 하나라도 더 알려고 안간힘을 쓰는 모습. 나처럼 밑바닥부터 시작하자. 결심하셨을 분들이다.

선배 강사, 잘나가는 강사 가방이라도 들어주며 청강하고 싶은 것. 나보다 훨씬 나이 어린 선배 강사나 대표들에게 의도적으로라도 상냥해야 하는 것. 때론 눈물, 콧물, 억울함이 몰려와도 그게 시작이다. 선배 강사, 교수들한테 굽신거릴 필요는 없지만, 나이와 상관없이 배울 점이 많기에 나는 항상 초보 강사인 마음으로 이 길을 걷고 있다. 밑바닥부터 시작한다는 '초심'을 생각하며 낮은 자세로 한 계단씩 밟는다.

Instructor 05 .... Secret

무책임한 강사는 되지 말자

*

카톡이 왔다. 아는 강사다. 2022년 3월 24일 밤 10시. '내일 화성 법정의무교육 오전 10시~12시' 강의 의뢰를 했다. 분명 땜빵 강의다. 강의 시간 12시간 남았다. 다른 누군가가 펑크를 낸 모양이다. 이런 일 종종 있다. 강사들에게도 돌발 상황은 있을 터다. 마침 스케줄이 비어 있어서 간다고 했다. 화성 법정의무교육이면, 분명 화성 상공회의소 건이다. 그날 밤 10시부터 새벽 2시까지 교안 업그레이드하느라 잠을 설쳤다. 물론 기본 틀은 잡혀 있지만, 사례나 정보 수집은 최근 것이어야 한다. 수원에서 그리 멀지 않은 거리지만, 교육담당자 미팅이 30분 전에 잡혀 있어서 아침 일찍 서둘러 9시쯤 도착했다. 담당자 미팅을 하는데 불쾌감을 나한테 표현했다.

"아니, 강사들이 말이야. 하루 전에 강의 못 오겠다고 하면 어떡합니까?" 30대 초반으로 보이는 남성분이다. 아마도 윗사람들한테 곤란한 상황이 되었나 보다. 내가 잘못한 것도 아닌데 왠지 죄인 같았다. 나도 강사니까. 아무 말 없이 강의에 몰입했다. 분위기 봐서 흐름이 괜찮은 듯했다. 만족스러웠다. 끝나고 다른 장소로 이동하면서 운전하는데, 마음속에서 슬슬 무언가 불끈 솟아오르는 느낌이 들었다. 그 강사는 급할 때마다 나한테 넘긴 강의가 세 번째였다. 마치 다른 강사가 펑크 낸 것처럼 말해서 그런 줄만 알았다. 그런데 그때마다 배정된 강사는 바로 그 강사였다. 한 번도 아니고 세 번씩이나! 참 무책임한 사람이다. 어떤 이유로 그러는지 모르겠다. '양치기 소년' 이나 다름없다고 생각했다. 전화해서 한마디 할까? 별생각이 다 들었지만, 괜한 오지랖 같아서 차 창문을 활짝 열고 음악을 크게 틀었다.

땜빵 강사? 며칠 전까지는 내가 왜 땜빵이나 해야 해? 이런 교만하고 부정적인 생각을 했다. 그런데 수많은 강사 중에 나를 지목해서 부탁한다는 것은 어쩌면 나를 믿고 인정한다는 건데. 그렇게 마음먹으니 편안해졌다.

내 기준은 강사 시작해서 3년까지는 초보 강사다. 그러니 난 2016년부터 2019년까지는 초보 강사인 셈이다. 그 3년 동안 다양한 강의 분야로 왕성한 활동을 했고, 경험도 많았다. 그게 지금의 내 재산이다. 처음에는 땜빵 강의도 즐겁고 행복했다. 강의할 수 있는 곳만 있으면 무조건 달려갔으니까. 강사료를 떠나서 강사에게 강의 기회가 주어지는 것은 이루 말할 수 없는 기쁨이다. 그런데 어느 순간, 웬만하면 땜빵 강의는 하지 말자는 신념이 생겼다. 펑크 낸 강사를 도와주는 일이 아니라는 생각이다. 살펴보니까 펑크 내는 강사는 다음에도 아무렇지 않게 또 펑크를 낸다는 사실을 뒤늦게야 알았다.

2018년. 강의에 미쳐있었다. 그렇게 재미있을 수가 없었다. 하루에 두세 군데는 기본이었다. 국제서비스협회 같은 소속 S 강사. 걸핏하면 사정이 생겼다고 나한테 떠넘기는 강의가 몇 건이 되었다. 강사 섭외 시 기관에서는 미리 강사 선정하고, 서류까지 다 접수된 상황이다. 갑자기 강사가 바뀌면 교육담당자는 일을 처음부터 다시 해야 하는 번거로움이 있다. 다시 배정된 강사랑 통화하고, 일정 조율하고, 서류 보내 달라고 하고, 서류 검토 후 다시 확정한다. 내가 만약 교육담당자라면, 강사에 대한 신뢰도가 떨어질 것 것이고 다시 강의 요청을 안 할 것 같다. 그 강사 대신 강의하러 가게 되면 교육담당자는 그리 친절하게 대하지 않는다. 자신의 수고와 강사들에 대한 분노가 표정부터 굳게 하는 것 같다. 물론, 상관없이 친절하고 상냥하게 대해주는 담당자도 있다.

같은 해 Y 강사가 정기적으로 들어가는 프로그램에 간 적이 있었다. 또 땜빵이다. 동탄에 있는 어르신 주간보호센터였다. 어르신들 강의는 강사료 전혀 따지지 않는다. 재능기부라도 기꺼이 간다. 우리 부모님에 대한 뒤늦은 효도. 그렇게라도 달래고 싶은 심정이기 때문이다. 그날도 온 열정을 다해 어르신들과 노래도 하고, 레크리에이션도 하고, 실버 체조도 했다. 온몸이 땀으로 흠뻑 젖었다. 그 땀은 불쾌하지 않다. 내 노력의 대가니까. 땀은 절대 거짓말하지 않으니까. 문제는, 교육담당자와 센터장의 미팅 시간이었다. 끝나고 용품과 가방을 챙겨 들고 인사하려고 하는데 접대실로 오라고 했다. 오늘 강의 어르신들이 참 좋아하신다고 수고했다고 했다. 어쩌면 그렇게 열정적인지 고정 강사(펑크 낸 강사) 말고 이제는 나보고 오라고 했다. 단칼에 거절했다. 어디서 배운 건 아니지만, 있을 수 없는 일이다.

그 강사는 정기적으로 들어가는 프로그램이니 이미 시간을 다 비워 두었을 테고 남의 일을 가로채는 일은 없어야 한다.

2020년 7월 29일. 접촉 사고가 났다. 아니 당했다. 그런데 우기는 상대편 운전자를 이길 수 없었다. 목소리 크면 이긴다더니, 우기는 데 장사 없다. 보험회사에서도 두 손 두 발 다 들었다고 나한테 합의하자고 며칠을 졸랐다. 결국은 목소리 큰 사람이 이긴다는 것을 그때 실감했다.

한남대교 북단, 신호대기 중이다. 10분만 더 가면 강의 장소다. 초록 신호등이 켜지자, 앞차들이 조금씩 움직였다. 몇 번의 신호가 바뀌어야만 통과할 수 있었다. 이번에도 통과 못 하면 또 몇 분을 기다려야 할지 모른다. 브레이크에서 발을 떼려는 순간, 쿵! 뭐지! 누군가 내 차 조수석을 들이받은 모양이다. 까만색 그랜저 차가 내 차 앞에 와서 선다. 30대 중반쯤으로 보이는 남자가 내린다.

"아니, 왜 양보를 안 합니까? 깜빡이 켰으면 양보 해야죠!"

내 차 뒤에서는 경적을 눌러대고, 옆으로 지나가는 차주들은 욕하며 손가락질하는 모습도 보인다. 당황했다. 처음이었다.

20년 무사고 운전자. 혼자 여기저기 들이받은 적은 있어도 이런 경우는 처음이다. 말문이 막혔다. 내가 잘못한 건가? 순간 나도 헷갈렸다. 내 차는 아직 서 있던 상태였고, 그 차는 움직여서 내 차 조수석을 받은 상태. 누가 봐도 상대방 차주 잘못일 거라 확신했다. 간신히 도로 우측 편으로 차를 댔다. 사고는 사고고, 한 시간 후 강의해야 한다. 서울시 자살예방센터 생명지킴이 상담사들 대상이다. 얼른 전화해서 사정을 말했다. 시간상 보험회사가 빨리 와서 대충 해결하면 강의 시간에 늦지 않을 것 같았다. 그런데 워낙 차가 막히다 보니 양쪽 보험회사 담당자들도 늦게 도착했다. 마음은 급하고 그렇다고 한 시간도 안 남은 시간에 다른 강사를 대체할 수도 없었다. 10회기 강의 중 9회기인데, 거의 다 잘해놓고 이게 무슨 변수인지. 식은땀까지 흘리며 가슴 졸이고 있을 때 교육담당자한테 전화가 왔다.

"강사님, 오늘은 그냥 돌아가세요. 우선 몸부터 챙기셔야 하니까 얼른 병원부터 가세요. 여기는 제가 알아서 잘 말씀드릴게요."

그날 나는, 다친 데도 없는데 2박 3일 동안 강제 입원을 했다. 보험회사에서 시켰다. 낯선 병실에서 낯선 사람들과 멀뚱

멀뚱 있으면서 생각했다. 내가 무책임했던 거였다. 아마도 사고 핑계 대고 강의 안 해도 된다고 미리 생각했는지도 모른다. 큰 사고가 아니니 나중에 처리하고 택시라도 타고 갔어야 옳았다. 이곳저곳에서 오신 상담사들의 시간을 내 마음대로 쓴 거나 다름없다. 다시는 남의 시간을 함부로 쓰지 않을 것이며, 나의 무책임이 누군가에게 얼마나 피해를 주는지 잊지 않을 것이다. 나의 사고 소식을 걱정하는 사람이 많았을까? 아니면, 오고 간 시간이 아까워서 불만이었던 사람이 많았을까? 남의 시간을 함부로 쓰는 사람이 되지 말자.

Instructor 06 ········· Secret

옷차림처럼 내 마음도 단정하게!

*

집 현관문 열리는 소리. 의자에서 벌떡 일어났다. 종일 일하고 퇴근했을 딸 진이를 향해 환한 미소를 지었다. 진이의 표정과 굳은 몸. 현관에서 한참을 서 있다.

"엄마! 왜 그래? 어디 아파? 옷이 그게 뭐야?"

인사는 안하고 다짜고짜 물어본다. 내 몸 발끝부터 쭉 올라오면서 옷차림을 보니, 어머나! 세상에나! 이건 그 어디에도 없는 전혀 본 적 없는 옷차림이다. 나도 놀랐으니 진이는 오죽했으랴. 사연은 이랬다. 8시간 분량의 강의안을 만드는 날이다. 종일 노트북과 씨름하다 보니 쌀쌀한 기운이 들었다. 3월 초. 겨울과 봄이 교차하는 시점. 집에서는 거의 민소매 얇은 원피스를 입는다. 잠옷에 가까운 원단과 디자인이다. 작업하다 보니 쌀쌀한 듯해서 7부로 된 편한 바지를 껴입었다. 원피스를 밖으로 내놓고 말이다. 시간이 흘러 또 추운 듯해서 이제는 반팔 티셔츠를 껴입었다. 거울도 보지 않은 채. 잠시 후 이번에는 운동복 상의를 걸쳐 입었다. 그래도 추운 듯했다. 뭘 입으면 덜 추울까 궁리하며 서랍을 뒤지다가 하얀색 수면양말이 눈에 들어왔다. 그걸 신으니 흡족한 미소가 나왔다. 옷보다 더 따뜻하고 폭신폭신한 촉감이 좋았다. 진이의 걱정스러운 말에 밑에서부터 위까지 쭉 훑어보니 이건 뭐. 완전 가관이다. 머리에 꽃 하나 딱 꽂고 나가면 누가 봐도 난 이상한 사람이다. 하얀색 수면양말, 그 위에는 알 수도 없는 알록달록한 무늬의 7부 바지, 거기에 찰랑찰랑한 꽃무늬 원피스, 엉덩이를 덮은 빨간색 티셔츠, 허리춤까지 오는 운동복. 아차 싶었다. 직장인으로 따져 보면 교안 작업 중이었으니, 근무 시간이나 다름없다. 몰입도 좋지만, 흐트러진 나의 모습. 대참사다.

2020년. 코로나 위기에도 강사들은 자기 계발과 공부에 몰두해 있었을 때다. 그날은 A 협회에서 강사자격과정이 있었다. 약간의 친분이 있는 S 강사가 주최하는 거라서 의리상 40만 원을 내고 과정을 들으러 갔다. 4월의 눈부신 햇살과 거리마다 푸른빛의 어린잎들. 잘 어울리는 듯해서 진분홍색 원피스에 하얀 정장 재킷을 입고 교육생으로 갔다. 교육장이 좁고 답답했다. 20여 명이 앉아 있는 그곳은 빨리 벗어나고 싶을 정도로 갑갑하고 숨이 막혔다. 그래도 공부하러 갔으니 필기 준비하고 기대에 찬 마음으로 앞을 주시했다. 첫 시간, 길에서 오다가다 볼 수 있는 옷차림의 한 분이 서서 인사를 한다. 등산복 차림에 등산화를 신었다. 그 사람이 교수진일 거라고는 전혀 눈치 채지 못했다. 두 시간가량 그 강사 강의를 들어야 했다. 내 머릿속은 '교수진이 어떻게 저런 옷차림으로 강의하지?' 불쾌감과 불신으로 교육 내용은 귀에 들어오지도 않았다. 사람 겉모습만 보고 판단하면 안 된다고는 하지만, 그래도 첫인상이고 교육생에 대한 기본예절을 안 지키는 것이 못마땅했다. 아직도 그 옷차림은 나를 이해시키지 못하고 있다. 내가 지나치게 강박관념이 있는지도 모르지만.

2019년 가을쯤으로 기억된다. 잘 아는 교육원 B 대표가 다급하게 강의 요청을 했다. '직장 내 장애인 인식개선 교육' 이다.

이 교육은 한국장애인고용공단 자격증을 가진 강사만이 할 수 있는 강의다. 근데 나는 2020년에 자격증 취득을 했기 때문에 내가 갈 수 없는 강의였다. 그 대표의 다급함이 안타까웠다. 여기저기 수소문하여 자격증 있는 강사를 소개해 주었다. 다음날 그 대표로부터 사진 한 장이 왔다. 봤더니 소개했던 강사의 강의하는 사진이었다. 소개해 준건 고맙지만 강사 옷차림이 이게 뭐냐고 했다. 할 말이 없었다. 소개해 주고도 왠지 내가 잘못한 것 같았다. 운동화에 청바지를 입고, 긴 사파리 재킷을 걸치고 있었다. 인원이 꽤 많아 보였는데 누가 교육생이고, 누가 강사인지 구분이 되지 않는 옷차림이었다. 평소 단아한 모습에 상냥한 미소와 아름다움과 인격까지 최고라고 여겼던 강사다. 그 모습을 보고 머리카락이 쭈뼛쭈뼛 서는 듯했다. 어디 놀러 갔다가 강의 시간이 되어 급하게 투입된 사람 같았다. 사정이 있었겠지만, 기본은 지켜야 하지 않느냐는 생각 때문에 그 후로 그 강사한테는 강의 의뢰를 하지 않았다.

직업이 강사라서 그런지, 나이가 들어가는 증거인지, 화려한 색깔과 반짝이가 좋아진다. 옷이나 신발을 고르다 보면 나도 모르게 원색, 아니면 반짝이다. 강의 대상자에 따라 옷 색깔, 디자인, 장신구 등 꽤 신경 쓰는 편이다.

강의하다가 구두 때문에 있었던 에피소드가 있다. 온라인 쇼핑을 즐기는 편이다. 유난히 눈에 띄고 예쁜 킬힐 금색 반짝이 구두를 샀다. 발에도 잘 맞고 걷기에도 크게 불편하지 않고 왠지 자신감 뿜뿜. 다리가 더 길고 예쁘게 느껴졌다.

경기도 O 자활센터. 남녀비율 5대 5정도. 중년 대상. 법정의무교육 중이었다. 맨 앞줄에 앉아 있는 한 여성이 강의 시간 내내 자꾸만 내 다리를 쳐다봤다. 블루 톤 스커트 정장을 입고, 커피색 스타킹을 신었다. 계속 그 여성의 시선이 신경 쓰였다. 참다못해 속으로는 기분 나쁘지만, 웃으면서 왜 자꾸 내 다리를 쳐다 보냐고 물었다. 다리를 본 게 아니고 반짝이 구두가 너무 예뻐서 자꾸 쳐다보게 되었다고 했다. 그 구두 어디서 샀는지, 값은 얼마인지 묻기까지 했다. 그때 느꼈다. 내가 좋아하고 예쁘다고 생각하는 차림이 오히려 강의에 방해가 될 수 있다는 것을.

진이의 그 표정은 잊을 수가 없다. 엄마의 옷차림이 충격이었나 보다. 재택근무라도 강의에 관련된 일을 할 때는 근무 중이다. 정장은 아니어도 집 안에서도 옷을 단정하게 입기로 했다. 사람은 옷차림에 따라 마음가짐도 달라진다. 일하는 시간. 장소가 어디든 옷차림은 중요하다. 내가 좋아하는 의상이나 구두보다 교육생들이 봤을 때 부담스럽지 않은 차림. 그것이 집중도를 더 높인다. 너무 과하게, 화려한 게 아닌, 단정하게! 내 마음도 단정하게 정돈하고 강의 무대에 선다. 오늘은 어떤 메시지로 어떤 도움을 줄까? 단정한 옷차림처럼 마음도 단정하면 더 몰입하게 된다.

나 혼자 일어서야 하는 곳

*

나대기. 우리 집 강아지이름이다. 잠시도 가만히 있지 않고 하도 나대서 '나대기'라고 지었다. 우리 집 보물 2호다. 밖에 나가면 나대기가 보고 싶어서 빨리 들어오고 싶을 정도다. 사랑스러운 우리 나대기가 얼마 전에 다쳤다. 나대서 그런 건지, 나의 잘못인지 가슴이 철렁 내려앉았다.

설거지를 마치고 잠깐의 휴식을 하고자, 커피를 탔다. 헤이즐넛 향기가 허리를 펴게 해주는 듯했다. 커피를 책상 위에 놓고 앉으려는 순간, 나대기가 내 무릎에 뛰어오르더니 책상 위로 점프를 한다. 낑낑대며 통증을 호소하는 나대기. 커피는 책상 위에 있는 노트북과 데스크 탑 키보드와 펼쳐진 책 몇 권을 순식간에 덮쳤다. 나대기가 뜨거워서 고통스러워하는 동안, 노트북이 가장 걱정되었다. 일단 한 대 쥐어박고 내려놓은 다음, 화장지랑 수건 총동원을 해서 닦아냈다. 노트북에 이상이 생기면 나는 끝장이다. 노트북 먼저 닦고 보니 그제야 우리 나대기가 눈에 들어왔다. 내가 나대기를 사랑하는 건 순 거짓말인가보다. 나대기보다 노트북이 더 소중했으니까. 나대기를 안고 욕실에 가서 찬물에 다리 마사지 샤워를 했다. 다행히 큰 화상은 아니었다. "도대체 왜 그렇게 나대니? 내가 못 살아! 자꾸 엄마 일하는 데 방해할 거야?" 낑낑 신음소리를 내며 최대한 불쌍한 표정으로 나를 바라보는 우리 나대기를 꼭 안아주었다. 안정시키고 이불 속에 넣어 주었다. 진한 갈색 커피의 흔적. 책상을 보니 한숨이 나왔다. 덕분에 그날 책상 정리 제대로 했다. 다시 커피를 타 와서 의자에 앉아 노트북을 펼쳤다. 강의 자료 안전한지 검토해야 한다. 제일 먼저 '강의 완료' 폴더를 열었다. 몇 년 동안 강의했던 자료가 다 담겨 있다. 강의할 때마다 그 폴더에서 교안을 찾는다. 그 교안을 업그레이드해서 강의하는 중요한 폴더다. 이것저것 열다가 보니 '서울지방경찰청 인권 교육' 교안이 눈에 들어왔다. 2018년 4월 25일. 날짜도 안 까먹는다. 얼마나 긴장했던 시간이었는지. 그 교안을 쭉 내리면서 봤다. 기가 막힌다. 그걸 교안이라고 들고 가서 강의했나 싶을 정도로 한심하고 부끄럽기 짝이 없었다. 그때 내 강의를 들었던 경찰청 수사관들에게 일일이 찾아가서 사과하고 싶을 정도로 민망했다. 그 생각도 잠시. 그 강의를 해내기까지의 기억이 떠올랐다. 그때 협회장과의 안 좋았던 일이 영화 필름 지나가듯 머리를 스친다.

2018년 2월. H 협회 회장으로부터 스카우트 제의를 받았다. 강의 실력을 본 적 없지만, SNS를 통해 본 나의 열정이 무조건 마음에 들었다고 했다. 그곳에 가면 내가 더 크게 성장할 거라 믿고 흔쾌히 받아들였다. 4월 25일을 한 달쯤 앞두고 3월에 서울지방경찰청 인권강의를 다녀오라고 했다. 훌륭하고 대단해 보이는 사람들 앞에서 내가 그 강의를 할 수 있을까도 의심스러웠다. 인권 교육은 한 번도 해본 적이 없었다. 당연히 교육 자료를 주거나, 별도로 교육을 해 줄 거라고 생각했다. 회장은 물론이고, 부회장, 소속되어 있는 강사들이 도와줄 거라고 믿었다. 날짜는 자꾸만 다가오고 입이 바짝바짝 타들어 갔다. 누구도 도움의 손길을 주지 않았다. 대놓고 가르쳐 달라, 자료를 달라

할 만큼 용기도 없었다. 온전히 나만의 숙제, 혼자 해내야 하는 일이었다. 마지막 용기를 내어 회장한테 전화해서 도움 요청을 했다.

"아니! 김규인 강사! 그 큰 강의를 줬으면 혼자 알아서 해야지! 누가 도와줍니까? 알아서 하세요!"

눈물과 콧물이 뒤범벅되었다. 자존심 상했다. 내가 가고자 하는 길에 포기란 없었으니 이를 악물었다. 어디 두고 보자! 내가 반드시 해낼 테니까! 보여 줄 테다! 눈물이 앞을 가렸다. '내가 미쳤지! 그 잘나가던 학원 그만두고 왜 이 고생을 하나 몰라!' 학원을 접고 강사 길에 접어든 것을 후회한 적은 없지만, 한때 잘나가던 나의 멋진 삶(학원 운영)이 그리웠다. 그 회장의 빈정대는 말투, 나를 무시하는 것 같은 말투. 아직도 기억이 또렷하다. 한 달여간 인권에 관한 공부를 했다. 책이며, 유튜브, 강의 자료 등 코피 터질 만큼 공부했다. (실제로는 코피 안 남) 그렇게 힘겹게 눈물과 씨름하며 오기로 하게 되었던 강의. '경찰청'이라는 곳은 처음 가보던 날. 웃음이라고는 눈 씻고 찾아봐도 없는 경찰청 사람들. 삭막한 분위기. 아! 경찰들은 웃지 않는구나! 어떻게 하면 대한민국 경찰들을 웃게 만들 수 있을까? 아직도 연구 중이다. 그날 두 시간가량 진행된 인권 교육. 어떻게 지나갔는지도 모를 정도로 어려웠던 시간이었다. 아무리 공부하고 준비해도 처음 해보는 강의였으니 잘할 수는 없었을 것이다. 뭐 어쨌거나 또 하나의 스펙이 쌓였으니 자랑스럽게, 아니 자랑하고 싶어서 페이스 북에 강의 현장 사진을 올렸다. 그런데 강의를 줬던 회장이 댓글에 '축하합니다. 강의 평가 4.6 나왔습니다.' 하고 달아 놓았다. 눈물이 펑펑 쏟아졌다. 내가 기어이 해냈구나! 안도의 한숨과 그 긴장감이 한순간에 다 녹아내렸다. 나중에 알게 된 사실이었지만, 그건 나의 사기를 북돋워 주기 위한 회장의 배려였다. 강의평가 5점 만점에 4.6이면 명강사다. 분명히 다음 강의 의뢰가 들어와야 정상이다. 그런데 그 후로 서울지방경찰청에서 한 번도 부르지 않았다. 이해한다. 나 같아도 안 부른다. 왕초보, 기본 틀도 못 잡았던 강의. PPT만 봐도 알 수 있는 실력. 그때 공부했던 인권 교육. 실력이 쌓여서 지금은 여러 기관에서 인권 강의 의뢰가 많이 들어온다. 호랑이는 새끼를 낳으면 언덕에서 굴려본다더니, 회장은 나를 그렇게 독하게 훈련시켰다. 그때는 싫었던 회장. 덕분에 이만큼 성장했고, 앞으로도 성장할 수 있는 밑바탕이 되어 주었다. 감사하다. 그때 내 강의를 들었던 수사관들에게 다시 기회가 주어진다면 지금은 잘할 수 있는데 언제쯤 불러 줄까?

노트북. 요상한 물건. 오늘따라 새삼스럽게 얼마나 고맙고 귀한지 쓰다듬게 된다. 이 작은 기계에 수천 가지 자료를 담고 있는데도 불구하고 폭발하지 않는 것이 신기하다. 아마도 내 머릿속에 이만큼의 자료를 담았더라면 폭발했을지도 모른다. 처음으로 '노트북' 이란 걸 갖게 된 2016년. 강사 일을 계기로 급하게 산 물건이다. 걸핏하면 딸 진이는 노트북 바꾸라고 한다. 사주지도 않으면서. 자꾸만 렉이 걸리고, 속도도 느리다. 전자제품 10년은 거뜬히 써야 본전 뽑는 거지. 아직 쓸만하다. 우리 나대기 덕분에 대대적으로 자료 정리도 하고, 초보 강사 시절 힘들었던 추억도 회상하니 이만큼 성장한 내가 참 대견하다.

강사는 교안 만들 때 자신의 모든 역량을 쏟아야 한다. 온갖 정성과 피와 땀. 그것이 강의 실력이 된다. 처음 강사 시작할 때 교안을 전혀 만들지 못했다. 한 1년 정도는 딸 진이가 거의 다 만들어 줬다. 그렇게 어깨너머로 배운 것이 지금의 교안 만드는 실력이다. 아직도 현란한 솜씨를 뽐내지는 못한다. 하지만 교육생들이 봤을 때 쉽게 알아볼 수 있을 만큼은 해낸다. 강사들끼리 강의 교안을 공유하며 돕기도 하는데, 내가 직접 만들어 보니 얼마나 많은 시간이 들어가는지 알 수 있었다. 그래서 아무리 급하고 절실한 교안이 있어도 함부로 달라고 하지 않는다. 교안을 공유하며 주고받을 때 참고하라는 거지, 그대로 쓰라고 주는 것은 아니다. 초보 강사 시절, 교안 때문에 힘들어할 때를 생각해서 강사들이 손을 내밀면 아무렇지 않게 주곤 했다. 그런데 시간이 갈수록 그건 돕는 일이 아니라는 것을 깨달았다. 가끔은 내가 준 자료들이 SNS에 아무렇게나 떠돌아다니고, 때론 분명히 강의 자료를 줬는데 또 달라고 하는 강사도 있다. 받고도 뭘 받았는지 모른다. 결국 내가 피땀 흘려 만든 자료는 휴지 조각에 불과했다.

강사는 혼자 힘으로만 될 수는 없다. 많은 사람의 도움과 협업이 필요하다. 하지만 스스로 해내야 하는 일이 훨씬 더 많다. 그 과정에서 종종 나타나는 장애물을 넘어서야만 더 크게 성장한다. 결국은 자신과의 싸움. 혼자 일어서야 하는 곳. 누군가의 도움도 좋지만, 스스로 혼자 해냈을 때의 성취감. 그 뿌듯한 미소. 자신감. 무한한 능력의 발견. 땀 흘린 후 먹는 만찬의 기쁨. 직접 경험해 보기를 바란다.

하고 싶지 않은 강의

*

강의할 때 가장 행복하다. 그들의 눈빛에서 희망을 본다. 몇 시간 동안 준비하고, 이동하고, 해냈을 때의 쾌감과 성취감은 어떻게 말로 표현할 수 없을 정도로 만족감을 느낀다. 아! 나는 뼛속까지 강사구나! 강사가 되기 위해 태어난 사람이구나! 내 삶이 강의고, 강의가 내 삶인 인생. 내가 봐도 멋질 때가 있다. 하지만 때로는 제발 이런 강의 좀 안 했으면 좋겠다는 생각도 한다. 이런 강의 안 해도 되는 나라가 되었으면 좋겠다는 생각이다. 아동, 청소년 대상 교육 중에서 성폭력, 아동학대, 가정폭력, 학교폭력, 자살 예방 같은 교육이 그렇다.

청소년 성폭력 예방 교육. 2018년 여름. 처음 해보는 교육이었다. 공고 남학생 대상. 성교육도 포함해 달라는 담당자의 요청에 맞춰 오랜 시간 준비했다. 성교육은 가정에서는 물론, 유치원, 초등학교에서부터 이미 했을 교육이다. 성인이 다 되어가는 고등학생 2학년 대상 성교육이다. 포기하고 싶었다. 이미 알고 있는 내용을 반복하기도 그렇고, 준비하는데 어려움이 있었다. 그래도 주어진 일이니, 최선을 다했다.

여름방학을 이용해 도제 캠프를 온 서울의 H 공업고등학교. 에버랜드 옆 휴양림 같은 리조트에 모였다. 일찍 도착하여 주변의 상쾌한 공기를 마시며 쭉 둘러보았다. 풍경과 시설이 좋았다. 1박 2일 캠프 중 내가 첫 시간 강의였다. 200여 명. 큰 케리어를 끌고 강당에 모인 학생들은 오자마자 책상에 엎드려 잠자기 시작했다. 그 학생들을 어떻게 깨워야 하나 걱정이 되었다. 활기차게 오프닝을 해도 엎드려 있는 학생들은 별 반응이 없었다. 두 시간 중 첫 시간은 성교육을 해야 했다. 몽정, 자위행위. 다 알고 있는 내용이라서 주의 사항을 말하려고 했다. "에이! 선생님! 요즘 누가 몽정해요? 자위행위로 다 해결하지요." 짓궂은 학생 한마디에 학생들은 모두 웃었다. 당혹스러웠다. 소문대로 남학생들 강의는 만만치 않았다. 별로 반응도 없는 학생들이었지만, 눈에 띄게 집중하는 학생들도 있었다. 그 학생들 보면서 힘을 냈다. 두 번째 시간에는 성폭력 예방 교육이었다. 중반부쯤 인터넷 뉴스에 나온 청소년 성폭행 사건을 사례로 들었다. 남학생 7명이 여학생 한 명을 집단 성폭행했던 사건이었다. 그 이야기가 나오자, 잠자고 있던 아이들도 벌떡 일어나 귀를 쫑긋 세웠다. 그 사건은 절대 있어서는 안 될 끔찍하고 무서운 범죄이다. 학생들은 박수치며 환호성을 질렀다. 피의자인 남학생들을 부러워하는 눈치였다. 깜짝 놀랐다. 눈물이 곧 쏟아질 것만 같았다. 그곳에서 도망치고 싶었다. 남학생들에게는 그게 부러운 일인가. 잠시 숨을 고르고 이야기했다. "만약 그 피해 여학생이 누나이거나 여동생이라고 생각해 봤어요? 그래도 이렇게 박수 치겠습니까?" 그러자 "저는 누나도 여동생도 없어요." 한 학생이 이렇게 말했다. 옆에 있던 학생이 그 학생 뒤통수를 내리쳤다. 계속 숨을 고르며 끝까지 나의 임무를 다했다. 진땀이 났던 시간이었지만, 밝게 웃으며 학생들의 미래를 응원해 주고 마무리했다. 마치고 나오는데 복도에서 몇몇 학생들이 깍듯하게 인사를 했다. 주차장에 가는 동안 참았던 눈물이 쏟아졌다. 그 학생들의 반응보다도 이런 교육을 해야만 하는 현실이 안타까웠다. 청소년 성폭력 예방을 위한 교육. 이런 교육 안 해도 되는 안전한 나라가 되면 좋겠다고 생각했다. 그리고 다짐했다. 이런 교육 더 열심히 준비하고 연구해서 나로 인해 성폭력이 줄어드는 나라를 만들어 보겠다고.

2020년부터 장애인 성폭력 예방 교육 기회가 많아졌다. 블로그를 통한 요청이었다. 장애인 중에서도 발달장애인 대상 강의가 많았다. 강의 마치고 나올 때마다 속상했다. 그렇게 순수하고 예쁜 사람들에게 성폭력이라니. 정자, 난자, 수정, 임신. 이런 단어조차도 모르는 지적 장애인들. 설명해도 잘 모르거나, 거의 집중 못 한다. 3세~7세 정도 지능을 가진 사람들이다. 단 한 가지 공통점이 있었다. 내가 묻는 말에 하나같이 똑같은 대답을 한다. "안 돼요!"다. 질문에 거의 안 된다는 답변만 한다. 미성년자가 아닌, 성인도 있다. 이성 친구를 좋아할 나이, 교제해도 되는 나이다. "남자친구 손잡아도 될까요? 뽀뽀해도 될까요?" 무조건 안 된다고 한다. 장애인이어도 성인이 되면, 이성 친구도 사귀고, 결혼도 할 수 있다. 그러면 스킨십도 가능하다. 물론, 동의하에 말이다. '동의'에 대한 개념과 설명을 아주 상세히 해줘야 한다. 안 돼요, 안 돼요, 안 돼요! 안 되는 것만 있는 장애인 학교, 안 되는 것만 있는 장애인 시설. 장애인 성폭력이 많다 보니 장애인 성폭력 예방 교육도 많은 건 사실이다. 교육하는 건 좋은데 왜 안 되는 것만 알려줬을까. 되는 것도 있는데 말이다. 우리나라 교육 현실에 문제점이 드러나는 것 같았다. 장애인 성폭력 가해자는 거의 비장애인이다. 강자가 약자에게 가하는 행위. 화가 난다. 속상하다. 어떻게 하면 장애인이 더 존중받고, 안전하게 살아갈 수 있을까. 나의 사명이고 책임이라 생각하며 끊임없이 연구할 과제이다. 발달장애인 대상 강의하러 갈 때는 나도 긴장된다. 언제 어느 때 돌발 상황이 발생할지 모르기 때문이다. 강의 도중에 옷을 벗는 사람, 내게 다가와 만지려고 하거나 갑자기 끌어안는 사람 등. 돌발 상황이 자주 발생한다. 그럴 때 되는 것과 안 되는 것을 정확하게 구분 지어 말해 주곤 한다. 순수한 사람들이라서 악의는 없기 때문에 이해하는 것도 내 몫이다.

올해 상반기는 유난히 생명 존중, 자살 예방 교육이 많았다. 특히 학생들 대상이었다. 초등학교, 중학교에서는 그런 모습이 안 보이는데, 고등학교 학생들은 교육 시간에 학원 숙제하는 모습을 흔히 볼 수 있었다. 누구를 위한 숙제인가. 보여주기 위한, 검사받기 위한 숙제. 내 생각이다. 그런 아이들 대상은 오프닝 때 확 휘어잡지 않으면 계속 집중 안 한다. 오랫동안 학원 운영한 경험이 있어서 그나마 특성을 아니까 조금 낫다. 다행이다. 나만의 비법이 있다. 퀴즈를 내거나, 학생들에게 춤출 기회를 주면 아주 좋아한다. 즐겁게 시작한 교육이지만, 가볍지 않은 주제. 자살 예방 교육. 지난 4월, 대전의 N 고등학교에서 있었던 일이다. 아이스 브레이킹 시간이 끝나고 본 강의 들어가면서 내 마음을 전달했다. "선생님은 강사가 꿈이었어요. 꿈을 이루고 이렇게 강의하니까 참 행복하답니다. 그런데 오늘 정말 강의하기 싫어요." 집중하지 않던 학생들도 고개를 들었다. 호기심에 가득 찬 눈빛이었다. 마치 학생들이 말 안 들어서 강의하기 싫다고 오해하는 눈치였다. "제발 학생들에게 이런 강의 안 해도 되는 나라, 학생들이 편안하고 행복한 나라, 학생들이 자살 안 하는 나라가 되었으면 좋겠어요. 이 모든 게 어른들 잘못으로 일어나는 일이잖아요. 어른의 한 사람으로 진심으로 미안하게 생각해요." 그 반에서 좀 힘(?)이 있어 보이는 학생이 벌떡 일어나 박수를 크게 쳤다. "와!"하면서. 그랬더니 모두 일어나서 박수 쳤다. 설정이 아니라 진심이었다. 이어지는 교육 시간 내내 모두 집중했다. 우리나라 자살, 하루 평균 36~38명이다. 학교로 치면 하루에 한 반이 몽땅 없어지는 것과 같은 숫자이다. 생각만 해도 끔찍하지 않은가. 하루에 한 반이 없어지면 30여 일 전후로 학교 하나가 없어지는 것과 같은 현상이다. 막아야 한다. 반드시. 정혜신 작가의 《당신이 옳다》 책에 나오는 문장. '이 넓은 세상에 내 이야기를 제대로 들어주는 한 사람만 있다면 그 사람은 살 수 있습니다.' 우리 사회, 우리나라 미래를 이끌어 갈 청소년들의 말에 귀 기울이고, 그들의 마음의 소리를 들어 주는 어른들이 되었으면 좋겠다. 이런 강의 안 해도 되는 나라가 되기 위하여! 이 세상에 영원한 강자도, 영원한 약자도 없다. 약자와 강자를 나누는 자체도 우습지만, 강자가 약자를 보호하고, 덜 아픈 사람이 더 아픈 사람을 끌어안을 수 있는 사회. 내가 추구하는 삶이다. 나의 꿈, 그 길에 내가 서 있고 오늘도 그 길을 걷는다. 새벽 빗소리가 참 좋다.

Instructor Secret

*

PART 02

실전이 곧 실력이다

Instructor 01 .... Secret

측은지심으로 바라보는 습관

*

새벽 2시. 고요한 정적만이 흐르는 깜깜한 산길. 경기도 광주. 아무도 오가지 않고, 차 한 대도 지나가지 않는다. 차 안에 켜진 작동 스위치 불빛만 보인다. 닦고 또 닦아도 쉴 새 없이 흐르는 눈물. 겨우 정신을 차렸다. 설움과 분노가 뒤섞여 눈물, 콧물로 마치 세수라도 한 것 같았다.

"어디 한 번 두고 보자! 내가 성공해서 갚아 줄 테다! 두고 봐! 아무도 나를 얕잡아 보지 못하도록 그 위치까지 반드시 올라갈 거야!"

2019년 4월. 새벽 1시~ 3시. 법정의무교육. H 그룹 계열사. 그곳에 다녀오면 대기업을 다녀온 스펙이 생긴다. 당시만 해도 때와 장소를 가리지 않을 만큼 전국을 다니며 강의했다. '법정의무교육 강사 섭외' 단톡방에 '새벽 1시' 라는 문구 때문인지 아무도 나서질 않았다. 낮이었다면 너도나도 서로 가려고 경쟁이 붙었을 텐데. 강사를 못 구했는지 며칠 동안 계속 뜨는 섭외 건이었다. 새벽 1시? '도대체 뭐 하는 기업이기에 그 시간에 교육받지? 그 시간에 누가 가겠어?' 강사들은 나처럼 같은 생각을 했던 모양이다. 날짜가 임박해지자, 강사를 못 구하는 Y 대표가 안쓰러웠다. 그 용감함은 어디서 나오는지 개인 카톡으로 가겠다고 했다. 경기도 광주면 수원에서 그리 멀지 않고, 그 시간이면 차도 안 막히니 괜찮을 것 같았다.

봄비가 부슬부슬 내리는 밤 11시. 집을 나섰다. 목적지까지 가는 동안 바깥 분위기와 어울릴 듯한 발라드 음악을 들었다. 이별과 슬픔이 담긴 가사들. 비련의 여주인공 같았지만, 강의하러 가는 그 길은 꿈길과도 같았다. 거리에 가로등 불빛만 빛나는 고요한 밤. 가다 보니 한적한 산길이 나왔다. 비까지 추적추적 보태니, 금방이라도 귀신이 툭 튀어나올 것만 같았다. 옆으로 고개도 못 돌리고 앞만 보고 운전해서 도착한 곳. 밤 11시 50분. 집채보다 더 큰 환한 간판들이 보이자 안심했다. 얼핏 봐도 아파트 몇 개 동 정도 되는 건물이 한 산을 가득 채웠다. 어디가 어딘지 눈이 휘둥그레질 지경이다. 주차장도 1 주차장, 2 주차장으로 나뉘어 있다. 가장 눈에 들어오는 1 주차장으로 들어서려는데 차단기가 가로막는다. 입구에 차를 세우고 경비실로 향했다. 인상이 험상궂은 경비아저씨. 따지는 것도 많고, 물어보는 것도 많았다. 방문자 목록에 쓰라는 것도 많았다. 참 불친절했다. 그래도 시키는 대로 해야 들어갈 수 있으니 꼼꼼하게 썼다. 드디어 차단기가 열려서 주차장으로 들어가니까 물류센터인지 엄청나게 큰 트럭들이 수십 대가 줄지어 있었다. 교육장을 못 찾아서 교육담당자에게 도착을 알리고 밖에서 기다렸다. 30대에서 60대까지 다양한 연령층의 남성분들이 분주하게 물건을 싣고 나르는 모습을 보니, 새벽 배송을 하나 보다 했다. 그 시간에도 그곳은 대낮이다. 열심히 사는 모습이 짠하면서도 존경심으로 와 닿았다. 주차장에서 담당자와 만나서 그분이 안내하는 곳까지 따라갔다. 60대 후반쯤으로 보이는 친절하고 자상한 분이었다. 건물 두 개를 잇는 구름다리를 건너 교육장에 도착했다. 3교대 근무하는 곳인데 퇴근하는 사람과 출근하는 사람이 겹치는 시간이라서 그 시간에 교육받는다고 한다. 그분들은 투잡하는 불쌍한 분들이니 피곤하지 않게 빨리 끝내

달라는 부탁을 받았다. 진심이 담긴 그분의 어조와 친절함에 알았다고 했다. 그분 아래 중간관리자로 보이는 분이 오셨는데, 그분에게 나를 인계하고 자리를 떠나셨다. 그 중간관리자는 몇 번이나 되풀이하면서 빨리 끝내달라고 했다. 두 시간 교육에 30분 정도 일찍 끝내면 되겠지 했다. 노트북을 켜고, 빔 스크린에 HDMI 케이블을 연결해서 교육 자료 송출이 잘 되는지 확인했다. 30분 정도 시간이 남은 듯했다. 교육 인원 140명. 모두 남성. 투잡 하는 사람들. 그게 내가 아는 정보다. 교육 시간 10분을 앞두고 일하다 말고 들어오는 사람들. 불만 가득한 표정, 투덜투덜 욕 비슷한 말까지 내뱉으며 자리에 앉는다.

"에이씨! 바빠 죽겠는데 교육은 무슨 교육이야?"

법으로 정해진 교육을 마치 내가 잘못한 것처럼 따가운 시선을 보내는 사람들. 나는 아무런 말도 못 하고 그냥 서 있었다. 새벽 1시, 교육이 시작되었다. 억지로 받는 교육이라 분위기가 좋지 않기 때문에 그분들 마음을 열기 위해 아이스 브레이킹을 했다. 퀴즈 내기도 하고, 박수 스팟도 하면서 그분들을 웃게 하고 싶었다. 10분 정도 분위기를 바꾸느라 안간힘을 썼다. 그랬더니 좀 누그러졌다. 이때다 싶어서 이제 본 강의를 하려고 '직장 내 성희롱 예방 교육' 자료를 화면에 띄웠다. 중간관리자가 뒤에서 마구 사진을 찍는다. 그러더니 교육 시작하기도 전에 크게 박수 친다. "수고하셨습니다!" 순간 당혹스러웠다. 4대 법정의무교육 (직장내성희롱예방교육, 개인정보보호교육, 산업안전보건교육, 직장내장애인인식개선교육). 각 30분씩 계산해서 해야 하고, 일찍 끝내달라는 간곡한 부탁이 있었으니, 20분씩 하면 된다는 계산이었다. 그런데 첫 강의 시작하기도 전에 끝났다는 건가? 끝내라는 신호냐고 물어봤다. 고개를 끄덕이며 다음 프로그램 앞장만 사진 찍는다고 빨리 넘기라고 재촉했다. 그랬더니 거기 앉아 있는 몇 명이 신난다는 듯 더 크게 박수를 친다. 기가 막힐 노릇이다. 140명이 앉아 있는 그 자리에 당황한 나머지 눈물이 줄줄 흘렀다. 굴욕적이었다. 왠지 나를 무시하는 것 같았다. 자격지심(自激之心). 내게 남편이 없다는 사실, 그 사람들은 모를 터다. 그 시간에 여자인 내가 그 깊은 산속에 강의하러 간 것이 우습게 보였을 거라는 생각이 쉽게 가시지 않았다. 어디까지나 내 생각이지만, 당시에는 그 생각뿐이었다. 바보처럼 시키는 대로 화면을 바꿔가며 사진 찍게 도와줬다. 지금 생각하면 하지 말았어야 하는 행동이었다. 사람들이 자리를 뜨기 시작하고 결국 나는 10분 만에 쫓겨난 셈이다. 강의 용품과 가방을 챙기면서도 어찌나 눈물이 쏟아지던지 빨리 어딘가로 숨고 싶었다. 마음속에서는 불덩이 같은 뭔가가 용솟음치고, 한바탕 싸움이라도 해야 직성이 풀릴 것 같았다. 다시 주차장으로 가는 길은 더 멀게 느껴졌다. 꺼이꺼이. 아무리 멈추려 애써도 울음소리는 자꾸만 새어 나왔다. 교육장에 앉아 있던 몇 명이 지나가면서 "강사님! 수고하셨습니다." 공손하게 인사까지 한다. 그마저도 창피했다. 그중에 내가 불쌍해 보였던 사람도 있었나 보다. 뭔가에 쫓기듯 주차장을 벗어났다. 갈 때는 귀신 나올 것 같은 분위기였는데 무섭지도 않았다. 1차선 도로 갓길에 차를 세웠다. 그날 한 시간이 넘도록 울면서 "두고 보자!" 만 한없이 되풀이했다. 어차피 내가 강사로 크게 성공한다고 해도, 그 사람들은 나를 기억하지 못하겠지만 보여주고 싶었다. 그러면 나한테 함부로 하지 않겠지 하면서.

때론 자신감도 필요 없다. 내 잘못이 아닌 이런 돌발 상황도 맞닥뜨려야 하는 게 강사다. 새벽 1시 강의. 10분 만에 쫓겨남. 내 인생에 길이 남을 역사. 그때의 굴욕감이 더 이를 악 물게 했다. 덕분에 이만큼 성장했다. 오기도 필요하다.

새벽 6시에 강의했던 경험도 여러 번 있다. 건설노동자. 쉽게 '노가다' 라고 한다. 해도 뜨지 않는 새벽에 나와서 일을 하는 사람들. 그들의 표정은 항상 굳어있고, 여유라고는 찾아볼 수 없다. 그들의 삶의 무게를 간접적으로 느낄 수 있는 현장이다. 교육에 별로 관심도 없는 사람들. 그들에게 힘이 되고 싶었다. 의무교육을 떠나서 무언가 짓누르는 어깨를 가볍게 해드리고 싶었다. 웃게 해드리고 싶었다.

난로를 틀어놓아도 입이 얼어서 말이 제대로 나오지 않았던 열악한 환경. 새벽 6시에 시작된 강의. 마치고 나올 때였다. 내 손에 미지근한 캔 커피를 손에 쥐어 주시던 건설 현장 소장. 그 기억이 떠오르며 코끝이 찡해진다. 그분의 따뜻한 손길이 느껴진다. "강사님! 추운데 고생하셨어요. 장소가 이래서 죄송합니다. 뜨겁지 않지만, 이거라도 마시며 몸 좀 녹이세요." 내겐 가장 뜨거운 커피였다. 차가운 커피도 심장이 들어가면 뜨거운 커피가 될 수 있다.

그들의 삶을 측은지심(惻隱之心)으로 바라보는 습관이 생겼다. 밤낮도 없이 산업 현장에서 땀 흘리는 분들. 생계를 위해서, 가족 부양을 위해서, 자식들 뒷바라지를 위해서 참고 견뎌내야 하는 사람들. 누군가의 아빠, 누군가의 남편, 누군가의 아들. 소중한 존재다. 그들의 보다 나은 삶, 행복한 삶을 위해 나의 머릿속은 늘 바쁘다.

배고플 때 강의가 가장 잘 된다

*

통장 잔고 100만 원만 있어 봤으면 좋겠다. 소원이었다. 매달 출금되는 카드 값, 대출금, 자동차 할부금, 아이들 학비, 생활비 등 늘 빠듯한 생활. 신은 왜 내게 경제적 자유를 허락하지 않는 걸까? 아무리 열심히 앞만 보고 달리며 일해도 늘 제자리였다. 때론 마이너스다. 통장만 보면 한숨이 나왔다. 통장 잔고 체크하지 않고, 매달 돈 나가야 하는 날짜에 일일이 달력에 빨간 글씨로 안 써봤으면 소원이 없겠다 했다. 23년 전, 남편과 갑작스럽게 사별한 이후 내 생활은 항상 그랬다. 딱 한 달만 쉬어 봤으면 하는 바람도 있었다. 남편의 죽음은 다행히도 산업재해로 처리가 되어 당시 보상금이 나왔다. 그 돈은 내게 아무런 의미가 없었다. 여기저기서 그 보상금을 노리는 사람들이 있었다. 다 빌려주고 지금까지도 받지 못했다. 그것도 모자라 내 이름을 빌려 자동차를 계약하고 할부금도 내지 않은 사람도 있었다. 보상금은 다 날아가고, 빚까지 떠안았던 나의 생활은 그야말로 참혹했다. 밑 빠진 독에 물붓기다. 어떤 일을 해도 생계가 우선이었다. 강사 일을 시작하면서 줄곧 지금까지도 생계형 강사다. 돌이켜보면, 그것이 나를 더 움직이게 했는지도 모른다. 배고팠기에 누구보다 더 뛰어야 했다. 남들 잘 시간에 공부하고, 남들 노는 시간에도 공부해야만 했다.

2021년 2월. 영화 '미나리'는 전 세계를 놀라게 했다. 우리나라 국민배우 윤여정. 그분의 연기력과 카리스마, 에너지. 평소 존경하는 분이다. 수십 년 연기하며 자신만의 철학을 가지고 꿋꿋하게 살아온 결과였을 것이다. 그분을 존경하게 된 계기가 있었다. 힘들 때마다 생각했던 그분의 말씀. 그분의 한마디는 나를 더 움직이게 했다. 오래전 강호동이 진행하는 '황금어장 무릎 팍 도사'라는 프로그램에 윤여정 배우가 나온 적이 있었다.

"저는 배고플 때 연기가 가장 잘 됩니다."

이 한마디가 나에게는 큰 동기부여가 되었다. 음식을 먹지 못해 허기진 게 아닌 가난. 윤여정 배우는 올라갔다, 내려갔다 반복하며 굴곡진 삶을 살았다고 한다. 이혼 후 아이들 데리고 살기 위해 몸부림치면서 늘 배고팠다고 했다. 그리고 경제적으로 어려울 때(배고플 때) 연기가 가장 잘 됐다고 했다. 동감이다. 나도 경제적으로 어려울 때 일에 대한 열정이 가장 높았다. 돈 걱정 없이 살고 싶었다. 살아야 하니까 돈을 벌어야 했고, 아이들도 양육할 수 있었다. 억척보다는 나에게 주어진 일에 그냥 충실했다. 만약 경제적으로 넉넉했다면 어쩌면 나태한 시간을 보냈을지도 모른다. 경제적으로 안정되고 부족한 것이 없었다면 이렇게 열심히 일을 할 수 있었을까? 넉넉하지 않았기 때문에 그 배고픔을 달래려 앞만 보고 달린 것 같다.

터닝 포인트. 2016년에 강사가 되었다. 내가 하고 싶었던 일, 좋아하는 일을 하면서도 수입은 쉽게 안정되지 않았다. 늘 허기졌다. 처음 1년 정도 학원 운영과 강사 일을 병행하면서 그나마 학원에서 고정 수입이 들어오니까 버틸 수 있었다. 학원 정리한 돈으로 1년 정도는 공부에만 집중하며 강사로서 역량 강화에 힘쓰기로 다짐했다. 주로 어르신들 대상 프로그램을 하다 보니 아무리 바쁘게 움직여도 예전 학원 수입만큼은 따라가지 못했다. 점점 통장에 잔고가 줄어들자, 불안한 마음이 들었다. 작은딸과 둘이 생활을 하지만, 남들이 생각하는 것처럼 가족 인원수가 적다고 해서 생활비가 덜 드는 건 아니다. 매달 꼬박꼬박 통장에서 빠져나가야 할 돈은 있다. 그때마다 생각했다. 배고플수록 일이 더 잘 된다고.

무조건 들이댔다. 때와 장소, 강사료 따지지 않았다. 닥치는 대로 했다. 단톡방에 올라오는 '강사 섭외' 는 내 손가락을 재빠르게 움직이게 했다. 서류 접수 먼저 하고 담당자에게 연락이 오길 기다리는 시간도 긴장감이 돌았다. 꼭 섭외 돼야 하는데 하며 조마조마한 마음으로 기다렸다. 운 좋게 연락 올 때도 있고, 다른 강사가 섭외되기도 했다. 얼마간은 놓친 강의 기회 때문에 속을 끓이기도 했다. 내가 할 수 있는 강의면 알아서 기회가 올 테고, 나랑 인연이 닿지 않을 곳이라면 알아서 다른 강사한테 넘어가겠지 했더니 마음이 편했다. 부산, 목포, 대구, 제주도 등 수도권을 벗어난 강의는 사실상 경비 빼고 나면 남는 것도 별로 없었다. 그래도 갔다. 강의 경험이 많아야 스펙도 쌓이고, 경험이 곧 강의 스킬이 되기 때문이다. 어디든 강의할 수만 있다면, 그런 기회만 주어진다면 행복 호르몬이 저절로 나오는 것 같았다. 그렇게 달리다 보니 스마트폰 알림에서 돈 빠져나가는 소리보다 돈 들어오는 소리가 점점 많아졌다. 통장 잔고 확인하면서 입 꼬리가 올라간다. 배고픔만은 면하자. 입술을 깨물었다. 돈에 대해 늘 갈증이 났기 때문에, 배가 고팠기 때문에 더 성장할 수 있었다. 이제는 경제적인 배고픔보다는 꿈에 대한, 목표에 대한 배고픔으로 계속 성장하고 싶다.

며칠 전, 언제쯤이면 나처럼 될 수 있냐고, 언제쯤이면 돈 벌 수 있냐고 한 예비강사가 물었다. 돈 벌어서 뭐 할 거냐고 물었더니, 딱히 할 건 없지만 돈 많으면 좋겠다고 했다. 넉넉한 살림에 남편의 사업도 꽤 잘 돼서 경제적으로 전혀 어려움이 없다고 했다. 나처럼 생계형 강사가 있는가 하면, 이렇게 강사가 되고 싶어서 시작하는 사람도 많다.

"선생님, 그럼, 목표를 설정해 보세요. 내년 이맘때쯤 남편한테 1,000만 원 용돈 주는 거 어때요? 그동안 가정 경제를 모두 남편이 책임졌잖아요. 아마도 그 선물 받으면 남편이 엄청나게 감동하겠는데요?"

와! 와! 감탄하는 그 강사는 생각만 해도 멋지다며 꼭 그렇게 하겠다고 했다. 목표가 생겼다는 들뜬 목소리였다. 생계가 아니어도 금전적으로 목표를 설정하면 더 열심히 뛰어야 할 이유가 생긴다. 그것도 정확한 숫자로 말이다. 그게 배고픔이다. 배고프면 안 달릴 수가 없다.

강사. 처음 몇 년은 돈 못 번다. 통장 잔고 100만 원. 소원이었던 것이 이제는 얼마가 들어오고, 얼마나 나가는지 신경 안 써도 된다. 하지만 난 아직도 배고프다. 더 큰 평수 집 살 때 대출 없이 사기. 자동차 살 때 일시불로 확 저질러보기. 우리 사위와 정이, 진이, 희야랑 롯데타워 스카이라운지 데리고 가서 1인분에 35만 원짜리 코스 요리 사주기. 와! 생각만 해도 멋있다.

일에 있어서 나태해지고 게을러지는 건, 아직 견딜만해서 그런 거다. 견딜만하니까 자꾸만 핑계 댈 거리가 생기는 거다. 자신이 가고자 하는 길에 배고픔과 갈증은 필요하다. 배고플수록 일이 더 잘 된다.

출처를 밝히시오!

*

강사는 출강하기 전, 강의 자료를 만든다. 그 때 남의 것을 복사해서 쓸 때가 있다. 그런 경우 출처를 밝히는 것이 좋다. 나도 초보 때는 괜찮은 줄 알고 함부로 쓴 적이 있었다. 이는 저작권 침해라고 할 수도 있다.

저작권이란, 인간의 사상 또는 감정을 표현한 창작물이다. 저작자의 권리와 이에 인접하는 권리를 보호하고 저작물의 공정한 이용을 도모함으로써 문화 및 관련 산업의 향상 발전에 이바지함을 목적으로 제정한 법률인 저작권법이 있다. 저작자의 승인 없이 저작권의 내용을 이용하여 저작자의 권리를 침해하는 행위는 불법이다. (네이버 어학사전 인용)

이런 법이 있음에도 불구하고 내 마음대로 남의 자료를 유출했던 적이 있었다. 크게 문제 되지 않을 것 같았다.

2019년, 정확한 날짜는 모른다. 밤 12시쯤, 스마트폰에서 계속 알림 소리가 들린다. 페이스 북 메신저에 누군가 대화를 걸었다. 또 이상한 사람(?)이겠지 했다. 멈추지 않는 소리. 늦은 시간. 무례함에 한마디 쏘아붙이려고 내용을 봤다. S 교육원 대표다. 만난 적은 없지만, 강사 계에서 '성질 더러운 여자' 로 알려져 있었다. 나를 신고한다는 내용이었다. 자기가 만든 자료를 내가 페이스 북에 올렸단다. 일단 무조건 미안하다고 했다. 몇 번이고 진심으로 사과했다. 그녀의 폭언은 좀처럼 수그러들지 않았다. 소문 대로군! 저작권법 위반이라며 노발대발이었다. 좀 좋게 말해도 다 알아들을 텐데 막무가내다. 내가 법을 어기고 나쁜 짓을 했으면 당연히 벌을 받아야 한다고 생각했다. 신고하라고 했다. 그 말이 더 거슬렸던 모양인지 더 화를 냈다. 사실 난 그 대표의 자료인 줄도 몰랐다. 블로그에서 이웃 글을 보다가 공부하면 좋은 내용일 것 같아 다운로드 했고, 다른 사람에게도 알리고 싶었다. '직장 내 괴롭힘 방지법' 에 관한 내용이다. 카드 뉴스 사진 한 장이었다. 공유할 때 '출처' 를 썼더라면 괜찮았을지도 모른다. 다른 사람이 언뜻 보기에는 내가 직접 만든 것처럼 느껴졌을 수도 있겠다 싶었다. 진심으로 사과한다고 했는데도 받아주지 않으니 어쩔 도리가 없었다. 그냥 '법의 심판(?)을 기다리지 뭐' 했다. 몇 년이 지난 지금까지도 그 일에 대해 연락 왔던 적은 없다. 봐준 걸까? 이후로 그 대표가 강사 섭외하는 건은 아예 도전도 하지 않았고, 오다가다 우연히 마주칠까 두려웠다. 그날 이후 아무리 좋은 내용의 자료가 있어도 혼자 공부하는 용도로만 쓰고 그 어디에도 공유하지 않았다. 그 사건은 '성질 더러운 여자의 화풀이'가 아닌, 해서는 안 될 행동이었다. 한밤중에 메신저로 오간 대화 내용은 아직도 선명하게 기억된다. 다시는 남의 자료를 내 것처럼 함부로 써서는 안 된다며 각인시킬 수 있었던 사건이다.

2019년, 경기도 평택. J 복지관에서 종사자들 대상으로 강의할 때다. 여느 때처럼 며칠 동안 자료 수집은 물론, PPT 완성까지 수십 번 검토했다. 전날까지 아니 당일 새벽까지도 보고 또 보고 혹시 수정할 게 있는지 여러 번 검토하며 연습했다. 장애인인권교육, 종사자 인권 교육. 두 시간씩 총 네 시간을 해야 하는 강의다. 아무리 검토하고, 연습하며 준비해도 종사자 한 분의 끈질긴 태클(?)을 이겨내지 못했다. 40대 중반쯤으로 보이는 남성인데 중간 관리자쯤으로 보였다. 그분은 강의 시간 내내 옆에 앉아 있는 여성 복지사랑 큰 소리로 떠들었다. 무슨 할 얘기가 그리도 많은지, 아예 강의 들을 마음도 없어 보였다. 내가 뭔가 잘못하고 있는 건지 계속 신경 쓰였다. 그래도 다른 분들의 집중에 감사하며 계속 진행했다. 차라리 그냥 이해했다. 매년 의무적으로 받아야 하는 교육이니, 거의 비슷비슷한 내용들이라 생각했을 것이다. 강의 끝나기 20분 정도 남았을 때다. 거의 집중을 안 하던 그분이 갑자기 "강사님, 지금 그 자료 출처가 어디입니까?"라고 했다. 순간, 등줄기에서 땀이 주르르 흐르는 것 같았다. 머릿속이 하얘졌다. '장애인 학대 현황 통계' 자료다. 내가 봐도 출처가 없었다. 앗! 이런 실수를 하다니! 들키지 않기 위해 애쓰는 것보다 차라리 빨리 인정하는 게 낫겠다 싶었다. 미처 출처를 쓰지 못했다고 죄송하다고 했다. 다음부터는 이런 실수 하지 않겠다고 덧붙였다. 어떻게 강사가 자료 출처도 모르고 강의하냐며 쏘아붙이고 하는 말들은 나를 바짝 쫄게 했다. 그 사람의 눈빛과 목소리와 태도에 교육장은 얼음이 되었다. 모두 조용하게 고개만 떨구고 있었다. 그분의 그런 태도를 종사자들도 이미 아는 눈치였다. '아, 지금 이 상황을 어떻게 대처해야 할까?' 식은땀이 줄줄 흘렀다. 나름대로 피드백 좋은 강사로 자부심이 있었는데 이런 경우는 부끄러웠다. 분명히 알고 있었는데 기억도 나지 않았다. 연신 죄송하다고만 했다. 지금은 기억이 안 나는데 자료 출처를 정확히 알아내서 내일쯤 연락드리겠다고 했다. 남은 시간을 간신히 채우고 강의를 마쳤다. 어둑어둑해진 옥외 주차장. 한참을 차에 앉아 있었다. 차라리 강의 다 끝나고 조용히 나한테만 말할 것이지, 강의 분위기 왕창 망친 그 사람. 강의에 집중하지도 않았으면서 어떻게 그것만 딱 짚어 낼 수가 있을까? 내 잘못보다는 그 사람 탓하는 게 조금은 위안이 되었다. 내가 아닌 다른 강사가 와도 어떻게든 태클을 걸 사람이라는 생각만 들었다. 집에 오자마자 그 자료의 출처를 찾아냈다.

"국가인권위원회! 국가인권위원회! 국가인권위원회! 이 바보야! 이 멍청아!"

왜 그 '국가인권위원회'가 생각이 안 났을까? 이튿날, 교육 담당자한테 전화해서 알려드렸다. 어제는 많이 당황했겠다고 정말 죄송하다고 했다. 원래 그런 사람이니 이해해 달라고 했다. 나의 실수라고 인정하고 괜찮다고 했다.

트라우마가 생겼다. '출처'에 집착하게 되었다. 그 어떤 자료에도 내가 직접 만든 자료가 아니면 반드시 출처를 쓰게 되는 습관이 생겼다. 혹시 빠졌는지, 보고 또 보고 검토한다. '저작권법'에 어긋나는 것이 있는지도 검토하면서 강의 준비를 한다. 식은땀 흘리며 쩔쩔매던 나에게 깨달음을 준 그 사람. 불량 교육생. 시간이 흐르면서 고맙다는 생각이 들었다. 만약 그런 일이 없었다면 주로 내가 찾는 자료 출처(교육부, 여성가족부, 고용노동부, 통계청 등)에서 얻은 것. 어쩌면 마치 내가 만든 것처럼 썼을 수도 있다. 거짓 자료를 가지고 강의할 수도 있겠구나! 깨우침을 준 사람. 아직도 '성질 더러운 여자'로 기억되는 그 대표. 이 두 사람을 통해 내가 하지 말아야 할 것을 배우게 되었고, 더 열심히 공부하며 더 신중하게 강의 준비할 수 있게 되었다. 이 두 사건은 나를 더 성장시켰다. 강사는 남의 자료를 마치 자기 것처럼 쓰면 안 된다. 출처가 분명해야 한다. 다른 사람이 쓰는 자료를 쓰고자 할 때는 써도 되는지 동의를 구하는 게 옳다.

Instructor 04 ········· Secret

경험이 재산이다

*

매주 일요일 밤, SBS에서 방송되는 '미운 우리 새끼' 프로그램이 있다. 즐겨보는 프로그램이다. 요즘은 그 시간에 zoom 강의가 있어서 볼 수 없는데, 지난 일요일(4월 10일)은 강의가 밤 10시에 끝나서 뒷부분만 봤다. '박 군과 한영' 두 연예인이 결혼한다고 한다. 박 군이 며느리 감 인사시킨다고 엄마 산소를 찾아가는 장면이 나왔다. 부모 없이도 참 성실하고 반듯하게 자랐다는 이미지의 박 군. 표정과 피부 빛부터 달라진 듯 보였고, 두 사람 행복해 보였다. 엄마 산소에 앉아 예의를 갖추고 준비해 간 음식이며, 선물을 풀어놓고 도란도란 이야기하는 장면에서 나도 모르게 눈시울이 뜨거워졌다. 코끝이 '찡' 아려왔다. 얼마나 그리울까? 얼마나 자랑하고 싶을까?

박 군의 마음이 읽어졌다. 아! 나도 울 엄마, 아버지 보고 싶다. 나도 자랑하고 싶은 게 많은데. 나 이제 잘살고 있는데. 보고 계시겠지? 웃고 계시겠지? 하늘나라에서는 두 분 안 싸우고 잘 지내실까? 좋은 일이 있으면 가장 먼저 부모님 얼굴이 떠오른다. 박 군도 그랬을 거다. 두 사람의 모습. 박 군의 어머니도 보시면서 흐뭇한 미소와 함께 감격의 눈물을 흘리셨을 것 같았다. 박 군도 나처럼 아픈 손가락이겠지. 그날은 부모님 생각과 그동안 뵌 어르신들 모습이 하나하나 연상되며 한참이나 잠을 이루지 못했다.

가장 기다려지고 행복했던 곳. 어르신들 강의였다. 그곳에는 꿈에도 그리던 우리 부모님이 계셨다. 친딸처럼 예뻐해 주시고 반겨 주셨다. 우리 부모님께 미처 하지 못했던 효도한다는 마음으로 최선을 다해 땀 흘렸던 곳이다. 코로나로 인해 오랫동안 어르신들을 뵙지 못해 늘 그 자리가 그리웠다. 2021년 12월부터 2022년 3월까지 일산의 D 노인복지관에서 '노인 인권 교육' 을 했었다. 첫날, 두 시간가량 운전해 가면서도 거리가 멀게 느껴지지 않았다. 얼마나 감격적이었는지 모른다. 어르신들에게 인사하면서 반가움과 감격으로 눈물이 나왔다. 거의 2년 만에 어르신들 대면 강의였다. 부모님 뵙는 것과도 같았다.

"노인복지관 갈 때마다 제가 부탁하는 게 있습니다. 제발 간판 좀 바꾸라고요. 노인이 한 분도 안 계시는데 왜 노인복지관이라고 써놨는지 모르겠어요. '꽃 중년 복지관'으로 바꿔야 합니다. 여기 청담동이죠? 청담동 신사와 사모님들 다 모이셨네요."

어르신들 강의 때 자주 하는 말이다. 그러면 어르신들은 주름 밖에 없는데 무슨 소리냐고 하실 때가 있다. 그 주름은 삶의 흔적이 고스란히 담겨있는 아름다운 주름이다. 주름 수만큼 주름 잡고 사시라고 하면 어르신들 표정은 꽤 좋아 보였다. 덩달아 나도 신나고 좋은 분위기가 연출된다. 어르신 대상 강의는 강사료가 적은 편이다. 대부분 시간당 10~20만 원이다. 그래도 꼭 가고 싶고 가야하는 이유가 있다. 부모님에 대한 죄책감을 조금이라도 덜고 싶고, 진심으로 어르신을 섬기고 공경하는 마음이 앞선다. 시간과 거리 따지지 않고 가는 이유는 그렇게라도 우리 부모님을 대신 느낄 수 있기 때문이다. 어르신들 피와 땀, 헌신과 희생, 노력으로 그동안 일구어 놓은 많은 것 덕분에 우리는 이렇게 편안하게 살 수 있다. 그런 어르신들에 대한 감사함을 잊어서는 안 된다. 그동안 애쓰셨다고, 어려운 시절 살아내시느라 고생하셨다고, 여기까지 잘 오셨다고 감사의 인사도 빠뜨리지 않는다. 강의 마치고 나면 훌쩍훌쩍 눈물 닦는 어르신도 있고, 큰 박수와 함께 손잡아 주시는 어르신도 있다. 어르신 강의 현장은 내 가슴속을 따뜻하게 데워 준다. 언제 또 어르신들 대면 강의가 잡힐지 기다려지는 날들이었다.

2017년 3월. 용인 기흥구 보건소에 섭외되어 독거 어르신들 건강한 삶을 위한 '행복한 노후 만들기' 특강을 한 적이 있었다. 피드백이 좋았던 모양이다. '용인시 정신건강증진센터' 교육담당자의 끈질긴(?) 설득 끝에 3년간 고정 프로그램을 맡았다. 한창 바쁘던 시기라 고정은 부담이 컸다. 다른 강의를 포기해야 하기 때문이다. 여름부터 코로나 직전까지, 용인시에 있는 각 경로당 순회를 해야 했다. 내가 직접 프로그램을 다 기획하고, 연구하고, 센터에 제안서를 넣었다. 적합한 프로그램인지 검토하고 통과해야 그대로 할 수 있었다. 경로당 강의가 그렇게 절차가 까다롭고 복잡한지 몰랐다. 한곳에 주 1회, 하루

세 군데 화요일, 목요일만 했다. 내 스케줄에 맞춰 준다고 해서 교육담당자와 조율했다. 매번 같은 프로그램을 할 수 없으니 프로그램 짜는 것도 난관이었다. 가만히 있어도 땀이 줄줄 흐르는 여름 날씨에는, 에어컨이 돌아가도 소용없을 정도로 내 옷은 항상 땀에 흠뻑 젖었던 시간이다. '용인시' 라는 땅이 그렇게 넓은 줄도 몰랐다. 중심지를 벗어나면 시골 같은 풍경도 많고, 농사짓는 분도 꽤 많다. 어르신들께서는 경로당에서 손수 밥을 지어 함께 식사하는 경우가 많다. 반찬을 직접 만들어 오는 분도 있고, 즉석에서 국이나 찌개 등 요리도 하신다. 강의 끝나면 같이 먹자고 억지로 자리에 앉게 하셨다. 처음에는 좀 낯설고 어색해서 시간이 안 된다고 그냥 돌아오곤 했다. 그런데 한번 먹어보니 엄마 밥상이었다. 잊을 수가 없다. 지금도 침이 꼴깍 넘어간다. 그렇게 어르신들과 함께 가끔 식사도 했다. 주고받는 대화는 엄마의 정을 더 느낄 수 있는 시간이었다. 땀 흘린 후 먹는 엄마 밥상은 꿀맛이다. 다음 강의 스케줄 때문에 급히 돌아와야 할 때는 온통 엄마 밥상 생각뿐이었다. 내 가방에 먹을거리를 바리바리 넣어 주시는 분들 덕분에 이동하면서 배고픔을 달랠 수도 있었다. 손수 피땀 흘려 농사지은 농작물이

나 지역 특산물을 차에 가득 실어주시는 분들도 계셨다. 엄마의 사랑을 듬뿍 받은 느낌이었고, 엄마에 대한 그리움을 대신할 수 있었다. 행복했다. 경로당 한 곳당 주 1회 네 번 뵙게 되는데, 마지막 시간은 아쉬움이 가득하다. 덕분에 건강해졌다며 내 손 쓰다듬고 잡아주시고, 그동안 고생 많았다며 토닥토닥 안아주는 분도 계셨다. 부모님의 사랑을 느꼈고, 감격의 눈물로 말을 잇지 못했던 적이 많았다. 건강하게 잘 계시겠지?

3년 동안의 경로당 강의. 실력이 늘 수밖에 없다. 값진 경험이었다. 그 실력이 재산이 되었다. 시간당 5만 원. 하루 세 군데. 15만 원이다. 그 시간에 다른 곳에서 강의하면 강사료가 훨씬 많지만, 어르신들 강의는 돈 따져서는 안 되는 곳이다. 내겐 그렇다. 필요로 한다는 자체만으로도 감사이고 행복이다. 재능기부라도 좋다. 우리 부모님 대신 뵐 수 있는 것만으로도 행복하다. 어르신 강의를 거절할 수 없는 이유이다. 강사들이 나한테 도움을 요청하거나 조언을 구하면, 경로당에서 실력을 갈고 닦아 보라고 한다. 기회가 쉽게 찾아오지는 않지만, 경로당 강의에서 어르신들을 통해 보고 배우는 게 얼마나 많은지 알아야 한다고 강조한다. 경로당 강의 3년만, 아니 1년만 해보면 그 어떤 강의도 다 해낼 수 있을 것 같은 자신감이 생긴다. 그 경험이 재산이 되고, 그게 실력이 된다.

집 근처 행복복지센터 옆 공원. 벚꽃이 만개하면 마실 삼아 혼자 나가보곤 한다. 3일 전, 우체국 들렀다가 그곳에 발길이 닿았다. 흐드러지게 활짝 핀 벚꽃. 보는 것만으로도, 걷는 것만으로도 힐링이 되었다. 셀카 놀이도 하면서 꽃구경, 사람 구경에 빠졌을 때다. 내 또래로 보이는 딸과 엄마의 모습이 눈에 들어온다. 딸이 엄마 사진도 찍어 주고, 정겨운 대화를 나누며 꽃길을 걷는 모습. 엄마에 대한 그리움은 더해만 갔다. 우리 엄마도 꽃 좋아하는데. 살아계셨으면 이맘때쯤 꽃구경하러 갔을 텐데. 5월 7일에 언니, 오빠들이랑 안동 부모님 산소에 가기로 했다. 그날은 국화꽃 대신 카네이션을 준비해야겠다. 이젠 하늘나라에서 아픈 손가락 걱정 안 하셨으면 좋겠다.

"엄마 아버지! 잘 계시지요?"

존중받고 싶어요

*

보복의 법칙. 나폴레온 힐의 《성공의 법칙》 '자제력' 편에 나온다. 여기서 말하는 '보복'은 복수나 앙갚음이 아닌 '남에게 행한 만큼 자신에게 그대로 되돌아온다.'는 뜻이다. 누군가에게 손해를 입히면 그대로 자신에게 돌아간다. 호의를 베풀고 상대를 존중한다면 그 또한 자신에게 그대로 돌아간다는 뜻이다. 맞다. 내가 존중받고 싶다면, 내가 먼저 상대를 존중하면 된다. 인간관계에 있어서 '존중'은 중요하다. 사람은 누구나 존중받고 싶고, 환영받고 싶고, 특별한 대접을 받고 싶은 심리적 욕구가 있다. 나도 마찬가지다. 공적이든 사적이든 내가 존중받는 느낌이 들 때 마음이 활짝 열린다. 다음 만남도 기대된다. 내가 존중받지 못하고 있다는 생각이 들 때가 있다.

누군가를 만났을 때 그 사람이 계속 스마트폰만 만지고 있을 때다. 그냥 자리에서 벌떡 일어나 돌아오고 싶었을 때가 한두 번이 아니다. 중학교 때부터 친구였던 정이는 친구들 만났을 때 내내 스마트폰만 만진다. 대화가 잘 안될 정도다. 그럴 거면 왜 만나는지 모르겠다. 혼자 집에서 실컷 만지면 될 것을. 시간을 쪼개서 만나는 건데 그 친구의 그런 행동은 점점 마음이 멀어지게 했다. 이와 비슷한 행동을 하는 S 강사. 도대체 대화할 수가 없다. 만났다 하면 계속 '카톡' 이라는 알림 소리와 끊임없이 오는 전화 때문에 불쾌했던 적이 한두 번이 아니었다. 진동으로 해놓던가, 아니면 무음으로 설정해도 될 텐데 늘 거슬린다. 강사는 섭외 요청 전화가 올 때가 있으니, 무음까지는 바라지도 않는다. 옆에서 들어보면 뭐 그리 중요한 내용도 없다. 나의 바람은 "지금 미팅 중인데, 잠시 후에 전화 드리겠습니다." 이거다. 그런 부분이 잘되지 않는 강사. 산만하다. 통화할 때도 마찬가지다. 말 좀 하려고 하면 전화 들어온다고 일방적으로 끊어버리기 일쑤다. '통화 중 대기' 신호가 오는 모양이다. 허탈하다. 통화 내용은 대부분 나한테 도움 요청하는 내용이다. 내가 존중받지 못하고 있는 것 같아서 항상 기분이 나빴다. 거리 두기 중이다. 그럴 거면 왜 만나자고 하는지, 왜 전화하는지 모르겠다.

2018년, 강의 마치고 나오니 날씨가 뜨거웠다. 약간의 친분이 있는 ㅇ강사 전화를 받았다. 서울 도봉구 쪽에 계신단다. 마침 나도 그쪽에 있었다. 같이 점심 식사하기로 해서 약속 장소로 갔다. 한 분이 더 오셔서 세 명의 식사 자리가 마련되었다. 강사들끼리 식사 자리는 대부분 강의에 관련된 이야기를 한다. 그런데 그 자리는 스마트폰만 만지는 자리 같았다. 해물찜을 시켰다. 오래 걸리는 요리다. 기본 반찬이 꽤 많았다. 두 사람이 계속 스마트폰만 만지고 있으니, 딱히 할 게 없어서 그 반찬을 나 혼자 다 먹어 치웠다. 반찬을 더 달라고 해서 또 나왔는데 그걸 또 거의 먹었다. 한참 후에야 해물 찜이 나왔는데 아직도 스마트폰만 만진다. 슬슬 화가 나기 시작했다. 빨리 먹고 오후에 있을 강의 때문에 이동해야 하는데 음식에는 관심도 없는 두 사람. 마음이 급했다.

"저기요! 숟가락 놓을 정도로 중요한 업무를 보십니까?"

그제야 좀 미안했던지 수저를 들었다. 해물 찜을 먹는 둥 마는 둥, 기본 반찬만 두 번씩이나 잔뜩 먹었더니 배불러서 그런지 제대로 먹지도 못했다. 더 웃긴 건 둘 다 식사비 낼 생각이 없다. 성질 급한 사람이 내는 거지. 얼른 계산하고 헤어졌다. 그날 내가 낸 식사비가 그렇게 아까울 수가 없었다. 십만 원짜리 식사대접을 해도 아깝지 않은 사람이 있고, 만 원짜리 식사대접을 해도 아까운 사람이 있다.

경기 B 지방 경찰청. 와! 웅장한 건물과 넓은 정원에 금잔디가 쫙 깔린 곳. 내 기억 속 딱딱한 분위기였던 경찰서나 경찰청과는 완전히 다른 환경이었다. 정원의 모습은 환상적이었다. 2019년이 한두 달 남았을 때. 그곳에 소속되어 있는 의무경찰 대상 '인권 교육' 이 있었다. 수도권 지역 의무경찰 대상 강의를 많이 해봤던 터라 자신감 있게 교육장에 갔다. 당연히 경찰청 대강당에서 진행될 줄 알았는데 대강당은 다른 강의가 있다고 해서 임시로 사용하는 조립식 컨테이너 같은 곳에서 하게 되었다. 장소나 환경이 중요한 건 아니었지만, 약 200명 정도의 의경들이 다닥다닥 붙어 앉아 있는 곳은 마치 콩나물시루 같았다. 숨이 막힐 정도로 답답했다. 급하게 설치한 빔 스크린도 그리 좋아 보이지는 않았다. 계급이 높아 보이는 분이 앞에서 강사소개를 간단히 해 주고 강의가 시작되었다. 강의 시작 3분~5분이 가장 중요하다. 그 시간에 청중의 마음 열기, 아이스 브레이킹을 한다. 박수 치기 스팟도 하고, 서로 안마도 해주고, 퀴즈 맞히기로 선물도 팡팡 뿌리고, 화기애애한 분위기였다. 이제 본 강의를 시작하는데, 강사소개 해주셨던 계급 높은 분이 나가셨다. 잠시 후 그분보다는 계급이 좀 낮아 보이는 두세 분도 나가셨다. 이제 의경들만 남은 자리다. 강의 진행을 하는데, 여기저기에서 속닥속닥 소리가 들린다. 시간이 지남에 따라 더 큰 소리로 들렸다. 신경 쓰였다. 어떻게든 의경들에게 인권, 권리, 존중, 인권침해 사례 등 알리면서 성공적으로 마무리하고 싶었다. 그게 내가 해야 할 일이니까. 사태는 점점 심각해진다. 마이크를 잡고 이야기해도 내 목소리보다 의경들 떠드는 소리가 더 크게 들린다. 난장판이다. 기가 막혔다. 아무리 계급 사회라고 하지만, 상급자가 자리에 없다고 그럴 수 있을까? 도중에 마이크 내려놓고 나오고 싶었지만 참았다.

"여러분! 저 존중받고 싶어요. 여러분도 존중받고 싶죠? 지금 다른 교육도 아니고 인권 교육 중이잖아요? 인권은 존중이

가장 중요하다고 생각합니다. 저 좀 존중해 주세요!"

진지한 목소리와 태도로 대본에도 없던 말이 마음에서 우러나왔다. 마이크 잡고도 가장 큰 목소리로 말했다. 어머나! 통했다! 갑자기 조용해졌다. 눈빛 하나하나가 미안함으로 보였다. 두 시간 동안 의경들은 졸지도 않았고, 반짝반짝 빛나는 눈빛으로 고개까지 끄덕이면서 집중했다. 어떻게 그 순간에 그런 말이 나왔는지 나 자신에게 감탄했던 날이었다. 아! 이게 실전이고, 실력이 되는구나!

통화 중 대기. 신청한 적 한 번도 없다. 지금 나랑 통화하는 사람이 가장 중요하다고 생각하기 때문이다. 전화 끊고 보면 '부재중 전화' 찍혀 있고, 바로 전화하면 된다. 직업이 강사다 보니 미팅 자리에서 간혹 전화 올 때가 있다. 그래서 누굴 만나든 반드시 하는 말이 있다. 업무적으로 급한 전화는 받아야 하니까 이해 좀 해달라고 양해를 구한다. 카톡은 무음이거나 중요한 단톡방은 방별로 소리를 다르게 설정했기 때문에 거의 안 본다. 존중. 뭐 크게 대단한 일 아니다. 일상에서 우리가 만나거나 통화하는 사람들에 대한 예의. 상대방이 불쾌해하지 않을

범위. 나에게 집중하는 사람을 만나고 싶다. 돈과 시간까지 투자했는데 존중받지 못했을 때의 허탈함. 느끼고 싶지 않다. 상대도 소중하지만, 나도 소중하다. 나에게 집중하는 사람을 만나자.

명강사가 되고 싶다면

*

'명강사란, 자신 스스로 명강사라고 할 게 아니라, 남들이 강의를 잘한다고 인정해 주면서 명강사라고 불러줄 때 비로소 명강사라고 할 수 있다. 무엇보다도 자신의 상황 변화에 흔들리지 않고, 굳은 결의로 올바른 강의를 할 수 있는 정신자세가 가장 중요하다. 유행에 좌우되지 않고, 고객의 요구에 충실하되, 다른 강사와 비교할 때 자신만의 직업철학과 신념, 깊이 있는 지식 등이 갖추어져야 한다.'

17년 기업 강의 전문가. 홍석기 교수님께서 직접 만들어서 제본해 주신 책 '강사들의 즉문즉답' 에 나오는 글이다. 몇 번을 읽어도 공감되는 글이다. 명강사는 여러 자격을 갖추어야겠지만, 강의 시간을 정확히 지키는 것도 중요하다. 아무리 좋은 강의라도 시간을 어기는 강사는 명강사라고 할 수 없다. 청중들의 시간을 마음대로 뺏어서 쓰는 것과 같기 때문이다. 강사가 시간을 정확히 지키지 않아 불편을 겪었던 적이 몇 번 있었다.

강원도 삼척. 쏠비치 리조트. 전국에서 모인 국민건강보험공단 상담사 300명 워크숍. 수원에서 4시간가량 운전해서 가는 길. 산과 들에는 울긋불긋 나뭇잎이 곱게 물들어 가고, 시원한 바닷바람과 풍경에 취할 걸 생각하니 세상 부러울 게 없었던 날이다. 2019년, 지금도 그날을 생각하면 짜릿하다.

삼척. 내 고향 태백과 가까워서 가족들과의 추억이 많이 담긴 곳이다. 쏠비치 리조트는 처음 가보는 곳이라 설렘 가득 안고 갔다. 건물도 으리으리하고, 그곳을 둘러싼 소나무 숲과 조경, 바다 빼고는 사방이 산과 들이어서 보기만 해도 저절로 힐링이 되었다. 바다 냄새, 산과 들의 향기, 풍경. 어떻게 표현이 안 된다. 리조트 뒤쪽에서 바라보면 푸르고 푸른 하얀 바다. 바닷바람에 머리카락이 흩날려 방해해도 마냥 좋았다. 와! 와! 와! 연신 나오는 감탄사. 강의 마치고 나서 다시 감상하기로 하고 들어갔다. 형형색색 빙빙 돌아가는 화려한 조명, 수십 명이 넘게 서있어도 괜찮을 넓은 무대, 네이비 색깔 천으로 원탁을 장식하고 뺑 둘러앉은 상담사들의 웃음소리. 분위기는 이미 고조되어 있었다. 오전 10시부터 시작된 프로그램이 진행 중이었는데, MC로 보이는 남성이 진행하고 있었다. 섭외 담당 업체 직원이 안내하는 대로 무대 아래에서 강의 준비를 했다. 11시부터는 내가 스트레스 관리 교육을 한다. 30분 전에 준비 완료. 강사 생활 4년 만에 가장 화려한 무대에 선다. 보라색 정장을 입은 내 모습. 몇 번이고 거울을 보며 대기하고 있었다. 10시 55분. 11시 5분. 11시 20분. 아무리 기다려도 MC는 마이크를 내려놓을 줄 모른다. 레크리에이션 강사인가? 게임 형식으로 진행하는데 도무지 시간을 지키지 않는다. 초조했다. 교육담당자가 옆에 오더니 몇 번이나 죄송하다고 한다. 시간이 오버된 상황이니 20분만 해달라고 했다. 나는 그 한 시간 강의를 위해 준비하는 데만도 어림잡아 10시간 이상 투자했고, 오고 가고 따지면 거의 하루를 다 쓰는 시간인데 고작 주어진 시간은 20분. 머릿속은 온통 준비해 온 자료를 어떻게 써야할 지 어지러웠다. 드디어 무대에 올랐다. 11시 30분~ 11시 50분. 내가 시간을 어기면 상담사들의 점심시간을 뺏는 거다. 스트레스 관리를 어떻게 하면 좋을지 강의해야 하는데 앞뒤 다 잘랐다. 맨 앞줄에 앉아 계신 몇 명을 무대 위로 올라오게 했다. 직책이 높은 사람으로 보이는 사람만 골랐다. 야자타임 게임. 옆 사람 팔짱을 끼고, 얼굴을 좌로 돌리던, 우로 돌리던, 방향을 받은 사람이 또 좌측이나 우측으로 고개를 돌리며 큰 소리로 "야!"만 하는 거다. 낮은 직책이 높은 직책 사람에게 큰 소리로 "야!" 하며 빠르게 돌아가는 게임. 아무것도 못 하고 당한 사람이나 방향을 잘못 틀어서 두 사람이 얼굴을 마주하면 탈락. 상담사들의 웃음소리가 울려 퍼졌다. 통쾌한 모양이다. 성공! 다음은 준비해 간 클레용팝의 '어이' 라는 댄스곡으로 단순한 동작을 따라 하게 했다. 리조트의 음향시설은 나이트클럽보다 더 쾅쾅 울렸다. 상담사들은 막춤에 가깝도록 흥에 겨워 다 일어서서 즐겼다. 나도 신나게 춤을 췄다. 여기저기 함성과 춤추는 사람들. 마치 연예인이 된 것 같았다. 와! 이 정도면 난 DJ를 해도 성공하겠다 싶었다. 조용히 얌전히 있다가도 무대만 올라가면 '그분' 이 오시나 보다. 20분, 그 시간은 나도 함께 즐긴 무대였다. 뿌듯했다. 갑자기 줄어든 시간에도 당황하지 않고 자연스럽게 잘 해낸 내가 대견했다.

태백에 사는 작은오빠랑 올케언니가 미리 와서 기다렸다. 우린 밀린 수다를 떨며 바닷가를 거닐었다. 온몸이 땀에 흠뻑 젖어서 바닷바람은 더 시원했다. 어렸을 때부터 가족이 다 모여서 자주 갔던 횟집에서 푸짐하게 차려진 회를 맛있게 먹고 놀다가 늦은 밤 안전하게 귀가했다.

며칠 후, 통장에는 두 배의 강사료가 입금되었다. 이럴 수가! 착각해서 계산을 잘못한 건가?

"강사님! 워크숍 특강 수고하셨어요. 짧은 시간임에도 불구하고 열정적이고 효율적으로 진행해 주셔서 감사합니다. 강사료 더 넣었어요. 다음에도 부탁드릴게요."

섭외 담당자의 문자를 받고 나서야 기쁨을 만끽했다. 아! 4대 보험, 퇴직금도 없는 강사에게 이런 보너스도 있구나! 그날의 기쁨과 나의 순발력. 잊을 수가 없다. 하지만 그 MC에 대한 안타까움. 아직도 이해가 안 된다. 5분 정도도 이해할까 말까 하는데 30분이나 시간을 지키지 않았던 사람. 그 강의를 위해 준비한 시간, 장거리 운전. 내 시간을 아무렇게나 써버린 사람이다. 만약 시간을 딱 지켰더라면 정해졌던 강사료만 받았을까? 내가 잘해서 준 건지, 미안해서 준 건지는 모르지만 최고의 보너스였다.

2022년 1월. 내가 운영하는 〈국민강사교육협회〉 오픈채팅방에서 명강사 초청 특강이 있었다. 몇 번 식사도 하고, 가끔 통화도 하면서 힘이 되었던 분을 모셨다. 워낙 강의가 많은 분이라 당연히 그분의 실력을 믿었다. zoom으로 모인 사람이 50명이 넘었다. 학교폭력예방교육이다. 강의 주제와는 전혀 상관없는 이야기인 자기 자랑만 늘어놓았다. 사람들 표정만 봐도 뭔가 잘못됨을 인지했지만, 끊을 수는 없었다. 더 큰 문제는, 주어진 한 시간을 훌쩍 넘어가고 있었다. 사람들은 자꾸 빠져나갔다. 카톡으로 불만을 이야기하는 사람, 채팅창에 비밀댓글 다는 사람. 전화 오는 사람. 입이 바짝바짝 타들어갔다. 중간 중간 사람들과 소통하거나, 화면을 좀 보면 좋은데 계속 혼자만 떠드는(?) 격이었다. 그때는 나도 오픈채팅방 운영 초보라서 끊지도 못하고 쩔쩔매던 때다. 진땀 흘렸던 그날. 나는 사람들한테 온갖 욕을 다 먹었다. 명강사 초청이라면서 검증도 되지 않은 사람 함부로 세우냐고 시간도 안 지키는 사람이 무슨 명강사냐고 항의가 많았다. 억울했다. 분명히 정확하게 시간 지켜달라고 당부

했는데, 무시당한 것 같았다. 명강사라고 했다. 강의가 엄청 많다고 했다. 강의가 많다는 것은 그만큼 실력도 우수할 거로 생각했다. 어깨에 뽕만 잔뜩 들어갔던 강사였다. 자신이 직접 '명강사' 라고 하는 것이 아닌, 다른 사람이 인정하는 사람이 명강사다. 강사는 시간을 지키는 것은 물론, 자신이 하는 강의 주제가 뭔지 정확히 알아야 한다. 주제와 상관없는 방향성을 잃은 강의는 청중으로부터 거부감이 들고 신뢰감도 떨어진다.

강의할 때 강사 한 명이 하는 강의가 있는가 하면, 앞뒤로 다른 강사 강의가 있는 경우도 있다. 그럴 때 중간에 10분간 쉬는 시간이 주어진다. 그 시간에 강사 교체가 되고, 강의 준비까지 완료해야 한다. 그런데 강사가 시간을 오버해 버리면, 다음 강의해야 하는 강사는 마냥 기다려야 하고, 스케줄에 영향을 받는다. 명강사란, 스스로 말하는 것이 아닌, 청중으로부터 신뢰를 얻을 수 있는 강의와 정확한 시간을 지켜주는 강사다. 좀 일찍 끝내 주면 더 좋아한다. 그게 실력이다.

몸이 있는 곳에 마음 두고 일하자

*

지금, 여기. 컴퓨터와 키보드. 그 외 아무것도 보이지 않는다. 아무 소리도 들리지 않는다. 이 시간만큼은 아무도 나를 방해할 수 없다. 스마트폰도 무음이다. 지금, 이 순간만 집중한다. 내 몸이 여기 있기에 내 마음도 함께 하기 위함이다. 몸이 있는 곳에 마음을 두는 일. 쉬운 것 같지만 쉽지 않은 일이기도 하다. 다른 생각을 하거나, 다른 유혹에 빠지다 보면 몰입할 수 없다. 멀티가 안 되는 성격이다 보니 오로지 한 가지 일에만 집중하는 편이다. 소음에 민감하다. 예민하다. 그러나 이 화면으로 들어가 손가락을 움직이다 보면 아무런 소음도 나를 방해하지 못한다.

"몸이 있는 곳에 마음 두고 일하자!"

직장인 대상으로 강의할 때 꼭 하는 말이다. 특히 법정의무 교육 중에서 '산업안전 보건교육' 할 때 더 강조한다. 몸은 직장에 있는데 마음이 다른 곳에 있으면 일에 집중할 수 없고, 사고로 이어질 가능성이 높기 때문이다. 가족에게 잘 다녀오겠다고 인사하고 출근했는데, 가족의 품으로 돌아가지 못하거나 병원으로 가야 하는 상황. 생각만 해도 끔찍하다. 만약 내 가족이 일하다가 사고를 당한다면, 상상하기도 싫은 일이다.

"지금 여러분 몸은 직장에 있습니다. 그리고 교육장에 있습니다. 오늘 아침 출근하면서 마음도 함께 모시고 오셨나요? 몸은 교육장에 있는데 마음도 가지고 오셨나요?"

거의 대답을 안 한다. 마지못해 일하는 사람이 더 많다는 것을 느낄 수 있다. 바쁘고 귀찮지만, 어쩔 수 없이 교육받는다고 생각하는 사람들. 이 질문을 하면서 가슴이 짠하기도 했고 폭소를 자아냈던 에피소드가 하나, 둘 스쳐 지나간다. 남성 90% 이상 제조회사인 A 기업. 나도 배꼽 잡았던 일이 있었다. 오늘 아침 출근하면서 마음도 함께 가지고 오셨냐는 질문에 중년으로 보이는 남성 한 분이 그럴 리가 있냐며 마음은 안 가지고 왔다고 했다. 마음을 집에 두고 왔냐고 물었더니, 마음은 절대 집에 두는 게 아니라며 어젯밤에 갔던 술집에 두고 왔다고 했다. 70명 정도 앉은 교육장은 웃음바다가 되었다. 그분의 말씀 한마디에 모든 직원이 웃었다. 예상하지 못한 답변에 나도 웃었다. 그분의 재치 덕분에 강의 시간 내내 더 술술 풀리고 분위기도 좋았다. 나의 간절한 바람은 그분들이 안전하게 일하고 행복한 가정으로 귀가하여 편안하게 쉴 수 있는 것이다. 일의 의미와 가치를 알아보기 위해 왜 일을 하냐는 질문을 하면 대부분 "먹고 살기 위해서요."라고 한다. 솔직한 대답이다. 나도 먹고 살려고 이렇게 강의하러 나왔다고 하면 왠지 공감대가 형성되는 느낌이다. 직장인들 표정과 태도를 보면서, 그 일에 얼마만큼 자긍심과 애사심이 있는지 잠깐의 시간으로는 판단할 수는 없다. 직장에서 늘 즐겁고 행복한 일만 있지는 않을 것이다. 어떤 일을 하던 그 일에 집중해야 업무도 효율적이고, 실수를 줄일 수 있다. 실수가 안전사고로 이어져서는 안 된다. 아무리 힘들어도 몸과 마음의 일체로 집중해서 일하기를 간절히 소망한다.

어릴 적 내 고향 태백에서 흔히 볼 수 있었던 문구와 그림이 있었다. '오늘도 무사히!' 그 글귀 옆에는 어린아이가 무릎 꿇고 앉아 두 손 모아 기도하는 모습이 있었다. 그때는 별로 느낌이 없었다. 여기저기 벽에 붙어있는 그림과 글씨. 그뿐이다. 그런데 강사가 되어 여러 산업 현장을 다니다 보니 그 의미를 알 수 있었다. '광부' 라는 위험 직종. 순식간에 크고 작은 사고가 발생하는 일이 빈번하다 보니 탄광으로 출근하는 아저씨들에게 '가족' 을 생각하라는 뜻이었으리라. 매일 아침 등굣길에 봤던 모습. 도시락 가방을 들고 출근 버스를 기다리는 아저씨들 표정은 그리 좋아 보이지 않았다. 늘 지쳐 보였다. 그분들의 피와 땀과 눈물은, 까만 시냇물이 대신 답해 주었다. 목숨 걸고 일해야 하는 현장. 많이 봤다. 산업 현장 곳곳에 붙어있는 '안전제일' 과 비슷한 문구를 보면 어린 시절 '오늘도 무사히!' 라는 문구가 떠오른다. 오늘도 각 사업장에서 생계와 가족을 생각하면서 이마의 땀을 닦으셔야 하는 사람들. 안전하게 가족의 품으로 돌아갔으면 좋겠다. 몸과 마음이 함께.

운전하는 걸 좋아한다. 자동차 안은 오로지 나만의 공간. 운전하는 시간은 나에게만 집중할 수 있는 시간이다. 좁은 공간이지만 가장 편안한 곳이기도 하다. 아무런 방해도 받지 않기 때문이다. 하지만 가끔 운전에만 집중하지 않고 잡생각을 한다. 전화하거나 받기도 하고, 간식을 먹기도 한다. 졸음운전을 피하려고 목청껏 소리 지르며 노래를 따라 부르기도 한다. 위험한 행동이다. 분명 몸은 운전대에 있는데 마음이 딴 데 가 있는 것이다. 나의 목숨만 위협하는 것이 아닌, 사람들을 위험에 빠뜨리는 일이다. 강사라는 직업은 딱히 위험한 일을 하는 건 아니지만, 운전을 많이 하므로 그 시간은 운전에만 집중해야 한다. 몸과 마음을 합쳐서. 강의하러 갔을 때도 마찬가지다. 나에게 오는 위험 요소는 무엇이 있는지 얼른 파악해야 한다. 계단 오르내릴 때 조심조심! 내가 왔다 갔다 하는 무대에 혹시라도 전선이 있는지, 있으면 발에 걸리지 않도록 정리하기. 반드시 점검한다. 간혹 강의하면서 전선에 걸려 넘어질 뻔했던 적이 있었다. 강사가 강의하다가 넘어지면 일단은 창피할 테고, 다칠 수도 있다. 강의에 집중하기 위해서는 위험 요소를 반드시 제거해야 한다.

새벽 4시. 눈 뜨면서 가장 먼저 하는 일. 침대에서 뒤척이지 않는다. 벌떡 일어난다. 그리고 외친다.

"감사합니다! 고맙습니다, 내 인생!"

오늘도 건강하게 눈 떠서 움직일 수 있고, 볼 수 있고, 숨 쉴 수 있구나! 베란다로 나간다. 깜깜한 바깥을 보면서 고요함 속으로 빠져든다. 창을 열고 그 향기를 느끼며 기를 모은다. 내가 좋은 기운을 모아야 만나는 사람들에게 그 에너지를 나눠줄 수가 있다. 하나의 의식(?)을 치르는 시간이다. 가끔 빼먹을 때도 있지만, 루틴이고 습관이다. 눈을 감고 온전히 나에게만 집중하며 주문을 외운다.

"온다! 온다! 이 세상 모든 좋은 기운이 내게로 온다! 온다! 온다!"

나의 이런 습관이 기적을 일으키고, 성장할 수 있었던 비법이기도 하다. 오늘도 나의 에너지로 인해 많은 사람이 영향을 받아서 행복할 수 있도록 기를 모으고 또 모은다. 내가 좋은 기운을 가지고 있어야 사람들에게 좋은 에너지와 기운을 나눠줄 수 있다. 모든 사람이 몸이 있는 곳에 반드시 마음도 함께하기를 응원한다. 강의하러갈 때 마지막으로 집 현관을 나서면서 두 가지(나이, 자존심)는 집에 두고, 한 가지는 꼭 챙겨서 나간다. 마음아! 가자! 몸이 있는 곳에 마음 두고 일하자!

편견, 나부터 없애자!

*

남편이 장애인이었다. 후천성 장애인. 군대 제대하는 날, 5톤 트럭 밑에 깔려 수십 미터를 끌려가 3년 동안 식물인간처럼 살았다고 한다. 나를 만나기 훨씬 전 일이다. 시어머니의 기도와 정성, 간병으로 기적적으로 살아난 남편. 결혼생활 8년 동안 후유증으로 잠 못 이룬 적이 많았다. 그는 '지체 장애 3급' 이라는 판정을 받고 장애인 수첩까지 있었다. 그게 싫었다. 숨기고 싶었다. 장애인 혜택이라고 공과금 할인, 자동차에 붙이는 장애인 스티커 등. 장애인 가족이라는 게 부끄러웠다. 장애인에게는 혜택이 많다고 그거 챙기자, 차에 스티커도 붙이자는 남편의 의견을 무시했었다. 그 돈 얼마나 절약한다고 창피하다고 했다. 몇 번이나 남편의 설득에도 아랑곳하지 않았다. 행여나 누가 알까 봐 두려웠다 장애인인 남편이 싫었던 게 아니라, 우리 사회에서 장애인을 바라보는 시선이 싫었던 거였다. 더 솔직히 말하면 나부터도 장애인에 대한 편견이 많았다. 왠지 불쌍했고 곁에 있는 사람은 더 불쌍하게 여겼다. 강사가 되어 수많은 장애인을 만나고, 그들에게 강의한다. 나부터 장애인에 대한 인식개선이 되어야 했다. 나부터 그들을 이해해야 했고, 동정이 아닌 동행을 외쳐야 했다. 장애인 인권교육, 장애 인식개선 교육, 직장 내 장애인 인식개선 교육. 장애인과 비장애인을 나누어 대상자에 따라 장애인에게는 용기를, 비장애인에게는 '예비 장애인' 으로서 장애인에 대한 편견을 없애자는 나의 바람. 남편에 대한 미안함이 가장 컸다. 내가 장애인에 대한 편견이 없었다면, 아마 그가 살아있을 때 나부터 장애인을 불쌍히 여기는 언행은 하지 않았을 것이다.

2018년, 3월. 수원시청이 주관하고 수원시 가정법률 상담소가 위탁받아서 하는 '가정폭력 예방 교육' 을 처음 하던 날이었다. 다른 강사가 섭외되었는데, 그 강사는 강사료가 적다는 이유로 나를 대신 보냈다. 강사료가 많든 적든 강의할 수 있는 자체만으로도 기뻤다. 수원시 교육 담당을 하는 한진숙 팀장과 몇 번 통화하면서 대상자 파악을 했다. 수원시 J 학교. 장애인 특수학교다. 5세~ 20세. 지적 장애인. 어디에 포커스를 맞춰야 할지 한 달가량 연구하고 공부했다. 강의 당일에 학교 주차장에서 한 팀장을 만났다. 단아한 모습과 여성다운 고운 목소리. 나의 마음을 끌기에는 좋은 조건을 다 갖춘 분이었다. 차에서 짐을 내리는 내게 탄성을 자아내며 감탄했다. 소지품 가방, 노트북 가방, 곰돌이 인형, 회초리. 지능이 낮은 학생들과 소통하려면 인형이 필요하겠구나 싶었다. 딸 진이의 하얀 곰돌이 인형은 5세 정도 아이 키 정도 된다. 그날 진이 몰래 들고 나간 인형이다. 한 팀장과 짐을 나눠 들고 담당 선생님께서 안내하는 강당으로 들어갔다. 음향기기 등 시설도 좋고 무대도 넓었다. 강의 시간이 다가오자, 선생님들의 인솔 하에 학생들이 들어오기 시작했다. 지적장애인을 단체로 보긴 처음이다. 내가 생각했던 것보다 그 이상 시끄럽고 산만했다. '이야! 큰일이다! 이런 분위기 속에서 강의를 하라고? 알아 들을까? 어떡하지?' 잠깐 머릿속이 하얘졌다. 어떻게 얻어진 기회인데, 얼른 정신 차렸다. 몇 날 며칠 준비한 자료를 화면에 띄우고 본격적으로 강의를 시작했다. 주어진 시간 50분. 나는 책임을 다해야 했다. 장애인 가족도 가정폭력이 있을지 모른다. 가정폭력 예방을 위해 학생들에게 어떤 메시지를 줄 것인지 며칠 내내 연구했던 것들. 아! 어떡하지! 안 통한다. 듣지도 않는다. 뛰어다니는 아이, 소리 지르는 아이, 우는 아이, 무대로 와서 나를 만지는 아이, 끌어안는 아이. 난장판이 따로 없다. 낯선 아이들이 내게 와서 안기고 만지는 행위는 당혹스러웠다. 불쾌하기까지 했다. 어차피 이론 교육은 틀렸다. 가져간 곰 인형을 안고 동영상에 나오는 '곰 세 마리' 동요를 따라 불렀다. 가사는 곰 세 마리 중 아빠 곰이 폭력적이어서 엄마 곰, 아기 곰이 우는 내용이다. 집중하기 시작한다. 박수 치며 노래를 따라 부른다. 난장판이었던 강당이 노랫소리로 가득 찼다. 뛰어다니고 돌아다니는 아이들도 자리에 앉았다. 들고 간 회초리로 곰 인형에게 화를 내고, 때리는 시늉을 하며 '이것이 가정폭력이다.' 보여줬다. 그리고 가정에서 그런 일이 발생하면 반드시 선생님께 말하라고 했다. 도움을 줄 거라고 덧붙였다. 50분이라는 시간이 어떻게 흘렀는지 땀과 진땀이 범벅이 되었던 시간이었다. 다시 주차장이다.
"강사님! 제가 그동안 수많은 강사를 만났지만, 강사님처럼 열정적이고 재치와 순발력이 강한 사람은 처음 봅니다. 앞으로 수원시에서 초, 중, 고 순회하면서 계속 함께 해주셨으면 좋겠어요." 한 팀장의 피드백은 울고 싶었던 그 시간을 보상 받는 것 같았다. 힘들었던 게 싹 가시면서 위로가 되었다. 그날부터 인연을 맺은 곳. 6년째 수원시 각 학교 순회 '가정폭력 예방 교육 전문 강사'로 활동하게 된 계기가 되었다. 그날 집으로 돌아오면서 내 아이들이 건강해서 정말 다행이고 감사했다. 그리고 장애인 가족에 대한 존경심과 안쓰러운 마음이 편견을 없애는 기회가 되었다.

2018년부터 지방에 있는 장애인 거주시설에서 강의했던 적이 여러 번 있었다. 갈 때마다 느끼는 건데, 장애인 거주시설은 공기 좋은 자연 속에 있어서 좋았다. 산 넘고 물 건너, 논두렁 밭두렁도 지나면서 운전하기 힘든 깊숙한 산속에 있는 경우도 많았다. 일차선도로도 안 되는 비포장도로는 앞에서 다른 차가 오면 비켜야 할 곳도 없을 정도였다. 내비게이션에 잘 나오지 않는 곳도 있어서 헤맨 적도 있고, 차가 논두렁에 빠질 뻔했던 적도 있었다. 내 차가 주차장에 들어서면, 낯선 차량 방문에 장애인들이 신기한 듯 몰려오기도 한다. 건물에 들어서면 막 달려와 안기고 인사하는 사람도 있다. 무슨 말을 하는지 소통도 안 되는 사람들이었다. 처음에는 당황했는데 만나면 만날수록 그들의 순수함은 내 마음을 녹였다.

"강사님! 지난주에 평창에 있는 A 장애인 거주시설에 갔었는데요. 장애인 거주시설은 왜 다 산속 깊이에 있을까요?"

"장애인 거주시설은 혐오시설이라고 생각하기 때문이에요."

오랫동안 장애인 거주시설에서 사회복지사로 일했던 Y 강사와의 대화에서 알게 된 사실이다. 깜짝 놀랐다. 차별이었다. 난 장애인들이 공기 좋은 곳에 있어서 나라에서 배려한 줄만 알았다. 그 이후로 장애인을 직접 만나본 사람으로서 장애인은 혐오 대상이 아닌, 조금 다를 뿐, 같은 사람이란 걸 알리고 싶었다. 낯선 사람 등장에 반가움을 표현하는 것뿐이었고, 정확한 언어는 아니어도 조금만 관심을 가지고 귀를 기울이면 충분히 소통이 가능한 것도 알았다. 하물며 집에서 키우는 반려견과도 교감이 되고 소통이 된다. 산책하고 싶다, 간식 달라, 물 달라, 밥 달라, 안아 달라. 눈빛과 행동, 울음소리로도 구분이 된다. 그런데 사람 대 사람으로서 소통이 안 된다는 건 편견이었다.

나의 표정과 손짓, 몸짓, 그런 행동이 그들 마음에 다가갔고 그들도 나에게 마음을 열었다. 나의 이런 직접적인 체험이 강의 현장에서 그대로 전달될 수 있었다.

매주 화요일 밤 8시~10시. 강사들에게 무료로 교육한다. 지난주에는 법정의무교육 전문 강사 자격 과정을 했던 강사들에게 '직장 내 장애인 인식개선' 재교육을 했다. 낮에 미리 준비해 둔 교안을 다시 보고, 또 보면서 강사들에게 어떤 메시지를 줄까 생각했다. 내가 강의 준비하면서 마음가짐을 어떻게 했고, 강의 시작 전 어떤 마음으로 했었는지 나누기로 했다. 노트북을 열고, zoom 주소를 발송하고, 신나는 음악을 틀어놓고 강사들을 기다렸다. 바탕화면에 교안을 미리 깔아놓고, 반갑게 인사하고 일상을 묻고 답하며 자연스럽게 강의를 시작했다.

"이 강의를 하기 전에 분명히 알아야 할 게 있습니다. 강사님들이 먼저 장애에 대한 편견이 없어야 하고, 인식개선이 되어야만 이 교육을 할 자격이 있다고 생각합니다. 스스로 장애인을 어떻게 생각했고, 어떤 시선으로 바라봤었는지 돌아보면서 우리 사회에서 장애인들이 편안하고 행복하게 살 수 있도록 돕겠다는 마음으로 하십시오!"

다른 강의 주제와는 다르게 이 교육은 진지하게 하는 편이다. 진심으로 장애인 차별이 없는, 장애인이 웃으며 살 수 있는 사회를 꿈꾸기 때문이다. 장애인이 누려야 할 당연한 권리, 장애인 스스로 습득해 행동할 수 있는 구체적인 방법을 전달하겠다고 다짐해 본다. 우리 사회에 장애인들이 더 행복한 삶을 살 수 있도록 나부터! 강사들부터! 장애인 차별, 편견을 없애야 한다. 그게 강사들이 할 일이다.

Instructor Secret

*

PART 03

최고의 강의를 위한 준비

넘어지면 어때?

*

강원도 태백, 작은오빠네 집 2층에서 눈부신 햇살을 맞이하며 눈을 떴다. 테라스에 나가서 상쾌한 공기를 마시는데 마을이 눈에 들어온다. 어릴 적 구불구불한 흙길, 골목길. 산과 들에 쫓아다니며 동네를 누비던 그때 모습이 영화 필름 돌아가듯 스쳐 지나간다. 피식 웃음이 난다. 그 동네에서 태어나 자라면서 든든한 오빠들 덕에 남자아이들도 무섭지 않았다. 골목대장. 말괄량이였다. 아버지는 그런 나에게 늘 여군이 되라고 하셨다. 여자가 너무 씩씩하다는 이유였다. 관심도 없었던 여군, 관심이 있다 해도 내 능력으로는 될 수 없었을 것이다. 후회하지 않는다. 그때는 골목골목마다 뛰어다니며 넘어지기 일쑤였다. 넘어져도 울지 않았다. 창피한 게 우선이었다.

난 항상 씩씩한 여자 골목대장이었으니까. 그냥 툭툭 털며 아무렇지 않게 또 뛰어다녔다. 그때부터였을까? 웬만해서는 넘어져서 아파도, 상처가 나도 아무렇지 않은 척했다.

2019년 12월, 밤 10시가 가까운 시간. 이마트에서 장보고 양손 가득 짐을 챙겨 나왔다. 마트 앞에서 두리번거리며 딸 진이를 기다렸다. 빨리 온다던 진이는 아무리 기다려도 오지 않는다. 집까지 200m 남짓. 혼자 다 들고 가기에는 몇 번씩이나 짐을 내렸다 들었다 쉬어가며 가야 한다. 슬슬 화가 나기 시작했다. 빨리 집에 가서 정리하고 강의 준비해야 하는데. 조급한 마음에 결국 진이를 기다리지 못했다. 무거운 짐을 들고 메고 지고 씩씩거리며 걷기 시작했다. '오기만 해봐라! 너 안 오면 나 혼자라도 들고 가지!' 몇 걸음 걷다가 짐을 내려놓았다. 식구라고는 달랑 둘인데 한 번씩 장을 보면 식구 다섯 명쯤은 되는 것 같다. 요즘은 필요한 게 있으면 바로 쿠팡에서 주문한다. 다음 날 새벽이면 현관 앞에 딱 기다리고 있는 물건들. 신통방통하다. 그때만 해도 직접 마트에 가서 가격 비교를 하고 들었다 놨다, 살까 말까 망설였다. 알고 보니 쿠팡에 훨씬 싼 물건도 많은데 말이다. 그런 줄도 모르고 두루마리 화장지, 쌀 5kg, 다우니 섬유유연제 3개짜리 한 박스, 참치 세일하는 거 8개짜리 한 묶음, 샴푸, 린스, 반찬거리 등 사다 보니 쇼핑카트가 한가득 찼다. 들고 간 노란색 이마트 장바구니 두 개에 넣을 건 넣고, 안 들어가는 것은 손가락이 끊어질 정도로 들었다. 12월, 가장 바쁜 시즌. 그래도 자주 장을 봤더라면 그렇게 무겁지 않았을 터다. 다시 짐을 챙겨 걷는데 다리가 꼬여버렸다. 몸에 중심이 잡히지 않았다. 엉거주춤 손에 쥔 짐을 놓치지 않으려다 그만 바닥에 팍 넘어졌다. 짐은 이리저리 뒹굴었다. 아무렇지 않은 척 얼른 짐을 주섬주섬 장바구니에 주워 담고 그 자리를 피해 종종걸음으로 집에 왔다. 넘어진 후로는 그 짐이 무겁지 않았다. 오로지 그 자리를 빨리 벗어나야만 했다. 이마트 앞, 유동 인구가 많은 곳이다. 분명 사람들이 봤을 것이다. 집에 오자마자 짐을 내동댕이치듯 던져놓고 옷을 벗었다. 강의하러 갔다가 바로 갔던 터라 정장 차림이다. 어머나! 세상에! 무릎에 피가 줄줄 흘러 종아리가 엉망이 되었다. 아픈 줄도 모르고 황급히 집에 온 모양이다. 오로지 창피함. 그 생각뿐이었다. 피를 본 순간, 그때부터 통증이 밀려왔다. 상처를 소독하느라 닦아내니 눈물이 찔끔

찔끔 나온다. 거실 바닥을 왔다 갔다 하며 걸어보았다. 걷는 데 지장 없었다. 다행이다. 다음 날 강의 세 건. 새벽부터 움직여야 할 상황. 큰일 날 뻔했다. 만약 다리가 부러지기라도 했으면 강의는 어떡해. "감사합니다. 감사합니다. 감사합니다." 계속 이 말만 쏟아냈다. 크게 다쳤으면 시간상 강사를 다시 구하기도 어렵고 교육담당자들에게 사정을 알리기에도 늦은 시간이다. 얼마나 다행이고 감사한지 진이한테 화낼 일을 까먹기까지 했다. 10분 정도 지났을까. 현관문을 열고 들어온 진이는 내 다리 상태를 보더니 당황함과 미안함에 어쩔 줄 모른다. 원래는 "넌 도대체 왜 이렇게 엄마와의 약속을 안 지켜? 빨리 온다고 했으면 빨리 왔어야지!" 목청껏 소리 지를 판이었다. 그런데 내일 있을 강의에 지장 없을 만큼 다친 게 감사할 뿐이었다. 그때 강의를 못 할 정도로 다쳤다면, 생각만 해도 아찔하다. 내가 다친 것보다, 딸한테 화내는 것보다 강의할 수 있음에 감사한 날이었다. 그 영광의 상처는 아직도 오른쪽 무릎에 남아있다. 볼 때마다 그날의 기억과 감사함이 떠오른다.

또 넘어졌다. 나이가 몇인데. 창피하다. 2021년 11월, 일산에서 강의 마치고 나니 오후 4시다. 6시에 집 앞에서 친구와 만나기로 약속이 되어있었다. 내비게이션 실시간 도착 시간을 보니 6시 30분이다. 친구한테 좀 늦을 것 같다고 양해를 구했다. 마침 친구도 차가 막혀서 그 시간쯤 도착한다고 했다. 안도의 숨을 쉬고 출발해서 가는데 슬슬 몸에서 신호가 온다. 참자! 참자! 참아보자! 아무리 급해도 운전하기 전에 화장실을 갔다 왔어야 했다. 우여곡절 끝에 드디어 도착! 다행히 친구랑 비슷하게 도착해서 약속 장소인 식당 주차장에서 만났다. 인사를 하는 둥 마는 둥 얼른 화장실부터 쫓아 들어갔다. 볼일을 보고 나니 여유가 좀 생겨서인지 손 씻고 거울 속에 비친 내 모습을 봤다. 머리도 정돈하고, 옷차림도 정돈했다. 몇 년 만에 만난 친구라서 예쁘게 보이고 싶었다. 화장실 문을 열고 발을 내딛으려고 하는 순간, 바닥에 깔린 물기를 봤다. 1~2초 정도 늦게 본 게 문제였다. 물기를 밟고 꽈당! 넘어지고 말았다. 굽 7cm 구두를 신은 게 더 문제였다. 원래 강의할 때 빼고는 슬리퍼를 신는데 그날은 오랜만에 만난 친구 앞에 슬리퍼 신고 싶지 않았다. 식당 안에 있는 사람들은 모두 나를 쳐다보며 동정의 눈길을 보내는 것 같았다. 아! 창피해! 아무렇지 않은 척 자리에 앉았다. 장어

구이를 시키고, 친구와 밀린 수다 삼매경에 빠졌다. 욱신거리는 왼쪽 무릎에 자꾸만 신경이 쓰였다. 친구가 걱정스러워하며 몇 번이나 괜찮은지 물었다. 내일 강의하는 데 지장 없을 것 같다며 괜찮다고 했다. 이만하니 얼마나 다행이고 감사한지 모른다고 덧붙였다. "와! 난 너의 이런 마인드가 참 마음에 들어. 어떻게 이 순간에도 강의 생각만 하니?" 친구의 걱정과는 달리 나는 온통 강의할 수 있어서 다행이라는 생각뿐이었다. 집에 돌아와서 검정색 두꺼운 스타킹을 벗는데 무릎과 스타킹이 딱 붙어서 잘 안 벗겨졌다. 피가 말라붙어 버렸다. 따끔거리고 욱신거림은 더 심했다. 간신히 떼어내고 스타킹을 벗으니 살갗이 벗겨져서 선홍빛 살이 드러났다. 어쨌든 걸을 수 있고, 운전할 수 있으니 다행이다, 감사하다 생각하며 소독했다. 눈물이 찔끔찔끔 났다. 그날 이후 몇 번의 병원 치료를 받고 다 나았다. 하지만 아직도 흉터는 남아있다. 두 번의 넘어짐. 양쪽에 자리 잡은 무릎의 흉터. 제발 좀 조심하자, 다짐해 본다.

강사는 실제로 이렇게 넘어지는 것보다 일 때문에 넘어지는 경우가 종종 있다. 피드백이 안 좋거나, 슬럼프에 빠지거나, 일이 잘 안 풀려서 포기하고 싶거나, 인간관계로 상처 받는 등. 그래도 일어나야만 한다. '강사' 라는 직업의 의미를 생각해야 한다. 많은 이들에게 변화와 성장은 물론, 희망, 용기, 비전 제시 등 꿈을 선물하는 직업이다. 사람을 돕는 일이다. 좀 넘어지면 어때? 괜찮다. 창피하고 자존심 상할 때도 있지만, 또 툭툭 털고 일어나면 되지 뭐! 100번을 넘어져도 다시 일어나 도전한다. 인간은 원래 도전을 좋아한다. 이런 마음가짐이 최고의 강의를 위한 준비이기도 하다. 사람들에게 도움을 주는 강사, 넘어졌을 때 얼른 일어나야 한다. 시간을 끌면 끌수록 직업의 의미를 잊게 되고, 나태해지거나 포기할 수도 있다.

교육 대상자를 연구하라

*

2017년 여름. 기적 같은 기회가 찾아왔다. 내가 만들어 낸 기회는 아니었다. 알고 지내는 D 강사로부터 제안이 들어왔다. 기흥에 있는 삼성반도체에 아는 지인에게 강의 의뢰를 받았는데 같이 가자고 했다. 연구원 스트레스 관리 교육, 90분 정도 해야 하는데 앞에 30분 정도 해달라는 부탁을 받았다. 나보다 10살 정도 어려 보이는 강사인데, 개인적으로 소통하거나 친분이 있는 건 아니었다. K 강사협회에서 교육을 같이 들었던 분이다. 세상에나! 이런 기회가 오다니! 거절할 이유가 없었다. 한 달 정도 미친 듯이 공부하며 준비했다. '삼성' 이라는 대그룹은 출입부터가 쉽지 않았다. 며칠 여러 절차를 거쳐 우여곡절 끝에 출입 허가가 떨어졌다. 개명한 지 얼마 안 되었기 때문에 서류가 복잡했다. 그런데 강의 전날 밤부터 심한 몸살이 와서 뼈가 다 으스러지는 것만 같았다. 병원 갈 시간도 없고 집에 돌아다니는 약을 겨우 챙겨 먹었지만, 별 차도는 없었다. 다음 날 오전 11시. 기업 앞에서 D 강사를 만났다. 아픈 내색은 하지 않았다. 최대한 밝고 건강한 모습과 목소리로 반갑게 인사했다. 교육담당자가 지인이라서 그런지 점심 대접을 한다고 했다. 안내한 곳은 퓨전 레스토랑인데 분위기도 럭셔리하고 음식도 고급이었다. 어려운 자리인데다 컨디션이 좋지 않아 맛도 잘 못 느꼈다. 어쨌든 중요한 건 '대기업 강의' 스펙이었다. 혹시라도 실수하면 어쩌나, 함께 하는 강사한테 피해 주면 어쩌나 긴장되었다. 오후 1시 30분 강의 시작. 휴대전화, 노트북 모든 기기는 가지고 들어갈 수 없는 곳. 미리 보내놓은 PPT 파일을 열어 강의 준비를 했다. 강의 시작 전까지만 해도 온몸이 으스러지는 것 같더니 언제 그랬냐는 식으로 몸은 정상 기운을 되찾았다. 무대 체질인가 보다. 메인 강사 강의 전, 내가 분위기를 띄워야 하는 건 눈치로 알았다. 그래서 '행복 기본 원칙 5단계' 라는 주제로 스트레스 관리를 어떻게 하면 좋은지 모든 에너지를 쏟아서 해냈다. 만족스러웠다. 연구원들의 적극성과 표정에서도 피드백이 좋을 거라는 것을 느낄 수 있었다. 이어서 D 강사 차례다. 나랑 동기이고 둘 다 초보지만, 강의 기회가 많았던 강사라 무대 옆에서 땀을 식히며 잔뜩 기대했다. 그에게 주어진 시간은 60분. 연구원들 스트레스를 한 방에 날려줄 거라는 기대는 점점 실망감으로 바뀌고 있었다. 입술이 바짝바짝 타들어 갔다. 주제와 어긋난 자신의 삶. 유학 가서 고생했던 일 중심으로 풀어나가는 것이다. 잠깐 하고 말겠지 했다. 40분 동안 자기 이야기만 했다. 나는 계속 시계만 보게 되고 끊으라는 사인을 넣고 싶을 정도였다. 연구원들이 하나둘씩 머리를 숙였다. 졸거나, 휴대폰만 만지고 있었다. 점심 식사 대접을 거하게 받은 것조차도 죄송할 지경이었다. 남은 20분. 드디어 끝났구나. 본 강의인가 했다. PPT에서 박상철 가수의 '무조건'이 재생되었다. D 강사는 흥겹게 춤을 추며 따라 하라고 했다. 연구원들 나이는 짐작으로 봐도 30대가 많았다. 아무도 반응이 없었다. 쥐구멍에라도 들어가고 싶었다. 앞에서 분위기 왕창 띄워 놨더니 한숨만 나왔다. 그렇게 90분이라는 시간을 둘이 나눠서 쓰고 나오는데 교육 담당자는 미리 준비해 놓은 영화 티켓까지 선물로 주셨다. 그날은 내게 대기업 스펙도 쌓였지만,

잊지 못할 악몽과도 같은 시간이었다.

청강. 초보 강사에게는 현장에서 직접 보고, 느끼고, 분위기를 익히는 것도 크게 도움이 된다. 청강의 기회가 많지는 않지만, D 강사가 청강하러 오라고 했다. 삼성 반도체에 다녀온 지 얼마 안 됐을 때다. 열정적이고 긍정적인 그 강사는 강사들 사이에서 인기가 많았다. 친절했다. 그분이 정기적으로 가는 중앙보훈병원 내 요양병원 어르신들 대상 청강. 남자인 두 강사가 웃음 치료를 한다고 했다. 한 강사는 D 강사 친구였다. 친구끼리 강사가 되어 강의하는 모습. 보기 좋았다. 기대되었다. 병원 내 마련된 음악치료실. D 강사는 준비하면서 강의 자료가 담긴 USB와 빔 스크린 연결 방법, 음향기기 다루는 법 등 어떻게 하는지 하나하나 친절하게 가르쳐 주었다. 기계치인 나에게는 크게 도움 되었다. 음악 치료실이라서 그런가? 음악이 쾅쾅 울렸다. '음, 역시 기계가 좋아야 해!' 청강하는 강사가 메인 강사보다 들뜨는 건 예의가 아닌 듯해서 얌전히 있었다. 드디어 어르신 한 분 한 분 들어오신다. 휠체어를 타고 들어오시는 분, 코에 고무호스를 끼고 들어오시는 분, 간병인의 도움을 받아 조심조심 들어오시는 분도 있었다. 50명쯤 되는 것 같았다. 남자 강사 둘이서 어떻게 풀어나갈지 궁금했다. 맨 뒤에 앉아서 수첩 들고 메모 준비했다. D 강사가 공손하게 인사를 하자 어르신들 박수 소리에 더 기대되었다. 오프닝으로 춤을 추겠다며, 블루투스로 휴대폰과 연결하여 저장된 노래를 틀었다. 어르신들도 잔뜩 기대하시는 눈치였다. 처음에 박수 소리가 컸었는데, 점점 박수 소리가 작아지고 어르신들은 멍하니 앞만 바라보셨다. 그 노래를 모르시는 눈치였다. 1995년 MBC 강변가요제 입상 곡. 육각수의 '흥보가 기가 막혀' 다. 두 남자가 무대에서 어르신들에게 재롱(?) 부린다고 해야 할까? 땀을 뻘뻘 흘리며 노래 부르며 춤을 췄다. 두 분이 안무 맞추느라 얼마나 연습했을까? 노래가 길긴 또 왜 그리 긴지, 어르신들은 점점 흥미를 잃으셨다. 맨 뒤에서 뒷모습만 봐도 느껴질 정도였다. "흥보가 기가 막혀. 흥보가 기가 막혀. 흥보가 기가 막혀" 이 구절은 왜 그리도 많은지 흥보가 기가 막힌 게 아니라 내 기가 막히는 것 같았다. 어르신들 호응이 없어서 그런가? 첫 출강이었던 D 강사 친구는 그날 이후 볼 수 없었다.

위 두 가지 사례를 이야기하면서 초보 강사 때 모습이 그려진다. 아! 그때 그랬었지! 김규인, 많이 컸구나! 대상자 파악에 초점을 맞추는 게 중요함을 깨달았던 계기들이었다. 강의 대상자 연령대와 성별에 따라서 노래 선곡의 중요성, 그들의 관심사, 주제에 맞는 강의를 하자. 대상자 파악을 철저히 해서 그들에게 맞는 교육을 하자. 지금껏 실천하고 있다. 앞으로도 더 연구해야 할 과제이기도 하다.

강사는 강의 현장에서 다양한 사람을 만난다. 강의 분야에 따라 다르지만, 나 같은 경우는 남녀노소 다 해당이 된다. 그들의 마음을 얻기 위해서는 강의 내용은 물론, 오프닝 스팟과 맞춤교육이 중요하다. 나는 강의하는 사람이고, 강의 듣기도 하는 사람이다. 그러다 보니 강사들이 강의할 때 강의 기법을 유심히 관찰하여 배울 건 배우고, 버릴 건 버린다. 대상자를 연구해야 하는 일은 그 강의의 성공 여부와도 연결된다. 강사가 하고 싶은 말이나 행동만 하지 말고, 교육 대상자들이 듣고 싶은 말, 관심사, 흥미가 무엇인지 연구해야 한다.

Instructor 03 ········· Secret

강의 준비는 이렇게!

*

낯선 전화번호. 저장되지 않은 번호다. 강의 의뢰 전화일 가능성이 높다. 목소리를 가다듬고 최대한 친절하고 밝게 전화를 받았다. "안녕하세요? 김규인 고객님이시죠? 여기는 ○○○생명 ○○○입니다." 대표번호가 아닌 개인 휴대폰 번호다. 속았다. 바쁘다고 하고 그냥 끊었다. 좋았다가 말았다. 하루에 한두 번 정도는 이런 일이 있다. 지역번호가 앞에 있으면 사무실 전화일 가능성이 높아서 얼른 받는다. 맞다. 강의 의뢰는 대부분 개인 휴대전화보다 사무실 전화를 사용하는 경우가 많다. "안녕하세요? 김규인 강사님인가요?" 섭외 전화다. 내 이름 뒤에 '강사' 라는 호칭만 들어도 감이 온다. '강의 의뢰서' 만들어 놓은 양식을 펼쳐서 메모하면서 통화한다. 기관명, 교육담당자 이름과 직책, 교육 주제, 인원, 교육 날짜와 시간, 강의 회수, 장소, 시설 및 기자재 준비 여부, 제출 서류, 교육 목표나 요청사항, 교육생 특징(연령대, 성별, 업무 특징, 기타) 전화 경로 등 꼼꼼하게 적는다. 대부분 블로그를 통해 오거나 소개인 경우가 많다. 앵콜 요청은 전화번호가 저장되어 있기 때문에 쉽게 알 수 있다. 통화 마친 후에는 다이어리에 스케줄 작성하고 준비사항 등 기록한다. 다음은 강의 준비다.

강의 준비 어떻게 하는지 몇 가지 방법이 있다.

첫째, 사전 조사하기다. 예를 들어 학교 강의일 경우, 학교 홈페이지에 들어가 그 학교 약력을 쭉 보고 설립된 지 몇 년이 되었고, 학생 수, 남녀비율, 교직원 현황, 학교의 상징이나 슬로건, 교화, 교목 등 꼼꼼히 둘러본다. 이를 바탕으로 학생들에게 퀴즈를 내면 실제로 잘 못 맞힌다. 학생들이 학교에 어느 정도 관심이 있는지 알아볼 수 있다. 기업 방문 시에도 네이버 검색창에 검색하면 거의 검색이 된다. 기업 설립일, 임원 현황, 연매출액, 기업이 추구하는 가치, 현재 주식 현황, 업종, 업태, 사원 수, 남녀비율 등. 그 기업이 어떤 일을 하며 우리 사회에 어떤 영향력을 미치는지 알아본다. 이렇게 사전조사를 통해 알고 강의를 하면 실제로 반응이 훨씬 좋다.

둘째, 교육 대상자의 연령대와 하는 일에 따라 다르게 강의안을 준비한다. 이미 준비되어있는 기본 틀은 있지만, 단 한 번도 그대로 교안을 쓴 적이 없다. 사람마다 관심사가 다르고, 하는 일이 무엇인지에 따라서 흥미도 다르기 때문이다. 법정의무교육이나 인권교육, 폭력이나 학대예방 교육일 경우 최근 사례가 중요하다. 뉴스나 인터넷 검색 등 평소에 모아둔 자료나 메모해 둔 것을 찾아서 업데이트 한다. 오프닝 스팟이나 마무리 메시지도 중요하다. 연령, 성별, 직업에 따라 집중도를 높일 수 있는 스팟을 미리 준비해 가기도 하지만, 현장 분위기에 따라 즉흥적으로 다르게 할 수 있는 것도 준비한다. 마무리 메시지는 주로 동기부여를 할 수 있는 것을 준비하는데, 자존감 향상에 초점을 두고 하는 편이다. 그들의 입장에서 공감해 주고, 칭찬해 주고, 마음을 알아주는 것. 최고다.

셋째, 교육 대상자의 삶을 대신 살아본다. 다가오는 강의 날짜에 맞춰 수시로 자나 깨나 생각하고, 연구하고, 어떤 도움을 줄지 생각하는 건 빼놓을 수 없는 일이다. 학생들은 학업 스트레스, 직장인은 직무 스트레스, 사회적 차별, 조직 간의 갈등 등 각각 어려움이 있을 것을 상상해 본다. 예를 들어 어르신들일 경우 고생을 많이 하셨던 분들이다. 일제강점기나 전쟁, 국가 위기 등 어려운 삶을 사셨다. 그럼에도 불구하고 오로지 가족을 위해 헌신하며 힘들어도 참고 자신보다 늘 다른 사람을 위해 사셨던 분들. 설움, 억압, 분노, 슬픔, 아픔 등 이런 감정이 있어도 겉으로 드러내지 못하셨던 분들. 부모님 삶을 들여다보기도 하고, 비슷한 연세의 어르신들이 겪은 이야기들을 기억해 내기도 하면서 나의 말 한마디가 어르신들에게 위로가 되길 바라는 간절함으로 강의에 임한다. 진심은 통하게 되어있다.

넷째, 거리 검색, 시간 계산하기다. 강사가 지각을 한다? 나에겐 있을 수 없는 일이다. 강사 생활 8년 동안 단 한 번도 지각하는 일 없었다. 그 이유는 철저하게 시간 계산하기 때문이다. 교통상황은 예측할 수도 없고, 날씨에 따라서 도착 시간이 달라질 수도 있다. 내비게이션이 알려 주는 게 거의 정확하지만 예외일 때도 있다. 네이버 검색창이나 T맵에 도착지를 입력하면 대충 도착 시간이 나온다. 적어도 한 시간 전에 도착할 수 있게 출발하는 편이다. 더 빨리 도착할 경우 차에서 할 일은 많다.

대기하면서 업무처리 못 한 부분 해결하고, 화장도 고치고, 휴식을 취하기도 한다. 그렇게 여유 있게 강의 시작하면 왠지 강의도 술술 풀리는 것 같다. 촉박하게 도착할 것 같으면 운전도 거칠어지고, 조급하고, 괜히 짜증도 난다. 더 중요한 건, 화장실에 들렀다가 강의에 임해야 하는데 시간에 쫓기면 그냥 강의해야 한다. 하루에 두세 건 강의가 있을 경우는, 더 철저하게 거리 검색을 해야 하고, 시간 계산을 잘해야 한다. 무리하게 일정을 잡아서도 안 되는 이유다. 만약 10분 지각했다고 하자. 100명이 기다리고 있다면, 그들의 '1000분' 이라는 시간을 내 마음대로 쓴 거나 마찬가지다.

다섯째, 의상 준비다. 매일 같은 옷을 입고 강의해도 청중은 잘 모른다. 만나는 사람이 다 다르기 때문이다. 하지만 대상자가 누구인지에 따라서 옷의 색상, 디자인을 생각하면서 강의 전날 미리 준비한다. 옷을 입어보기도 한다. 상의와 하의가 색상이 잘 맞는지, 어울리는지 이것저것 얼굴에 갖다 대본다. 어르신을 만나야할 경우 원색 톤으로 준비하고, 직장인 대상일 때는 기본 정장을 입는다. 강의 분야에 따라서도 다르게 입는 편이다. 웃음이나 힐링, 스트레스 관리 같은 경우 밝은 톤이나 디자인을 선택한다. 액세서리는 귀걸이 외에는 잘 안하는 편이라서 따로 준비하지는 않는다.

이 외에도 교육장에 빔, 스크린 설치가 되어 있는지 알아야 한다. 교육담당자와 통화할 때 미리 알아봐야 하고, 없다면 준비를 해가야 하는 경우도 있다. 또 노트북과 연결이 되는지 여부도 알아야 한다. 노트북에 따라서 동영상이 안 열리거나 빔과 연결되는 연결선이 없는 경우도 있기 때문이다. 노트북과 연결선은 항상 가지고 다니기 때문에 별 무리는 없다. 또 하나 준비하는 것은 간식이다. 거리와 이동시간에 따라서 끼니를 해결 못하는 경우가 종종 있다. 예를 들어서 오후 1시 강의면 도착 시간이 12시~12시 30분이다. 아침 식사하고 출발했어도 강의 끝나는 시간 계산하면 중간에 간식을 먹어야 한다. 집에서 출발할 때 간식 가방에 마실 음료나 커피, 과자나 빵, 떡, 졸음 방지용 오래 씹을 수 있는 것 등 준비한다. 생수는 한 박스씩 주문해서 차에 두고 다닌다.

강의 하나 따내기도 어렵지만, 준비와 마무리까지 어느 하나 소홀해서도 안 되는 직업이 강사인 것 같다. 대한민국에 나 말고도 얼마나 훌륭한 강사들이 많은데, 찾아 주고 불러 주는 게 얼마나 감사한지 모른다. 늘 영광이라고 생각한다. 말로만 감사한 게 아닌, 감사의 보답은 강의 준비부터가 시작이다. 출강을 앞둔 곳 사전조사하기, 대상자에 따라서 강의 준비 다르게 하기, 대상자 인생 간접 체험해 보기, 거리 시간 계산 잘 하기, 의상 준비하기, 교육장 환경 미리 체크하기 등 강의 준비부터 철저히 해야 한다.

내 몸의 소중함

*

'성매매 준비' 이 문구가 생각날 때마다 웃음이 멈춰지지 않는다. 계속 생각난다. 내 책상 위에는 다이어리와 월별 스케줄 표, 주간별 스케줄 표, 강사들 스케줄 표 등이 있다. 책상에 물을 엎질렀던 날이다. 벌떡 일어나 두루마리 휴지를 양껏 풀어서 정신없이 닦았다. 그 와중에 주간별 스케줄 표에 적혀 있던 문구가 눈에 들어왔다. 2022년 8월 31일. 이 날짜에 '성매매 준비' 가 적혀 있었다. 9월 1일에 수원의 한 중학교에 '성매매 예방교육' 이 잡혔다. 평소에 틈틈이 자료 모으기와 교안 준비를 하는데 전날인 8월 31일은 최종 점검해야 하는 날이다. 스케줄 표에 아무 생각 없이 써놓은 것이 이렇게 웃길 줄은 몰랐다. 내가 하는 일을 모르는 사람이 만약 이걸 본다면 어떻게 생각할까? 정확하게 '청소년 성매매 예방 교육 준비' 이렇게 써야 했다.

2022년 8월 26일, 금요일. 1박 2일 강사 단합대회가 있는 날이다. 회비도 내고 마음껏 부풀어 있던 며칠 전과 달리 점점 못 가겠다는 생각이 들었다. 몇 달 전부터 계획되었던 일이라 강의 스케줄도 잡지 않았다. "열심히 일한 당신, 떠나라!" 외치며 힐링도 하고, 강사들과 신나게 놀고 싶었다. 전국에서 오는 강사들, 대자연이 펼쳐진 문경 리조트에서 맛있는 음식도 먹고, 수다도 떨고, 자연과 더불어 힐링할 기회, 가고 싶은 마음은 굴뚝같았지만, 이틀씩이나 자리를 비우면 일은 산더미로 불어날 것 같았다. 그래서 안 가기로 결심했다. 오전 내내 컨설팅사 통화, 강사들과의 통화, 고객과의 통화, 홈페이지 제작 관련 업무 처리. 할 일을 마치고 나니 오후 2시다. 낮잠 한숨 자려고 누웠다. 전화벨 소리를 무음으로 했어야 했는데 온갖 카톡 소리에 벌떡 일어났다. 다시 책상 위에 앉아서 일을 할까 하는데 싱숭생숭. 마음은 문경 리조트에 가 있고, 슬슬 약도 올랐다. 그때 문자 한 통이 왔다. '황제 마사지 50% 특별 세일' 황제 마사지는 뭐지? 궁금했다. 30~50만 원 쿠폰을 끊어놓고 내가 가고 싶을 때 한 번씩 가서 등, 어깨, 발 마사지받는 곳이다. 안 간지 몇 달 지났다. 6개월 안에 다 써야 하는데. 생각난 김에 기분 전환도 할 겸 샵에 전화했다. 황제 마사지가 뭔지 물어 봤다. 아로마 오일로 전신 마사지하는 거란다. 해보고 싶었다. 단합대회도 못 갔는데 황제라도 되어볼까? 그동안 3만 원 아니면 5만 원짜리만 받았는데 큰맘 먹고 내 몸을 위해서 흔쾌히 투자해 보자 결심했다. 50% 세일해서 77,000원이다. 좀 부담스러운 가격이었지만 과감히 해보기로 했다. 이제는 지갑도 두둑하고 통장 잔고도 두둑하고, 남은 쿠폰 금액 쓰는 건데 아직도 그 금액은 선뜻 쓰기가 망설여졌다. 5시로 예약한다고 했다. 마사지 하는 사람을 남자로 정할 건지, 여자로 정할건지 물었다. 깜짝 놀랐다. 전신 마사지. 거기다가 오일까지 바르면 옷을 다 벗는다는 건데 남자가 한다고! 여자 선생님, 저번에 했던 분으로 해달라고 요청했다. 그분은 다른 곳으로 갔다고 한다. 아쉬웠다. 전화를 끊고 한참을 생각했다. 아니 상상했다. 남자한테 전신 마사지를 받는 사람이 있을까? 옷을 다 벗어야 하는 상황인데? 끔찍했다. 내 몸을 한 번 위아래로 쭉 훑어봤다. 고개가 절레절레 흔들린다. 아이고! 이 질서 없는 몸매를 어떻게 보여줘! 어쨌든 시간 맞춰 샵에 갔다. 새로운 인물의 중년 여성이 안내하는 방으로 들어갔다. 여전히 시뻘건 조명 아래 침대 하나. 마음에 안 드는 조명이다. 마치 내가 정육점 고기 같은 기분이랄까. 찜질방복 차림으로 갈아입고 시키는 대로 침대에 누웠다. 아! 옷은 다 벗는 게 아니었다. 괜한 상상이었다. 침대 위 동그란 구멍에 얼굴을 넣고 내 몸을 그분에게 맡겼다. 그분의 손길이 닿을 때마다 아팠다. 살살하라고 했다. 오십견 있다고까지 했다. "오십견? 아파? 어디 아파? 많이 아파?" 국적도 모르는 그 여성은 계속 반말을 했다. 나도 자연스럽게 반말을 했다. 우리는 아무렇지 않게 반말을 주고받으며 '아프냐, 살살 해라' 말만 주고받았다. 그러다 갑자기 '성매매 준비' 이 문구가 또 생각이 났다. 거기서 왜 그 생각이 났는지 모르겠다. 아프다는 감정은 어디로 가고 킥킥대고 웃기 시작했다. 생각하면 생각할수록 웃음이 나왔다. 영문도 모르는 그 여성은 무슨 생각을 했을까? 멈추려고 해도 계속 내 스케줄 표에 써져 있는 글자. 그게 눈앞에 아른거려서 미칠 지경이었다. 키득키득. 참으면 참을수록 웃음은 더 나왔다. 그러다 내 팔을 인정사정없이 비틀어대는 바람에 그 생각이 멈췄다. "아! 오십견 있다니까요!" 마사지를 받으러 온 건지, 두들겨 맞으러 온 건지. 그분의 손길은 무척 아프면서도 시원했다. 끝나고 나니 온몸이 욱신거렸다. 아이고! 아이고! 곡소리가 저절로 나왔다. "만세 해봐! 수건을 잡고 팔을 빙빙 돌려! 왜 이렇게 몸을 안 돌봐! 너무 뭉쳤잖아!" 끝까지 반말이다. 서툰 한국말이지만 알아들을 수는 있었다. 그분은 내 몸을 보며 계속 몸 좀 돌보라고 잔소리를 했다. 80분간의 마사지를 받고 욱신거리는 몸. 이게 황제냐? 무수리지. 샵 앞에 있는 공원으로 향했다. 여름의 끝자락. 아직 지지 않은 해. 공원에는 운동하는 사람들로 붐볐다. 인적이 드문 조용한 곳으로 가 벤치에 앉았다. '그래! 그분 말이 맞아!' 강의하러 나가서는 "건강해야 된다! 건강이 우선이다!" 외치면서 정작 나는 내 몸을 돌보지 않았다.

생각과 행동의 거리. 그 거리는 너무 멀다. 생각은 맨날 운동해야지! 다이어트 해야지! 내일부터는 꼭 해야지! 이러면서 마음만 먹는 걸로 끝나는 일이 있다. 실수하지 않으려고 스케줄표에 '성매매 준비' 써놓은 것처럼 꼼꼼하게 기록하듯이 내 건

강도 꼼꼼하게 챙겨야 한다. 내가 건강관리를 잘해야 청중에게 운동하라고, 건강이 우선이라고 당당하게 말할 수 있다. 내가 실천하지 않으면서 앵무새처럼 같은 말을 반복하는 건 아니라는 생각이 들었다. 솔선수범. 운동 꾸준히 하고 건강관리 잘하는 것도 청중에 대한 예의다. 내 몸의 소중함을 알고 실천하는 것. 이거 또한 최고의 강의를 위한 준비가 아닐까?

청중과 함께 호흡하다

*

운다. 참여자 90%가 우는 눈치다. 휴지를 꺼내 연신 눈물을 닦아내는 중년 여성. 여성이니까 감성이 풍부해서 그런가 보다 했다. 시간이 지날수록 사태는 점점 심각하다. 남자도 운다. 눈물을 감추려 애쓰는 모습이 보인다. 당혹스러웠다. 교육 시간 내내 싱글벙글 웃던 60대 남성도, 아무 반응 없이 먼 산만 바라보던 50대 남성도, 마치 전염병이 퍼지듯 여기저기 훌쩍거리는 소리에 나도 모르게 마스크 사이로 눈물이 줄줄 흘렀다. 평소 강의하던 대로 했을 뿐이고, 그저 마음에서 시키는 대로 말을 했을 뿐인데 그들의 설움이 폭발한 것 같았다. 멘트를 준비한 것도 아니었고, 설정을 했던 것도 아니었다. 3분가량 되는 동영상 하나 띄운 후 함께 시청했다. 깊이 빠져서 보는 모습에 동영상 선택의 옳았음을 인식했다. 흡족했다. 항상 그랬듯이 동영상 하나하나 선택할 때마다 신중에 신중을 더했다. 때론 몇 시간이 걸릴 때도 있다. 유튜브나 내가 가진 자료, 강사들이 공유해 준 자료 등 검토한다. 그들의 입장에 서서 어떤 마음으로 받아들일지, 어떤 시각으로 볼지도 생각하지만, 내가 해주고 싶은 메시지와 그들이 듣고 싶어 하는 말은 무엇일지 연구한다. 이번에도 그랬다. 그들에게 도움 될 만한 하나의 동영상을 선택하기 위해 수십 개의 동영상을 봤다. 그중 하나를 선택하고 그 다음 이어질 메시지를 간단하게 준비했다. 멘트는 그다지 길지 않았다. 그분들이 집중하는 모습에 내 마음에서 우러나온 것이었다. 강의 대상자는 자활센터 게이트웨이 절차를 밟는 사람들이다. 주제는 '행복한 직장생활 스킬' 이었다. 동영상 제목은 '지금 힘들어도 괜찮아!' 였다. 몇 번씩 반복 재생하여 들어보니 자활센터 교육생에게 딱 맞을 것 같았다. 자활센터는 남에게 의존하지 않고 자기 힘으로 살아갈 수 있도록 도와주는 곳이며, 게이트웨이는 각 사업단에 취업하기 전 소양교육 및 필수교육을 받는 사람들이다. 나름 자활센터 인기 강사라고 자부할 만큼 자활센터 강의가 많다. 이번 교육생에게 취업 전 힘을 실어드리고 싶었다. 동영상 내용은 '자존감을 잃은 당신에게.' 라는 내용이다. 드라마 속 명장면과 연예인들이 자존감 향상을 위해 어떤 마음가짐으로 일했는지 나왔다. 그중 국민배우 나문희의 명대사가 가장 기억에 남는다. 어느 드라마인지는 모르겠지만 할머니가 현재를 힘들어하는 손자에게 건넨 말이다.

"남의 조언 따위 세상에 제일 쓸모없는 거다. 앞으로 네 일은 누구한테도 물어보지 말라. 남의 눈 무서워 네 맘대로 못 하고 괴로워서 지랄하지 말고! 아주 네 멋대로 살아라! 사는 건 후회와 실패의 반복이다. 더 멋지게, 후회하고 실패하기 위해 사는 거다. 그러니 쫄지 말라! 이건 명령인데, 다 처음 살아보는 인생이라서 서툴다. 지금 있는 그대로도 너무 멋지고 잘하고 있다. 후회하고 실패하는 것도 더 멋지게 하고 실수 좀 해도 괜찮으니까 너무 초조해하지 마. 천천히 기다리면 언젠가 가장 예쁘게 필거야. 쫄지 말고 아주 네 멋대로 살아봐."

이 대목을 몇 번이나 재생하면서 그들에게 하고 싶은 말을 떠올렸다. 동영상 재생이 끝난 후 그들에게 말했다.

"선생님들! 지금까지 잘 견디셨고 수고하셨습니다. 여기까지 오시느라 정말 애쓰셨습니다. 그동안 선생님들께서 어떤 삶을 사셨는지, 어떤 어려움이 있으셨는지 저는 잘 모릅니다. 하지만 확실한 건 힘을 내어 살아 보겠다고, 다시 일어나 보겠다고 여기 자활센터에 문을 두드린 건 용기입니다. 저는 세상에 그 어떤 것보다 지금 선생님들의 눈빛이 가장 아름답습니다. 보석보다 더 빛납니다. 저를 바라보는 눈빛, 자신을 돌아보는 눈빛, 그 눈빛에서 저는 희망을 봤습니다. 이렇게 와주셔서 감사합니다. 잘 오셨습니다."

자활센터에 오시는 분들은 각각 사연이 있다. 사업 실패, 이혼, 사별, 건강 문제, 도박 중독, 알코올 중독 등 힘겨운 시간을 보냈던 사람들이다. 이제 그 어두운 터널을 뚫고 세상 밖으로 다시 나오고자 하는 분들. 나 또한 고난과 역경 속에서 아픈 시간을 보냈기에 그들의 마음을 조금은 안다. 진심으로 위로해 드리고 싶었다. 얼마나 살고 싶었을지, 얼마나 아팠을지, 얼마나 두렵고 힘든 시간을 보냈을지 공감했다. 지금은 이렇게 웃으며 당당하게 무대에 서서 강의하고 있지만, 예전에는 그러지 못했다고 고백했다.

"저도 선생님들처럼 힘들었던 시기가 있었어요. 서른한 살에 사별하고 두 딸아이 키우면서 미친 듯이 앞만 보고 살았습니다. 그런데 그 과정이 너무나 힘들었습니다. 매일 죽고 싶었어요. 그런데 제가 하고 싶은 일, 강사가 되어 꿈을 이루고 세상 밖에 나가보니 저보다 아픈 사람들 참 많더라고요. 제가 가진 아픔이 가장 큰 줄만 알고 살았습니다. 우리 인생 100년이라고 했을 때 과거, 현재 10~20년 힘든 시간을 보냈다고 합시다. 80년 이상은 평범하면서도 행복하게 살 수 있지 않을까요? 현재 아프다고 미래까지 아프다는 보장 없고요. 현재 돈이 없다고 미래까지 없지는 않습니다."

그들의 눈물을 멈추게 하려고 한 말은 아니었지만, 내 마음에서 우러나오는 진심을 전달하고 싶었다. 강의가 끝나고 돌아오면서도 그 여운이 길게 이어졌다. 그들은 누군가에게 진심으로 위로받고 싶었던 모양이다. 나도 그랬다.

청중과 함께 호흡하기 위해서 준비하는 동영상. 공감을 끌어낼 수 있는 것. 강의 준비할 때 신중하게 보고 또 보면서 그들의 입장 생각해 보는 과정. 중요하다. 교육 대상자를 파악하고 연구할 때 유머 동영상을 준비할 때가 있다. 이 영상은 주로 강의 시작 전, 사람들이 모이기 시작하거나 강의 시작 10분 전쯤 튼다. 깔깔깔 크게 웃는 분도 있고, 킥킥거리는 분도 있고, 미소만 짓는 분도 있다. 휴대폰 만지느라 안 보는 분도 있다. 웃음소리에 다시 집중하기도 한다. 그렇게 강의 시작하면 '마음 열기' 가 어느 정도 되어 있어서 수월하다. 강의 시간이 두 시간 이상일 때는 중간쯤 스트레칭이나 체조 동영상을 넣는다. 몸 풀기, 잠 깨우기, 스트레스 관리까지 되기 때문에 좋다. 또 감동 동영상도 준비한다. 동기부여가 될 만한 것으로. '1 리터의 눈물' 이라는 동영상은 20대부터 50대까지 다양한 연령층에게 반응이 좋다. 20~30대 자녀가 부모에게 갑자기 전화해서 질문하는 내용이다. 키울 때 힘들었던 적 있는지, 부모에게 어떤 아들딸인지, 다시 태어나도 부모님이 되어 줄 건지 물어보는 내용이다. 그 동영상에는 부모님의 마음이 그대로 표현되기 때문에 감동받는 분이 많다. 훌쩍훌쩍 거리는 사람, 통곡하는 사람, 여기저기서 휴지나 손수건을 꺼내는 모습도 많이 보인다. 이것이 공감이다. 자식입장에서 부모 마음을 더 깊이 있게 알게 되고, 부모입장에서는 자식을 생각하는 마음이 그대로 전달되기 때문이다. 동영상을 재생하고 나서 메시지를 덧붙이면 더 효과적이다.

"이 영상에서 봤듯이, 여러분은 누군가에게 소중한 존재입니다. 지금 이곳에서는 기업의 사원이지만, 퇴근 후 집에 돌아가면 누군가의 소중한 딸이고, 아내이며, 엄마입니다. 또 누군가의 소중한 아들이자, 남편이며 아빠입니다. 이렇게 소중한 분들이 만약 직장에서 인권침해를 당하거나, 부당한 대우를 받는다는 사실을 알면 가족이 얼마나 슬프고 아파하겠습니까? '내'가 존중받고 싶듯이 상대를 존중하는 마음. 누군가에게 소중한 가족일 직장 동료들을 가족이라 생각하고 아끼고 사랑하십시오."

목소리 톤을 나지막하게 하다가, 억양을 주기도 하고, 최대한 진지한 어조로 말한다.

강의 준비하면서 '공감, 이해, 설득'에 초점을 맞추는 편이다. 주입식 강의나 이론만 전달하는 강의가 아닌, 주제에 따라 설득력과 전달력이 중요하기 때문이다. 가르침이 아닌, 깨달음. 공감 소통. 진정성. 강사의 경험을 토대로 그들의 마음을 터치해 주면서 진심으로 말해야 청중의 마음이 움직인다. 그리고 함께 호흡한다. 동영상 하나로도 청중과 함께 호흡할 수 있는 정성. 동영상 고르고 선택하기다.

어떤 선물을 좋아할까?

*

휘청거린다. 노트북 가방, 소지품 가방, 간식 가방, 선물 가방, 활동 용품 가방, 의상. 현관에서 들고 매고 지고 주차장으로 향하는 발걸음. 가볍지 않다. 그날 강의 회수, 강의 주제, 강의 대상자에 따라 가방이 하나둘 빠질 때도 있지만 기본적으로 가방 세 개는 들고 나간다. 노트북. 강의 현장에 거의 준비 되어 있지만, 혹시나 모를 돌발 상황에 대비해야 한다. 노트북 가방 안에는 기계에 따라 다른 연결선 몇 개, A4용지에 인쇄된 활동지, 스티커, 문구류 등이 가득이다. 소지품 가방 안에는 화장품, 지갑, 명함 등. 간식 가방 안에는 물, 음료수, 사탕, 과자, 식사대용으로 먹을 빵, 두유, 과일. 차 막힐 때나 졸릴 때 먹을 오래 씹을 수 있는 딱딱한 간식. 활동해야 하는 프로그램은 준비물이 많아서 가방이 크다. 하루 두 건 이상 강의가 잡혔을 때는 의상 한두 벌 더 준비한다. 신발은 차 안에 있다. 바구니 두 개에 색깔별, 강의 시간에 따라 구두 굽 높이 다른 거. 이렇게 진열해 놓고 그날 의상에 따라 구두를 골라서 신고 교육장에 들어간다. 최고의 강의를 위한 준비! 어느 것 하나 소홀해서 안 되겠지만, 선물 가방은 특히 더 신경 써야 한다. 그 안에 무엇을 넣느냐가 중요한 거다. 즉, 강의 대상자에 따라 선물도 다르게 준비해야 한다. 선물은 받는 사람도, 주는 사람도 기뻐야 하지 않을까. 선물을 잘못 줘서 피드백 엉망으로 나왔던 사례가 있다. 그때부터 더 신경 쓰는 부분이다.

2017년. 강사가 된 지 1년쯤 되었을 무렵. 자신감도 많이 붙었고, 강의 의뢰도 꽤 많았던 때다. 한 달에 한 번 정기적으로 가는 병원 어르신들 웃음치료 수업. 내가 담당 강사였는데 평소 열심히 공부하는 강사와 같이 갔다. 내 강의를 보고 싶다고 해서 기회를 준 거다. 부끄럽지만 그래도 나보다 조금 늦게 시작한 강사라 조금이나마 도움이 되고 싶어서 승낙했다. 사전에 그 강사한테 10분 정도 시간을 줄 테니 강의해 보라고 기회까지 줬다. 선배 강사가 나한테도 그런 기회를 줬던 것이 생각났고, 좋은 기억이었다. 한 시간 강의에 오프닝과 중간까지 내가 하고, 20분 정도 남았을 때 기회를 줬다. 그 강사가 처음에는 너무 떨어서 나까지 긴장했다. '괜히 기회를 줬나? 어떡하지?' 목소리 떨림은 좀처럼 가라앉지 않았다. 누가 봐도 초보였다. 목소리는 떨렸지만 얼마나 준비하고 연습을 했을지 짐작할 수 있었다. 마술을 했다. 내가 봐도 신기한데 어르신들의 호기심을 자극하기에도 좋았다. 교회에서 볼 수 있는 자주색 벨벳 천으로 된 헌금바구니 같은 주머니에서 양갱이가 자꾸 나오는 것이다. 양갱이가 하나 나올 때마다 어르신들 눈은 휘둥그레지셨다. 놀라웠다. 바로 앞에서 보는 데도 어디서 나오는지 찾을 수가 없었다. 모두가 초 집중모드였다. 그 강사 목소리 때문에 진땀이 나긴 했지만 성공적이라고 생각했다. 수고했다고, 마술 배우고 싶다고, 칭찬과 함께 용기를 줬다. 다음날. 문제가 생겼다. 교육 담당자한테 전화가 왔다. 평소 나긋나긋하고 교양과 친절까지 겸비한 담당자의 목소리는 예전과 달랐다.

"김규인 강사님! 어제 어르신들한테 양갱이 드렸어요? 어르신들이 당뇨병 같은 성인병 있는 분이 많은데 그런 걸 의논도 없이 함부로 드리면 어떡합니까? 어르신들 병이 더 심해지면 책임지실 거예요?"

미처 생각하지 못했다. 당시 나도 초보 강사였고 어느 누구도 그런 걸 가르쳐 준 적이 없었다. 그 이야기를 듣고 보니 맞다. 어르신들은 환자니까 의사 선생님께서 못 드시게 하는 음식이 분명 있을 텐데 거기까지는 생각하지 못했다. 연신 "죄송합니다."만 반복했다. 아무 말도 할 수 없었다. 문제는 거기서 끝나지 않았다. 며칠 후 교육담당자한테 다시 전화가 왔다. 다음 달부터는 안 와도 된다고 했다. 병원에서 다른 프로그램을 만들었다고 그동안 고생했다며 인사하고 끊었다. 원래 목소리인 친절하고 교양 있는 어조로 부드럽게 말씀하셔서 그런 줄만 알았다. 그런데 몇 달 후 페이스 북에 다른 강사가 그곳에서 강의하는 모습이 올라왔다. 분명히 '웃음 치료' 강의가 아니고 다른 프로그램 할 거라고 했는데 이상했다. 그곳에서 활동할 수 있게 도와준 정재경 강사한테 전화해서 궁금증을 해결했다. 그 양갱이 때문에 잘렸단다. 나만 잘린 게 아니었다. 정 강사와 돌아가면서 하는 프로그램이었는데 나를 자를 거면 정 강사도 안 가겠다고 했단다. 나는 진짜로 그 프로그램이 없어져서 정 강사도 안 가는 줄 알았다. 고맙기도 하고, 죄송하기도 하고 복합적인 감정이 들었다. 처음에는 양갱이 나눠 준 강사가 조금 원망스러웠다. 교육담당자랑 의논도 없이 내 마음대로 그 강사를 무대에 세운 것도 잘못이었고, 선물도 환자임을 고려하지 못한 걸 미리 알지 못한 나의 잘못이었다. 선물을 준비할 때 고려해야 할 점을 배운 계기였다.

2019년, 5월. 한국장학재단에서 국가장학금을 타는 장학생들 대상. 멘토와 멘티가 한자리에 모인 자리. 서울과 대구에 3회에 걸쳐 '리더십' 강의했을 때다. 이론을 바탕으로 지루하지 않게 대학생이 좋아할 만한 게임과 레크리에이션도 넣었다. 집중도도 좋았고, 만족도도 높았다. 아직도 몇몇 학생들에게서 해가 바뀌거나 명절 때, 스승의 날 때 안부 인사가 오는 걸 보면 꽤 괜찮았다고 생각했던 강의였다. 그런데 중간에서 연결해 준 교육원에서 들은 피드백은 좀 어이없었다. 강의하러 다니다 보면 선물 받을 때가 종종 있다. 기념품, 지역 특산물, 기업의 주요 상품 등. 그중에 받았던 남자 지갑이 있었다. 갈색 가죽 지갑이었는데 고가로 보였다. 가죽도 부드럽고 좋았지만 나한테는 무용지물이었다. 오빠나 형부에게 드릴까 고민도 했었는데 마침 대학생들 대상 강의라서 그 지갑을 주고 싶었다. 대학생들은 용돈이 부족하니까 좋아할 거라고 생각했다. 게임에서 이긴 한 남학생에게 선물로 지갑을 줬더니 다들 부러워하는 눈치였고, 학생도 아주 좋아했다. 나도 덩달아 기뻤다.

"강사님! 혹시 강의할 때 지갑 선물 줬어요? 선물 받은 것을 줬다면서요? 교육담당자가 아주 불쾌해 하더라고요. 선물 받았던 거라고 말씀하지 말지 그러셨어요."

억울했다. 선물 받은 학생이 얼마나 좋아했는데. 그때 알았다. 내가 선물 받은 것을 줄 때는 비밀로 해야 한다는 것을.

부자들만 산다는 서울 강남. 그 지역 학생들은 도대체 뭘 좋아할까? 고민했다. 어딜 가나 학생들에게 인기 상품 마이쮸. 이게 통할까? 통했다. 부잣집 아이들은 그런 거 안 먹는 줄 알았다. 처음에 갔을 때 건빵도 가져갔었는데 서로 먹으려고 서로 받으려고 게임이나 퀴즈 맞히기에 적극적이었다. 그때 알았다. 부잣집 아이들도 다르지 않구나! 중년에게 쫀드기가 통할까? 추억의 건빵이 통할까? 통한다. 어릴 적 추억의 간식. 내가 추억을 먹으며 먹는 쫀드기는 인기 만점이었다. 그 외 계절별 간식이나 용품. 성별에 따라 연령대에 따라 다르게 준비한다. 여름철에는 손 선풍기나 아이스 팩으로 된 목도리, 겨울철에는 핫팩이나 핸드크림. 최고의 강의를 위한 준비! 소품 하나, 선물 하나에도 생각과 정성. 연구가 필요하다. 평소에 사서 모아둔 보물 창고. 가로 60cm 세로 90cm, 서랍장 안에 들어있는 가지각색 선물들. 보기만 해도 흐뭇하다. 앞으로도 만나야 할 교육 대상자들이 얼마나 많을까? 보물창고 서랍 속, 하나 꺼내 물은 츄파춥스가 달콤하게 녹아간다.

강사 이미지 메이킹

*

"강사 이미지 메이킹! 강의하러 가면서 옷 입을 때 가장 신경 써야 하는 부분이 무엇이라고 생각하세요?"

이 질문에 다들 고개만 갸우뚱거렸다. 생각 중인가? 멀뚱멀뚱 zoom 화면 속 나만 쳐다봤다. 작년 12월. 강사들에게 어떤 도움을 줄까 생각하다가 이 프로그램으로 특강을 했다. 50명 정도 줌으로 모였다. 질문 밑에 나오는 답변을 펼쳤다. '속옷' 이었다. 강사 이미지 메이킹이 따로 딱 정해진 것은 없지만, 내 경험을 나누고자 했다. 강사들은 멍한 표정이었고, 피식 웃는 사람도 있었다. 겉옷에 많이 신경 쓰는 눈치였다. 처음에 나도 그랬다. 지금도 겉옷 신경 쓴다. 하지만 거기에 앞서 속옷 하나 잘못 입으면 입었던 옷 다 다시 벗고 속옷부터 갈아

입어야 하는 사태가 발생한다. 얼마나 번거로운 일인가. 오래 전 언제인지 기억은 잘 안 나지만, 여성 가슴 뽕이 실리콘으로 나와서 대박 났던 때가 있었다. 신통방통한 물건. 그런 건 또 누가 만들었을까 존경심을 표하며 홈쇼핑에서 바로 샀다. 살에다 탁 갖다 붙이면 뽕이 살아난다는 제품에 한껏 부풀었다. 실제로 탁 붙는다. 그것을 붙이고 러닝 같은 속옷을 입으면 감쪽같다. 가슴을 조이는 브래지어의 답답함이 싹 사라졌다. 강의하면서도 불편함이 없었다. 어머나! 세상에! 강의 마치고 차에 들어와 보니 그 실리콘 뽕이 하나는 가슴 밑에 떡하니 붙어있고, 뽕 안에는 땀이 가득 차서 축축하고 찝찝했다. 그런 줄도 모르고 정신없이 강의했던 모양이다. 아무도 모르는 일이지만 굴욕적이었다. 집에 오자마자 빼서 확 집어던졌다. 버릴까 하다가 아직도 서랍장에 보관되어 있다. 이 이야기에 앞서 남자 강사들은 잠시 귀를 막으라고 했다. 화면 속에 두 명의 남자 강사가 보였다. 사실 별로 신경 안 쓰인다. "저는 남자가 아니라 강사입니다." 정민관 강사 한마디에 한바탕 웃음 소동이 일어났다. "여러분! 실리콘 뽕은 사지도 말고 하지도 맙시다!" 다들 또 웃음이 터졌다. 왜 웃지? 진심인데. 많이 웃으니까 강의 분위기도 후끈 달아올랐다. 또 다른 경험을 이야기했다. 여름에는 하얀색 옷을 즐겨 입는 편이다. 어느 날 하얀색 원피스에 파란색 재킷을 입었다. 집 엘리베이터를 타고 주차장을 향하면서 거울에 비친 내 모습을 봤다. 음! 괜찮군! 하는 순간, 원피스 속 검정색 팬티가 눈에 들어왔다. 이런 실수 잘 안 하는데 자책하며 다시 집으로 올라갔다. 처음부터 다시 입어야 했다. 그래도 얼마나 다행인지 안도의 숨을 내쉬었다. 만약 그대로 입고 갔더라면, 생각만 해도 아찔하다. 그다음부터는 강의하러 갈 때 속옷 먼저 신경 쓴다. 그래서 속옷이 중요하다고 강조했다. 실제 경험만큼 중요한 게 없기에 위 두 가지 사례를 이야기했다. 신경 쓰지 않아도 되는 속옷 몇 가지도 추천했다. 브래지어는 가슴을 답답하게 조이기도 하지만, 살이 좀 있는 사람은 울퉁불퉁 살이 툭 삐져나와 보기 싫다. 층이 생기는 거다. 그래서 '바디쉐이퍼' 라는 속옷을 추천했다. 보정속옷은 워낙 고가여서 부담이 된다. 이 속옷은 보정속옷처럼 생겼지만, 가격이 부담스럽지 않다. 브래지어와 러닝 기능이 하나로 붙어있고, 뽕도 잘 만들어져 있어서 요거 하나만 입으면 세 가지 효과를 볼 수 있다. 되도록 살색 속옷을 입으라고 했다. 겉옷을 무얼 입어도 상관없는 색깔이다. 홈쇼핑이나 인터넷 쇼핑몰에서는 주로 묶어서 파는데, 한 가지 색상만 있는 게 아니다. 살색은 한두 개뿐이다. 가격이 저렴하고 여러 가지 색상이 있어서 골라 입는 재미는 있겠지만, 실용적이지 못했다. 나 같은 경우 처음에는 그렇게 구입했었는데 지금은 단품으로 파는 것 하나 주문해서 입어보고 괜찮으면 또 사거나, 다른 제품 사기도 한다.

메리비안 법칙. 미국의 심리학자 알버트 메리비안이 제창했다. 이 법칙은 비언어 커뮤니케이션의 중요성을 해설하는 법칙인데, 이야기 내용보다 보이는 인상이 중요함을 말한다. 언어 정보 7%, 청각 정보 38%, 시각 정보 55%. 강사는 언어, 청각, 시각 모두 중요하다. 실제로 강의했을 때 말하고자 하는 내용, 언어가 7% 기억된다는 결론이다. 7%라 할지라도 강의 내용 소홀해서는 안 된다. 목소리 톤이나 억양도 중요하다. 사람들이 말하는 꾀꼬리 같은 목소리, 은쟁반에 옥구슬 굴러가는 목소리를 흉내 내는 건 쉽지 않다. 다만, 강사가 강의했을 때 상대방이 알아들을 수 있는 음정, 음색, 호흡, 억양에 신경 써야 한다. 보이스 트레이닝, 자신이 강의할 때 녹음해보라고 권했다. 나도 녹음해 본 적 많은데 그때마다 필요 없이 반복되는 음정이 있었다. 그걸 찾아내서 안 하려고 의도적으로 노력하니까 점점 나아졌다. 시각 정보. 보여지는 것의 중요함. '사람은 겉모습 보고 판단하면 안 된다.' 는 말이 있다. 맞는 말이다. 하지만 강사라는 직업은 강의하기 전에 보여지는 것도 중요하다. 최소한의 예의는 갖춰야 된다는 말이다.

"안녕하세요? 오늘 강의하러 오신 강사님이시죠?"

강의하러 가면 신기할 정도로 내가 강사인지 알아보고 먼저 인사하는 분들이 있다. 주차장, 경비실, 복도 등. 아직 교육장도 못 찾았는데 그렇게 인사하는 걸 보면 내가 강사처럼 생겼거나, 강사 이미지 메이킹을 제대로 했거나 둘 중 하나일 것이다. 적어도 그날 강의하는 강사가 누구인지, 교육생이 누구인지는 구분이 되어야 하지 않을까. 이 부분에 대해 강사들과 나눠 본 이야기를 하고자 한다. 참고로 여자 강사 기준이고 나의 기준일 뿐이다.

1. 헤어스타일. 자유다. 길건 짧건, 생머리건, 웨이브건 자신의 개성을 살려 자신의 스타일에 맞게 연출하는 것이다. 그래

도 최소한 얼굴은 가리지 말자. 머리가 너무 길면 움직이면서 나풀거리고 얼굴을 가리기도 한다. 귀 뒤로 넘겨서 스프레이로 고정하거나 묶는 것을 추천한다.

2. 메이크업. 너무 화려하면 보는 사람이 불편하다. 짙은 화장이나 과한 눈썹 피하면 좋겠고, 선명하게 눈썹과 입술은 그렸으면 좋겠다. 마스크 속 입술 보이지 않지만, 쉬는 시간이나 중간에 물 마실 때 살짝 내려야 할 때가 있다. 또, 강의하다가 지워졌을 수도 있으니 수정해야 한다.

3. 액세서리. 귀걸이, 목걸이, 반지를 요란하게 여러 개 하면 정신없다. 반지와 팔찌는 하나 정도야 괜찮지만 몇 개씩 하는 강사도 있다. 나도 강의 들을 때 강사가 한 요란한 액세서리에 눈이 가는 경우가 많았다. 강의 들으면서 집중하지 않고 다른 생각했던 것이다. 잘 어울린다, 예쁘다, 나도 사고 싶다, 별로다 등.

4. 스타킹 여유분 준비. 혹시나 올이 나갈 수도 있으니 준비하는 건 필수다. 수시로 체크해야 한다. 여름일 경우, 맨발로 다니는 강사도 있는데 강의하러 들어갈 때 신을 수 있는 발가락만 가릴 수 있는 살색 스타킹 권한다.

5. 실내화. 실내화를 신고 들어가야 하는 곳이 있다. 그곳에 준비되어 있는 실내화는 대부분 아디다스 짝퉁 삼선 슬리퍼다. 사이즈가 커서 헐렁거린다. 걷기에 불편하다. 자신에게 맞는 사이즈와 스타일로 준비해 두는 걸 권한다.

6. 구두. 여름에 샌들을 신어서 뒤꿈치가 나오거나 발가락이 보이는 경우가 있는데, 앞뒤 다 막힌 정장 구두 권한다. 예의를 갖춰야 하는 자리에 갈 때 정장 구두를 신듯이 강사의 '직장 예절' 이라고 생각한다. 운동화나 등산화 신고 강의하는 사람 본 적 있는데, 별로였다. 품위 있어 보이지 않았다.

7. 겉옷. 치렁치렁하게 길게 늘어지거나 나풀거리는 옷보다는 단정하게 여밀 수 있는 재킷을 권한다. 강의 주제에 따라 옷차림도 다르면 좋겠다. 어르신들 강의나 웃음이 필요한 힐링 강의는 원색 계열 옷에 약간은 화려하고 개성 있는 옷을 입는 것도 좋다. 민소매나 레깅스는 금지다. 예전에 어떤 강사가 민소매 입고 갔다가 고정 프로그램 잘린 것 본 적이 있다. 교육담당자나 교육생이 보기에도 안 좋았던 모양이다. 댄스나 요가, 체조 같은 강의 하는 강사들은 레깅스를 즐겨 입는다. 보는 사람이 민망하지 않도록 Y존이 드러나지 않게 잘 가리는 것도 예

의라고 생각한다.

위에 제시한 내용들은 어디까지나 개인적인 소견이니 오해 없길 바란다. '나를 정확하게 알고 나에게 맞는 외적 이미지를 감각적으로 연출하는 것' 이것이 이미지 메이킹이고, 강사의 자신감, 청중에 대한 예의. 최고의 강의를 위한 준비다.

Instructor 08 ········· Secret

사람보다 먼저인 서류 준비

*

"누구세요?"

강의 현장에서 강사 소개할 때 가끔 듣는 말이다. PPT에 있는 프로필 펼치면 눈에 띄는 것이 사진인데, 실제 나의 모습과는 다른가 보다. "20년 전 사진이네요. 강사가 사진으로 사기 치면 되겠어요?" 이런 반응. 덕분에 사람들이 웃기도 해서 좋다. 사진. 성공이구나! 실물보다 사진이 더 낫다는 것. 강사에게 프로필 사진은 중요하다. 강사보다 서류가 먼저 기관이나 기업에 가기 때문이다. 요청하는 곳에 따라 서류도 다르지만, 프로필은 공통으로 들어간다. 그 사람의 이력이나 스펙보다는 사진에 먼저 눈이 가는 게 사람 심리인가 보다. 내가 교육 담당자라면 강사 같은 이미지인가 먼저 볼 것 같다. 몇 년 지나 오래된 사진보다는 최근에 찍은 사진을 추천한다. 시간이 없다, 촬영비가 비싸다. 이런 이유로 미루는 강사가 있는데 사진 하나로 얼마나 많은 출강을 하게 될지는 모르는 일이다. 나는 1년에 한 번 정도 프로필 사진 찍는다. 1년 동안 크게 변한 모습은 없다. 찍을 때마다 '이 사진 한 장이 몇 백 건의 강의 의뢰가 들어올 것이다.' 좋은 기운 팍팍 넣어서 찍는다. 사진 촬영 값은 천차만별이다. 동네 사진관을 권하고 싶다. 먼 곳까지 이동하는 시간 생각하면 그 수고보다 값도 저렴하고 좋다. 사진 찍는 기술, 인지도도 중요하겠지만 프로필 사진 전문 스튜디오랑 별 차이 없는 것 같다. 요즘은 포토샵 기술이 좋아서 피부도 좋게 만들어 주고, 주름살도 없애주고, 날씬하게 만들어 준다. 그러다 보니 실제 인물과 다소 차이가 있을 수 있다. 때로는 내가 봐도 내가 아닌 것 같은 사진이 있다.

사람보다 먼저인 서류 준비! 프로필 사진 다음은 어떤 것이 있는지 정리해 보겠다.

프로필이다. 프로필은 두 가지로 준비한다. 강의할 때 쓰는 강사소개 한 장 짜리 프로필이 있다. 약력과 강의 분야는 5~10

줄 정도 간추려서 쓰면 좋겠다. 학력을 쓰는 사람도 있고, 안 쓰는 사람도 있는데 이력서를 따로 요구하지 않은 이상 중요하게 생각하는 부분이 아닌 것 같아서 강사 자유다. 자신을 알릴 수 있는 중요한 몇 가지만 쓰는 것이 보기에 좋다. 너무 길게 많이 써버리면 눈도 피곤하고 뭐가 뭔지 잘 모를 때도 있다. 개인적으로 부탁하고 싶은 게 있다. 강사소개 시 짧게 했으면 좋겠다. 자신의 인생을 이야기해야 하는 강연이 아니라면 말이다. 강의 시간 한 시간 기준이라고 할 때 강사소개만 20분 넘게 하는 강사 몇 번 본 적이 있는데, 진짜로 해야 하는 강의 주제는 별로 하지도 못하고 끝나는 경우도 있고, 교육 대상자들의 관심사가 아닐 수도 있다. 기관 제출용으로 쓰는 프로필. 제출용은 강사마다 다르게 자신을 어필할 수 있도록 보통 3장~5장정도 쓴다. 더 길게 쓰는 사람도 있다. 나 같은 경우 앞표지, 마지막 표지, 강의활동 사진 두 페이지, 약력, 교육 철학, 강의분야, 강의 이력. 상장, 자격증, 방송 이력 등. 정리해서 9장 쓰고 있다. 수년간 쌓아온 이력을 다 넣기에는 부족할 수도 있고, 초보 강사일 경우 쓸 게 없다는 강사도 있다. 초보 강사들이 힘들어하는 부분. '쓸 게 없다!' 이 부분은 점점 채워지기 때문에 크게 걱정

안 해도 된다.

다음은 이력서다. 이 서류는 보통 공공기관이나 교육기관에 제출한다. 강사료 기준을 보기 위한 방법이기도 하다. 이력서에는 강의 경력이나 약력, 학력 등이 들어간다. 이런 이력에 따라 1급, 2급, 3급 나누면서 강사료가 달라진다. 거리에 따라서 교통비와 식대, 경비 등 별도로 청구할 수 있는 서류이다. 보통 A4용지 한 장 정도 분량이다. 내가 쓰는 이력서 양식에는 관련 분야 강의 최근 출강 내역도 3줄 정도 별도로 쓴다.

다음은 강의계획서 및 제안서다. 이 서류는 자신이 강의할 내용을 미리 알려주는 것이다. 먼저 대상자, 담당 강사, 날짜와 시간, 주제를 쓴다. 그다음 강의 목표와 기대효과를 쓰는데, 자신이 이 강의를 했을 때 어떤 목표를 가지고 있으며 이 강의를 통해 어떤 효과가 있는지 자신의 생각을 쓰면 된다. 예를 들어 '직장 내 성희롱 예방 교육'을 할 때 '직장 내 성희롱에 대한 명확한 정의와 구성요소, 예방법 등을 사례를 통해 접할 수 있도록 교육함으로써 안전하고 건강한 조직문화를 유지할 수 있도록 함.' 교육 목표다. '직장 내 원활한 근무 환경 형성을 돕고, 성희롱과 같은 불미스러운 사고를 예방할 수 있다.' 교육 효과다. 내용에는 한 시간 기준일 때, 도입 부분은 강사소개 및 마음 열기 스팟. 5~10분 정도. 전개 부분은 강의 세부 내용으로 어떤 내용으로 강의 구성을 할 건지 쓰면 된다. 40분 정도 예상한다. 성희롱 성립요건 및 성희롱 예방 교육의 필요성, 최근 일어났던 성희롱 사례. 뉴스 스크랩이나 동영상 추천. 성희롱 발생의 원인, 특성, 성희롱 발생 시 대처방안 및 법률. 마무리 단계는 핵심을 정리해서 한 번 더 강조하며 동기부여가 될 만한 메시지 전달하며 끝낸다. 5분 정도 예상한다. 필요한 기자재 및 준비물도 쓰는 게 좋다. 이 서류는 강사가 확정되었을 때 보고용으로 받는 경우도 있지만, 확정 이전 여러 강사 서류를 받아 본 후 결정하기 때문에 프로필만큼이나 중요한 서류이다.

다음은 자격증 사본이다. 다양한 분야로 강의하는 강사들은 자격증만도 수십 개가 넘는다. 나도 어림잡아 30개는 넘는 것 같다. 이거 배우면, 저것도 배우고 싶고, 저거 배우면 또 이것도 배우고 싶다. 막상 쓰게 되는 자격증은 몇 개 안 된다. 그래도 언제 어디서 자격증 사본을 보내달라고 할지 모르기 때문에 일단 자격증이나 수료증을 취득하면 이미지 파일로 만들어서 저장해 둔다. 강의 연결 해주는 업무도 하다 보니 간혹 서류를 요청할 때 "집에 있어요. 이따가 밤에 드릴게요." 하는 강사가 있다. 교육 담당자들이 기다려 줄 때도 있지만, 기다리지 못해 다른 강사 섭외하는 경우가 많았다. 얼마나 아까운 일인가.

다음은 견적서다. 초보 강사였을 때 "견적서 주세요."하면 물건 파는 것도 아닌데 무슨 견적서지? 했다. 그런데 급수별 강사료가 정해진 곳이 아닌, 기업에서는 견적서를 요구할 때도 있다. 교육 담당자 마음대로 강사 섭외할 수 없기 때문에 상사에게 보고하거나 회의를 통해 결정하기 위해서다. 견적서에는 강사료를 얼마 받을 건지 예상 금액을 써서 보내는 서류다. 예를 들어 두 시간 강의한다고 했을 때, 수도권 기준, 기업 강의는 시간당 30만 원을 쓴다. 두 시간이면 60만 원이다. 60만 원 모두 주면 좋겠지만, 대부분 그렇지 않다. 그렇다면 융통성 있게 기업 측 예산은 얼마인지 물어보고, 협의하면 된다. 견적서는 우선 내가 얼마 받고 싶은지 강사료를 적어서 보내고, 협상하는 단계라고 보면 된다. 만약 중간에 에이전시가 끼어 있을 경우에는 강사가 직접 하지 않아도 되는 단계이다.

이 외에도 개인정보 조회 동의서, 성범죄 조회 회보서나 동의서, 통장 사본, 신분증 사본 등 필요한 서류가 있다. 교육 담당자가 요구하는 날짜와 시간을 정확하게 체크해서 약속을 지켜야 한다. 더 중요한 건 메모를 꼼꼼하게 해야 하는 것이다. 다른 업무를 보다 보면 자칫 까먹을 수도 있다. 만약 서류 접수 시간을 어기면 강사에 대한 신뢰도도 떨어지고, 다른 강사 섭외하는 경우도 있다. 나도 그런 적 있었다. '그 강의는 나와는 인연이 아닌가 보다.' 했었는데 나태함이었다.

위에서 말한 서류. 강사보다 먼저 가는 서류. 이 서류들을 제대로 작성하지 못하거나 그때그때 빠르게 처리하지 않으면 다른 강사한테 기회가 넘어간다는 사실을 꼭 기억했으면 좋겠다. 더 중요한 건. 이 서류들과 양식을 pc는 물론, 스마트폰에도 저장해 뒀다가 바로바로 처리하는 것이 좋다. 교육 담당자들이 '나' 의 편리를 다 봐주면 좋겠지만, 냉정할 때도 있다. 준비된 자에게만 기적처럼 찾아오는 기회. 놓치지 않길 바란다.

Instructor Secret

*

PART 04

꿈꾸는 삶에 서 보니

경험이 실력이다

*

송가인? 누구지? 뭐 하는 사람이지? 2019년, 바쁜 해였다. TV 볼 시간도 없었고, 뉴스 외에는 보지 않았다. TV에 나오는 사람인가 보다 했다. 어느 날부터인가 강의하러 가거나, 여기저기 다니다 보면 “어? 송가인 닮았다.” 말을 들었다. 누구인지 궁금했지만, 시간적 여유, 마음의 여유도 없었거니와 별 관심도 없었다. 2020년 2월. 코로나로 모든 강의가 줄줄이 취소되었다. 이때다 싶어 먹고 자고 반복하며 모처럼의 휴식을 만끽하던 때. 말로만 듣던 '미스트롯' 이라는 프로그램을 찾아서 보기 시작했다. 특히 '송가인' 이라는 사람을 유심히 보았다. 작은 체구에 엄청나게 뿜어져 나오는 에너지와 무대 매너. 와! 와! 연신 감탄에 감탄만 거듭했다. 노래 들으며 소름이 끼치고 눈물이 났던 기억은 별로 없었는데 가슴에 콕 박히는 전달력이 나를 사로잡았다. 3박 4일 동안 마지막 회까지 가슴 졸이며 봤다. 마음속으로 열렬히 응원하면서. 드디어 송가인이 1등 왕관을 쓸 때 폭풍처럼 눈물이 쏟아졌다. 내가 그렇게 대단한 사람을 닮았다니 영광이었다. 그때부터 강의할 때 강사 소개하면서 "안녕하세요? 반갑습니다. 우리나라 트로트 계에 여왕 송가인이 있다면, 강사 계에는 김규인이 있습니다. 강사 계의 송가인 김규인 강사입니다." 이렇게 인사하니까 반응이 좋았다. 나를 알리기에 더 좋은 방법이었다. 송가인 닮았다는 이야기만 들으면 "감사합니다." 자동 인사가 나왔다. 덧붙여서 "규인이어라" 하면 사람들이 많이 웃고 더 좋아하는 눈치였다. 어떤 때는 분위기 봐서 '가인이어라' 노래를 '규인이어라' 개사해서 한 소절 부르기도 한다.

2023년 1월 2일. 새해가 밝은지 이틀째. 책상에 앉아서 업무 중에 있는데 딸 진이가 호들갑을 떨며 방문을 열었다. "엄마! 큰일 났어!" 무슨 사고가 났는지 깜짝 놀라 눈이 휘둥그레졌다. 문자 한 통을 내밀어서 봤다. 'TV 조선 송가인, 김호중의 복덩이 들고' 프로그램에 진이가 보낸 사연이 당첨되어 출연 신청을 하는 내용이었다. 자리에서 벌떡 일어나 펄쩍펄쩍 뛰었다. 무슨 사연을 보냈는지, 언제 보냈는지 물어보니 진이도 잘 기억나지 않는다고 했다. 작년에 그냥 우연히 보냈는데 그 사연이 당첨됐단다. 어쨌든 진이와 둘이 1월 8일 파주에 위치한 TV 촬영 스튜디오로 가야 한다. 프로그램 작가와 몇 번의 전화로 인터뷰했다. 나는 송가인 닮은 사람으로 소감, 진이는 엄마가 하는 일에 대한 소감을 말해야 한다.

1월 7일 전날 밤. 일찍 잠자리에 들었다. 구구단도 수십 번 외우고, 양은 몇 천 마리까지 세었는지 기억도 안 난다. 일어났다 누웠다가 다시 반복. 무슨 말을 해야 할까? 혼자 시나리오를 썼다, 지웠다 무한 반복했다. 기본적으로 송가인 사인은 받을 테고, 얼굴 대조하며 진짜 닮았는지 옆에 서야 할 테고, 노래를 부르라면 무슨 노래를 불러야 하나. 방송이 나가면 유명해질 텐데. 별의별 상상 다 했다. 김칫국 먼저 마시는 게 이런 건가.

당일. 송가인보다 더 튀면 안 된다는 제작진의 부탁을 받고 최대한 단정하고 눈에 안 띄는 색상 네이비색 정장을 입었다. 진이도 꽃단장한다고 꽤 신경 썼다. 메이크업하고, 고치고 몇 번이나 거울을 본다. 내가 보기에는 똑같았다. 알려준 장소에 도착. 주차하고 다시 셔틀버스로 어디론가 이동해야 했다. 시커먼 건물 몇 채가 있는 곳으로 갔다. 방송국은 아니고 방송 촬영하는 건물만 모아놓은 것 같았다. 스텝들만 어림잡아 200명쯤 되고, 녹화 장에 입장하는 관객도 200명쯤 되었다. 그동안 출연했던 사람 위주로 특별 초대된 사람들이다. 우리는 안내에 따라 시키는 대로 질서정연하게 움직였다. 사람들이 이렇게 말을 잘 들을까 할 정도로 착착 움직였다. 끝날 때까지도 경호원이 필요 없을 만큼 모든 사람은 질서를 잘 지켰다. 약 두 시간가량 신분증 검사, 주의사항 듣기 등 줄 서서 이동하고 대기했다. 드디어 입장. TV로만 봤던 화려한 무대와 조명. 눈을 어디에 두어야 할지 어리둥절했다. 이리저리 움직이는 기기들, 많은 스텝. 프로그램 하나 만들기 위해 이렇게 많은 인력이 필요하다니 입이 쩍 벌어졌다. 진이와 나는 '지정석' 이 있었다. 맨 앞자리였다. 와! 벌써 흥분된다. 딸 덕분에 내가 이런 호강을 하다니. 가슴이 뭉클했다. 진이가 촌티 낸다고 할까 봐 덤덤한 척했다. 드디어 녹화 시작이다. 첫 무대에 한복을 곱게 차려입은 음악단이 한국 전통 악기 연주와 함께 찬란한 조명 아래 안개 속에서 김호중이 나온다. 관객들의 환호와 흥분은 쉽게 가라앉지 않았다. 나 역시도 마찬가지다. 이어서 기다리고 기다리던 송가인 등장. 핫핑크색 긴 드레스를 입고 입장했다. 여신이 따로 없다. 입이 벌어져서 금방이라도 침이 뚝 떨어질 것만 같았다. 눈물까지 날 지경이었다. 화면보다 훨씬 날씬하고 아름다웠다. 초호화 게스트. 권인화, 인순이, 한혜진, 진성, 정다경, 홍지윤 등 우리나라 트로트계 대표 연예인들 공연을 바로 코앞에서 볼 수 있었던 영광된 자리다. 가수들이 나올 때마다 입이 다물어지지 않았다. 마치 꿈을 꾸는 듯했다. 홍지윤, 정다경. 분명 사람인데 인형 같았다. 온몸에 전율이 흘렀다. 짜릿했다. 마지막 회 마지막 촬영이라고 하는데 난 이 프로그램을 한 번도 본 적이 없었다. '복(福) 콘서트' 정성이 가득했다. 그토록 궁금하고 보고 싶었던 송가인. 바로 눈앞에 있었고, 녹화 내내 약 3m가량 떨어진 곳에 앉아 있었는데도 눈도 못 마주쳤다. 눈부셔서 쳐다볼 수도 없었고 말 한마디 건넬 용기조차 없었다. 몰래 힐끔힐끔 쳐다보는 게 다였다. 허경환, 송가인, 김호중. 세 MC가 진이와 나한테 인터뷰하는 시간이다. 준비했던 대사는 다 까먹어 버렸다. 다리는 후들거리고 공중에 붕 떠 있는 기분이었다.

무슨 말을 하고 왔는지도 잘 기억이 나지 않는다. 5시에 시작한 녹화는 거의 밤 10시가 되어서야 끝이 났다. 가는 시간, 오는 시간, 대기 시간, 녹화 시간, 총 15시간을 썼던 날. 황홀했다. 꿈인지 생시인지 분간이 되지 않았다. 뭐가 그리 바쁜지, 이런 문화 혜택도 받지 못하고 살았을까. 후회도 되고 지난 삶이 서글프기도 했다. 신세계를 맛보았던 그날. 내 생에 멋진 추억을 만들어 준 우리 진이가 더 사랑스럽고 자랑스러웠다.

5분 정도의 인터뷰와 연예인들이 서는 바로 그 무대에서 노래 한 곡 한 거. 그게 나의 분량 다였다. 어쩌면 편집이 되어 안 나올 수도 있다. 가수들의 공연을 보면서 내 직업인 '강사'와 연결 짓게 되었고, 함께 일하는 강사들에게 전하고자 하는 메시지가 떠올랐다. 아무리 훌륭한 사람이라도 '경험'을 따라갈 수는 없다. 바로 이거다. 무명 시절 빼고 2~4년 된 가수들. 그들이 진성, 인순이 같은 가수들을 절대 따라갈 수 없었던 모습을 봤다. 바로 무대 매너였다. 오랜 경험과 노하우. 손끝에서 나오는 디테일한 손짓 하나, 관객을 바라보는 눈빛, 관객을 사로잡는 노련함. 여유 있는 표정. 즐기는 모습. 아! 이거구나! 노래

한 곡당 3~4분 정도. 그 짧은 시간에 그분들은 혼신의 힘을 다해 가사와 음을 전달했고, 관객의 마음을 이끄는 데 최고였다. 오랜 경험 끝에 나오는 실력일 테다. 예를 들어 송가인이 무대에 천 번을 섰다고 하면, 진성 가수는 만 번이 훨씬 넘었을 것이다. 그러기에 가능한 것들이 아니겠는가. 누구도 따라갈 수 없다. 강사도 마찬가지다. 경험이 많을수록, 강의력도 좋아지고, 스킬도 향상되고, 그것이 바로 실력이 되는 거다. 내가 강사들을 코칭할 수 있었던 것은 그들이 무대에 100번 섰을 때 나는 천 번을 섰기에 가능한 일이었다.

1월 10일 밤 8시. 줌에서 정기적으로 강사들에게 강의하는 날. 그날 소감을 담아 메시지를 전달했다.

"강사님들! 무조건 강의 기회 많이 잡으세요! 경험이 곧 실력이 됩니다. 경험이 많을수록 여유가 생기고 강의 대상자와 함께 호흡하며 즐길 수 있습니다. 경험이 재산입니다. 지금은 저한테 배우고 있지만, 머지않아 언젠가는 후배 강사들에게 비법 전수하는 날이 올 겁니다."

짜릿한 성취감을 축적하라

*

미치겠다. 왜들 그래? 좀 진실하게 살라고! 내 일도 아닌 남의 일인데 왜 화가 나는지 모르겠다. 지난 1월 14일, 이른 아침. 말도 안 되는 홍보에 발끈했다. 구시렁거리며 양치질을 했다. "엄마! 좀 살살해! 분노의 양치질이야? 왜 그래?" 딸 진이는 의아한 듯 왜 그러냐고 자꾸 물었다. 머리 감고, 샤워하면서도 머릿속은 온통 J 강사 생각뿐이었다. 내 몸에게 화풀이하듯 박박 문질렀다. 갑자기? 억대 연봉 강사? 누가? 참나. 기가 막힌다. 오픈채팅방에 수십 개 가입해서 정보를 얻고, 나누고 있다. 집중해서 보는 곳은 몇 개 안 된다. 그날 아침, 우연히 보게 된 홍보 블로그. 평소에 블로그도 안 하고 강의 경력도 없는 J 강사. '억대 연봉 강사가 전하는 리더십' 이라는 문구를 들고 여기저기 홍보하고 있었다. 내가 모르는 사람이 그러면 아! 그런가 보다 하는데, 그 강사의 이력을 잘 알고 있는 나는 도무지 받아들일 수 없었다. 게으르고 나태하고 자기 위에 사람 없는 것처럼 사람을 우습게 여기던 사람. 다른 강사한테 근황을 전해 듣고 있었는데. 억대 연봉 아무나 하나. 강의해 본 경험 고작해야 열 손가락 안에 들까 말까하고, 강사가 된 지 1년도 안 됐다. 그런데 억대 연봉이라니. 그 강사는 내게 강의 스킬 배운다고 왔다가 몇 달 버티지 못하고 떠났다. 박사 학위가 있는 사람이라며 늘 어깨에 뽕을 잔뜩 집어넣고 나를 깔봤다. 예쁜 외모와는 달리 막말도 서슴지 않았다. 어떻게 그렇게 예쁘게 생긴 사람이 입이 저렇게 더럽고 거칠까 할 정도로 내뱉는 말마다 놀라웠다. 박사라고 자랑할 게 아니라, 인격까지도 박사였으면 하는 안타까움이 있었다. 내가 박사 학위를 받으면 저렇게까지 으스대지 말아야지 했다. 인연이 끊어진 지 7개월. 7개월 만에 억대 연봉 강사가 되었다는 말에 도무지 용납할 수 없었다. 어떤 일이든 땀과 노력 없이는, 경험 없는 성공은 없다고 본다.

오픈채팅방에 '온라인 건물주' 라는 말이 유행처럼 돌고 있다. 그 강의를 듣고 몇 번의 코칭 받으면 온라인 건물주가 되어 억대 연봉이 가능하다는 내용들도 쏟아진다. 그러나 '경험만이 살길이다.' 이것이 나의 철학이기에 쉽게 동요되지 않았다. '강사 된 지 1년 만에, 3년 만에 억대 연봉 강사가 되었다.' 이렇게 말하는 강사들. "통장 좀 보여주세요."하고 싶다. 강사의 꿈을 가지고 있는 사람들이 보면 '강사' 라는 직업이 돈 엄청 많이 버는 직업인 줄 알 것 같다. 실제로 많이 버는 강사들도 있다. 그들이 하루아침에 고수익을 얻지는 못했을 것이다. 쉽고 빠른 방법 없다. 한 계단씩 오르면서 맛봤던 성취감. 경험. 그 짜릿함. 그런 축적이 오늘의 '나' 를 만들었다고 생각한다.

25,000원. 처음 받았던 강사료다. 2016년 11월로 기억된다. 재능기부, 무료 강의라도 불러만 주면 좋겠다했던 때였다. 월계동에 있는 복지관, 자원봉사자 대상 스트레스 관리 강의였다. 한 시간 동안 혼신의 힘을 다했다. 온몸을 땀으로 적셨다. 며칠 후 통장에 들어온 금액. 얼마나 값진 돈이었는지 모른다. 강사료보다 강의할 기회가 더 간절했기에 무료 강의도 서슴지 않았고, 강사료 따지지 않았다. 이후 30,000원. 50,000원,

100,000원. 기관에 따라, 경력에 따라 조금씩 올라갔던 강사료. 기업 강의 한 시간 기준 30만 원일 때 중간에 에이전시 한두 군데 끼면 나한테 돌아오는 강사료는 10만 원 정도였다. 점점 소개도 들어오고, 앵콜 요청도 들어오고, 블로그도 열심히 해서 강의 기회가 많아졌다. 2018년, 2019년, 가장 활동이 많았던 해. 하루 2~3건, 많게는 4~5건. 토, 일요일 빼면 20일 정도. 그렇게 전국을 뛰어도 최고 많았던 수입이 월 800만 원이었다. 1년 전후로 억대 연봉 되었다고 하는 강사들, 진짜 그런지 만나고 싶을 정도로 궁금하다. 그게 맞는다면 죽어라 공부하고, 연구하고, 잠 못 자면서 피땀 흘려 노력하는 강사들은 도대체 뭔지, 그들의 능력이 궁금하다.

《The Having》 2020년, 7월. 이서윤 작가와 홍주연 기자의 인터뷰 내용이 담긴 책. 베스트셀러였다. '부와 행운을 끌어당기는 힘' 이라는 부제. 이 책을 읽으면 부자가 되는 비법을 알게 되고, 부자가 되는 줄 알았다. 읽으면 읽을수록 실망했다. 중간에 그냥 덮을까 했는데 끝까지 읽으면 부자가 되는 방법을 알려줄 것 같았다. 마지막에 책을 덮으면서 '이게 뭐야!' 시시했다.

지금 나에게 돈이 있다는 것에, 가지고 있음을 충만하게 느끼며 끌어당김의 법칙을 쓰는 거였다. 그냥 있음에 감사하자, 적은 돈이라도 쓸 수 있어서 감사하자. 그거였다. 그렇게 하면 부자가 된다고? 속임수에 넘어가서 책을 산 것 같았다. 더 해빙. 더 해빙. 더 해빙. 자꾸만 이 문구가 머릿속을 어지럽혔다. 한 번 따라 해 보자! 결심했다. 2020년 8월 1일부터 시작한 '더 해빙' 수첩에 매일 지출한 금액에 대해 감사함을 썼다. 지금은 수첩이 아니라 '감사 일기장'에 쓴다. 밥 먹은 돈도 쓰고, 장 본 것도 쓰고, 주유비, 접대비, 관리비, 생필품 구입비, 품위 유지비(?) 등. 돈 쓴 것을 정리해서 썼다. '있음에 감사합니다. 이런 것을 살 수 있는 경제적 능력이 있어서 감사합니다.' 하루 이틀 안 쓴 적도 있다. 습관이 되어서 그런지 안 쓰면 부(富)가 달아날 것만 같았다. 돈이 나를 주도하는 것이 아닌, 내가 가진 돈으로 주인공이 되어 보자. 어느 순간, 놀라운 변화가 찾아왔다. 돈이 쌓이기 시작했다. 더 해빙을 실천한 지 1년쯤 지난 작년 7월부터였다. 이 사실을 알게 된 건 불과 얼마 되지 않는다. 2022년 11월 18일. 연말도 다가오니 새해 계획도 세울 겸 '강사 셀프리더십'이라는 주제로 특강을 했다. 한 해를 돌아보며 내가 썼던 방법을 나누고자 했다. 일주일 정도 준비했다. 2022년 12월 다이어리를 넘겼는데, 맨 뒷장에 1년 동안 보지 못했던 것이 있었다. 생각해 보니 2021년 12월에 쓴 거였다. 그때 이은대 작가가 '돈'에 대해 특강 한 적이 있었는데 그때였다. 2022년 목표와 계획. 1. 무엇을 이루었는가? 2. 얼마를 벌었는가? 3. 기분은 어떤가? 아무 생각 없이 즉흥적으로 써놨던 것. 1번 물음에 '단독저서 2권'이라고 썼던 목표만 빼고 다 달성했다. 2번이 기적이다. 수입 1억. 드디어 나도 억대 연봉 강사가 된 셈이다. 통장 잔고 5천만 원. 스마트폰에 저장된 통장 잔고 3개 확인해서 계산기 두들겨 보니 달성했다. 3번, 기분 끝내준다. 김규인! 잘했고, 또 해낸다! 이렇게 쓰여 있었다. 놀라운 성과였다. 그동안 돈 벌어도 모이지는 않았다. 자동차 할부금, 집 대출금 등. 돈이 쌓이기는커녕, 들어오는 족족 빠져나가기 바빴고 어디로 새어나갔는지도 모를 지경이었다. 그렇다고 흥청망청 쓰는 것도 아니다. 1억 이상 벌었다는 것, 억대 연봉 강사. 자랑하자는 게 아니다. 이렇게 돈을 벌고 모으기까지 얼마나 많은 눈물과 피와 땀이 들어갔는지, 이 글을 쓰면서도 지난날 나의 노력에 고개가 숙여진다. 자나 깨나 오로지 '강의'만 생각하고 연구하고 실천한 결과물이다.

내가 운영하는 오픈채팅방에도 하루에 수십 건씩 비슷한 홍보물이 올라온다. 믿기지 않는 낚시 홍보가 많다. 제발, 온라인 건물주, 억대 연봉 강사. 이런 식으로 사람들 유혹하지 않았으면 좋겠다. 정말 절실하고 치열하게 살아가는 강사들이 얼마나 많은지 알았으면 좋겠다. 나는 돈 버는 방법 잘 모른다. 돈 버는 능력을 기르고 싶을 뿐이다. 내게 주어진 일에 충실할 뿐이다. 내가 가야 하는 길. 꿈과 목표가 분명하다. 자신의 목표를 향해 하나하나 쌓아갈 때의 성취감. 이런 것들이 축적되었을 때 얼마나 짜릿한 기쁨을 만끽할 수 있는지, 많은 강의 경험을 쌓았으면 하는 바람이다.

외부 자극으로부터의 성장

*

그냥 했다. 좋아서 했다. 행복해서 했다. 그토록 하고 싶었던 일. 강사. 무대에 서는 것만으로도 꿈을 이루었다고 생각했다. 해도 해도 끝없는 도전과 공부, 연구. 처음 '강사'라는 꿈을 가지게 된 롤모델. 정덕희 교수. 그분처럼 되고 싶었다. 20여 년이란 시간이 흘러서야 도전했고 강사가 되었다. 아직도 갈 길이 멀다. 거침없이 내 길을 한 걸음씩 내딛는 나에게 어느 날 오기가 생겼다. 가만히 앉아서 돈 번다고? 가만히 앉아서 어떻게 강의하고 돈을 벌어! 직접 만나서 소통하는 게 진정한 강의지. 눈 마주치고 그들과 마음을 나누며 함께 웃고 울며 동기부여가 되는 것. 그런 노력이 있어야만 값진 돈이라고 생각했다. 나에게 조금씩 성장을 불러일으켜 왔던 현장과 사람들. 전국을 누비며 시간만 맞으면 어디든 달려갔던 내가, 가만히 앉아서 돈 버는 건 생각조차 해본 적 없었다.

2021년 10월 21일. 《고맙습니다, 내 인생》 단독 저서 첫 책이 출간되었다. 내 인생 일부가 담긴 그 책이 세상 밖에 나왔을 때, 오픈채팅방 여기저기 아는 대표들의 부탁으로 저자 특강 여러 번 했다. 2021년 10월 24일. 책이 탄생 하도록 도와준 '이은대 자이언트 북 컨설팅' 에서 저자 특강을 마쳤을 때, 안도의 숨을 내쉬었다. 500명, 1,000명 앞에서도 강의하면서 떨어본 적 없었는데, 그날은 무척 긴장되었다. 밤 11시쯤 블로그 이웃으로 가끔 소통했던 오픈채팅방 Y 대표한테 전화가 왔다. 저자 특강을 들었던 모양이다. 11월 5일에 저자 특강 해달라는 섭외 전화였다. 그분은 마치 오래전부터 나를 지켜봤던지 나에 대한 정보를 알고 있었다. 한 시간가량 수다를 떨었다. 내 이야기는 관심도 없고 자기 이야기하기에 바빴다. 어쨌거나 나를 믿고 섭외해 준 것만으로도 감사한 마음에 잘 들어줬다. 나보다 더 힘든 삶을 살았다는 내용이었다. 사람은 자기가 가진 아픔이 가장 크다고 생각하기에, 나도 그런 줄 알고 살았기 때문에 충분히 공감해 줬다.

"김규인 강사님! 강사님 정도면 이제는 앉아서 돈 벌어도 될 텐데 왜 힘들게 전국을 돌아다녀요? 저는 가만히 앉아서도 월 천만 원은 거뜬히 벌거든요. 한 달에 얼마 정도 벌어요?"

내 수입이 왜 궁금한지 모르겠는데, 슬쩍 자존심이 상했다. 이대로도 만족스럽고 행복하다고 했다. 평생회원으로 500만 원 내면 쉽게 돈 버는 방법을 알려 준다고 했다. 이야! 500만 원이라고? 없다. 있어도 선뜻 건네기에는 부담스러운 금액이다. 그보다 믿음이 안 갔다. 나보다 더 오랜 경험이 있다면 그나마 믿겠지만, 내 경험에 비하면 몇 년씩이나 차이가 나고, 강의 회수로도 내가 압도적이었다. 저자 특강 때 줌에서 만나기로 약속하고 전화 끊었다. 어떻게 가만히 앉아 있는데 한 달에 천만 원이 생겨? 내가 강의 일정이 워낙 많으니까 시샘하는 거겠지 했다. 빈정거리는 말투. 자꾸만 머릿속을 맴돌았다. 그냥 한 번 해보는 소리 같지 않았다. 진짜 내가 융통성 없이 강의만 하는 사람으로 찍힌 것 같았다. 약 올랐다. 잠 못 자고 전국을 다니며 강의하는 내 모습에 불만을 가진 적 단 한 번도 없었다. 점점 더 높은 곳을 향해 한 계단씩 올라가는 내 모습이 항상 예뻤고 대견했다. 그런데 태클을 걸다니. 괘씸했다. 비웃었던 그 말투. 내가 얼마만큼 더 성장하는지 꼭 보여줄 테다. 그렇게 결심했다. 사람의 마음은 참 간사하다. 그날 이후 자꾸만 떠오르는 말. 가만히 앉아서 돈 번다고? 나도 한 번 해볼까? 도전장을 내밀어 볼까? 머릿속이 복잡했다. 지식이 풍부한 것도 아니고, 기계치인 내가 줌 시스템 돌아가는 것도 잘 모르는데 자신이 없었다. 하지만 시간이 지날수록 도전하고 싶어졌다.

2022년 1월 1일. 약 두 달간의 갈등. 할까 말까를 망설였던 내가 드디어 결심했다. 네이버 검색창에 '오픈채팅방 만드는 법' 검색해서 시키는 대로 방을 만들었다. 〈국민강사교육협회〉다. 이름도 그럴싸하다. 갑자기 떠올라서 지은 이름이다. 말 그대로 국민 강사! 나도 되어 보고, 다른 강사도 국민 강사 만들어 보자는 생각이었다. 기술도 없었고, 나만의 콘텐츠도 없었다. 그냥 배우면서 해보기로 했다. 지식의 깊이와 넓이를 더한 융합 전문성, 나의 가치와 철학을 적용한 진정성, 강의 경험과 노하우로 쌓아 올린 강의력. 도전! 얕은 지식이지만, 얼마든지 노력하면 되는 부분이다. "나누고, 베풀고, 돈 벌자." 2022년 새해 목표였다. 내가 아는 것 전부를 다 나누리라! 거짓말하지 말고, 과대 포장하지 않고, 공감과 소통을 통해 배워가면서 진심으로 내 경험을 나누고자 했다. 첫날은 내가 아는 강사들을 초대했다. 100명쯤 모였다. 500명. 인원 제한까지 두었다. '잡은 물고기 밥 주자' 나의 인생철학이다. 인원이 많다고 좋은 게 아니라는 생각이었다. 오픈채팅방 1,000명 넘는 곳이 넘쳐난다. 보면 90%가 홍보였다. 정신없다. 잘 안 본다. 500명 안에서 내가 할 수 있는 데까지 나눠보기로 했다. 한두 달쯤 지나니까 금방 500명이 되었다. 그중에 강사 양성 과정을 통해 2023년 9월 28일 기준, 336명이다. 한 달에 한 번씩 진행하는 프로그램인데, 그동안 내가 강의 현장에서 가장 많이 해봤던 것으로 구성해서 한다. 내가 해보지 않았던 프로그램은 재교육이나 코칭할 때 자신 있게 할 수 없기 때문이다. 한 강사가 여러 과정에 들어와서 수강해서 중복된 인원도 많다. 과정을 수료하면 〈국민강사교육협회〉 소속으로 활동할 수 있다. 놀라운 성과다. 내 능력으로 이렇게까지 해낼 줄은 몰랐다. 만 1년 9개월이 지난 지금, 그동안 숨 가쁘게 달려온 지난날을 회상하니 입 꼬리가 올라간다. 강사들이 나에 대한 신뢰가 없었다면 결코 이루어낼 수 없었던 성과다 참 잘 살았다! 잘 해냈다! 이 많은 성과는 나를 믿고 따라와 준 강사들의 힘이 가장 컸다. 일주일에 몇 번씩 줌에서 만나 교육, 교육, 교육에 대한 열정으로 똘똘 뭉친 강사들과 나의 경험 나눔의 결실이었다. 내가 강사 양성을 하는 게 아니라, 오히려 강사들이 나를 키웠다. 합작품, 협업이었다. 내가 나가서 직접 뛰면서 버는 강사료가 훨씬 많을 텐데 그런 수입조차 포기하고 강사들에게 아낌없이 나눠 주었다. 현재 나보다 더 잘나가는 강사(?)도 여러 명 있다. 매월 천만 원 수입이 넘는다. 내가 코칭해서 이루어 낸 성과다. 순수하게 자신이 강의만 해서 버는 돈이 천만 원 넘는다는 것은, 어떻게 말로 표현 못할 만큼이나 바쁘다. 차 안에서 급히 때워야 하는 식사 시간, 이동 시간 계산하며 발 동동 구르며 뛰어야 할 시간. 남들 잘 때 교안 만들고 연구하고. 그야말로 화장실 갈 시간도 없을 정도로 뛰었을 것이다. 강사들이 알아야 할 것. 월 천 강사! 월 천 강사! 쉽게 외치는데 일단 500만 원부터 달성해 보고 나서 외쳐도 늦지 않는다. 그 500만 원 안에 들어있는 자기 피와 땀과 눈물을 맛보아야 한다.

국민강사교육협회. 남은 내 인생 전부를 걸었다. 앉아서 돈 버는 거? 쉬운 줄 알았다. '사기꾼들이구만!' 생각했던 나의 오만. 편견. 다 집어던졌다. 직접 해보니 가만히 앉아서 돈 버는 게 아니었다. 강의하러 직접 뛰는 시간, 잠자는 시간을 제외하고는 의자에 앉아서 모든 시간을 투자해야만 나올 수 있었던 성과들이었다. 수백 명이 넘는 사람을 먹여 살려야 한다는 책임. 나로 인해 꿈에 더 다가갈 수 있도록 도와야 하는 사명. 이대로 충분하다. 나의 한계가 어디까지인지 나도 모른다. 나의 잠재능력이 얼마만큼 숨어 있는지도 모른다. 하지만 이 순간, 가슴 벅차다.

2021년 10월 24일. 외부로부터의 자극. 처음에 그 대표를 믿지 못하고 비웃었던 나. 그 대표 충고 한마디가 없었다면, 아마도 나는 아직도 혼자만 먹고살기 급급해서 전국을 다니고 있었을 것이다. 그 대표의 한마디에 더 크게 성장했듯이, 나의 한마디가 또 누군가에게 자극이 되어 큰 성과를 가져올 거라고 나는 믿는다. 외부로부터의 자극으로 시작한 〈국민강사교육협회〉. 겉으로 보기에는 내가 운영하는 것처럼 보이지만, 사실은 강사 한 명 한 명 땀방울이 모여 운영되고 있다. 협업의 힘이다.

마음의 소리

*

설날이다. 며느리 역할, 부모 역할, 아내의 도리를 위해 장보기란 이번에도 쉽지 않았다. 전날 재래시장이며 마트 두 군데에서 팔이 빠질 정도로 장을 봤다. 남편 차례상보다 백년손님이라는 사위가 더 신경 쓰였다. 종일 지지고 볶고, 전 부치고 발바닥도 아프고 허리가 끊어질 지경이었다. 저녁 6시에 온다던 큰딸 정이와 사위, 손녀 채공(애칭)은 5시부터 와서 거실을 오가며 더 정신을 뺀다. 상 차리는 데 도움을 주려고 일찍 왔다고 하는데, 가만히 있는 게 도와주는 거다. 이틀 동안 준비해 둔 음식을 접시에 예쁘게 담아 6인용 식탁이 꽉 찰 정도로 상을 차렸다. 시간 투자한 거에 비해서는 몇 접시 안 되어서 아쉬웠다. 하나라도 더 먹이고 싶었다. "이모가 해준 거 말고, 엄마가 해주는 김치부침개 먹고 싶어." 며칠 전 정이에게 뭐 먹고 싶으냐고 했더니 고작 김치부침개란다. '엄마가 해주는 음식' 나도 그리운 손맛인데 정성껏 부쳤다. 이사 온 지 6개월. 아직도 인덕션은 익숙하지 않아 자칫하면 음식 태우기 일쑤였기 때문에 더 정성 들였다. 맛있다고 정신없이 먹는 정이의 얼굴을 빤히 쳐다봤다. 얼굴에 티 하나 없이 곱고 고운 피부. 주먹만 한 얼굴에 눈, 코, 입 어쩜 그리도 뚜렷하고 예쁜지 더 사랑스럽다. 시집가더니 더 예뻐진 것 같았다. '엄마! 나 행복해!' 얼굴에 쓰여 있었다. 잘 사는구나! 반대하던 결혼 하더니 7년 동안 부부싸움 한 번 하지 않고 소꿉놀이하듯 알콩달콩 잘 사는 큰딸 부부. 딸의 얼굴을 물끄러미 쳐다보다가 엄마의 얼굴이 떠올랐다. 엄마도 나를 볼 때마다 "내 딸이지만 정말 예쁘구나!" 했었는데, 이제는 내가 그 말을 딸한테 하고 있다. 우리 엄마도 이런 마음이었겠구나! 새삼 엄마 마음을 읽을 수 있었다. 딸이 굳이 이런저런 말을 하지 않아도 부모는 자식의 마음을 아는가 보다. 엄마는 내 마음의 소리를 듣고 계실까? 엄마! 잘 지내지?

작년 연말, 12월 21일. 전국에 한파가 몰아치고 폭설이 예상

된다는 일기예보가 있었다. 새벽 4시 기상. 창밖을 봤더니 눈이 조금씩 내리기 시작했다. 개인별로 움직이는 강사들 스케줄을 다 알 수는 없고, 국민강사교육협회, 내가 연결해 준 강의를 해야 하는 강사들 스케줄 표부터 점검했다. 전국으로 움직여야 하는 강사들 6명 출강. 아! 큰일이다. 눈길 운전은 진짜 위험한데. 강의하러 다니면서 몇 번 폭설을 만난 적이 있었는데 살아 돌아옴에 감사했던 시간이었다. 오전 6시에 블로그 모임 끝나고 강사들한테 전화했다. 오전 8시부터는 창밖이 보이지 않을 정도로 폭설로 변해버렸다. 하늘이 야속했다.

"강사님! 어디세요? 지금 눈이 너무 많이 내리는데 운전 자신 없으면 안 가셔도 돼요. 업체에 제가 연락해서 양해 구할게요."

첫 통화 대상, 임현주 강사는 거의 도착했다고 했다. 하남에서 오전 10시 강의인데, 대전에서 새벽 6시 출발했단다. 눈이 많이 온다고 해서 서둘러서 집을 나섰다고 한다. 프로 정신이다. 무사히 도착하기를 바라며 도착하는 대로 메시지 달라고 했다. 10여 분이 지났을까? 임현주 강사한테 전화가 왔다. 8시 30분이다. 교육담당자한테 전화가 왔는데 강의가 취소되었다고 했다. 눈이 많이 와서 직원들이 교육장에 모이기 어렵다는 이유였다. 도착했다고 하니까 왜 벌써 왔냐고 오히려 화를 냈다고 했다. 강사들은 원래 일찍 도착한다고, 눈이 와서 더 빨리 출발했다고 했더니 다른 교육장으로 오라고 했단다. 검색해 보니까 30분 정도 더 가야 하는 거리라고 했다. 이미 도착해서 대기 중인데, 대전에서 눈길 뚫고 목숨 걸고 갔는데 취소했다가 다시 장소를 옮긴다고! 교육 담당자한테 당장 전화했다. 이리 와라, 저리 오라 하면 무조건 말을 들어야 하는 게 강사인가! 갑질에 화가 머리끝까지 치밀어 올랐다. "여보세요! 저 국민강사교육협회장 김규인입니다. 임현주 강사 그냥 돌려보내겠습니다. 이 눈길에 안전하게 도착한 것만도 감사할 일이지, 왜 일찍 왔냐고 오히려 화를 내요? 그리고 이 눈길에 갑자기 교육 장소를 옮겨서 그리로 오라고 하는 건 뭡니까?" 뻣뻣하고 예의 없는 교육 담당자는 생각보다 무례했다. 한참 동안 실랑이를 벌이고 언성을 높이다가 전화를 끊었다. 말이 안 통하는 사람이었다. 오라는 곳까지 다시 이동하다가 무슨 일이라도 생기면 어떡하라고! 임 강사도 나도 기분이 상할 대로 상한 상태였다. 임현주 강사한테 나머지 일은 내가 책임질 테니 안전하게 운전해서 내려가라고 했다. 강사료는 내 사비로 주면 된다. 두 시간이면 충분히 가야 할 대전. 7시간 만에 집에 도착했다는 연락을 받았다.

"대표님! 엄마랑 남편이 눈 많이 온다고 강의하러 가지 말래요. 어떡해요?"

그날 오후 1시쯤 송은하 강사의 전화를 받았다. 그렇게 하라고 했다. 가족이 그렇게 말리는데 괜히 길을 나섰다가 사고라도 나면 내가 책임질 수 없는 부분이다. 기업에 연락해서 사정 이야기를 했더니 날씨 때문에 어쩔 수 없는 상황이니 며칠 후로 연기하겠다고 배려해 줬다. 감사함과 존경심이 드는 통화였다. 폭설은 멈출 기미가 안 보였다. "강사님들! 오늘 눈이 많이 오는데 혹시 눈길 운전 자신 없거나 이동하는데 어려움 있는 분은 안 가셔도 됩니다." 소속 강사 단톡방에 글을 올렸다. 강사들이 '감동' 이라고 댓글을 달아줬다. 진심이었다. 대표로서 위험한 발언이기도 하지만, 강의보다 우리 강사들 안전이 내게는 더 중요했다. 다른 업무 보면서도 제발 눈이 그치기만을 바랐다. 도로도 싹 녹았으면 했다. 오후 2시쯤. 오전에 통화 안 되었던 윤현숙 강사한테 전화를 걸었다. 포천 일정인데 경기 북부 쪽은 눈이 더 많이 온다고 한다. 못 갈 것 같은 분은 개인 톡 달라고 했는데 통화도 안 되고, 톡도 안 보고 있어서 걱정스러웠다. 드디어 통화가 되었다. 포천에 도착해서 커피숍에 있다고 했다. 식사할 곳도 없고 해서 빵과 커피로 끼니를 해결하는 중이란다. 세상에나! 위험하니 안 가도 된다고 했는데. "어떻게 안 가요? 기업과의 약속인데요. 강사로서 책임이잖아요. 대표님이 눈길 위험하다고 가지 말라고 해서 엄청나게 감동 받았어요." 한 시간가량 이 얘기 저 얘기 하다 보니 마음의 거리가 좀 더 가까워졌다. 섭외건만 올리면 무조건 손 드는 강사였다. 경제적으로 어려운가 했다. 조심스럽게 경제적으로 어렵냐고 했더니 그냥 강의하는 게 재미있고 좋다고 한다. 공감되었다. 밥도 못 먹었다는 말에 가슴이 미어지는 것 같았다. 강사에게는 흔히 있는 일이지만, 내가 수없이 겪어봤던 일이기에 더 마음이 아팠다.

마음의 소리. 딸 정이는 김치부침개가 먹고 싶은 것보다, 엄마가 해주는 음식을 먹고 싶었을 터다. 육아에, 살림에, 간호사

일까지 힘들었을 딸. 바쁘다는 핑계로 내 새끼들 제대로 돌보지 못하고 있는 것 같은 미안함. 반찬이라도 해다 줬더라면 잘 먹었을 텐데. 그 마음의 소리에 귀 기울이지 못했다. 엄마가 돌아가시고 나서야 엄마가 해주는 음식이 사무치도록 그립다.

폭설에 긴장했던 강사들. 교육담당자의 난폭하고 무례함에 얼마나 자존심 상했을까? 임현주 강사는 그날 강의도 좋지만, 이번 강의 너무 자존심 상해서 하고 싶지 않을 거라는 마음의 소리가 들려왔다. 폭설에도 그냥 강의하는 게 좋아서, 책임이라서 안산에서 포천까지 운전했을 윤현숙 강사. 이제야 인정받는 것 같아 행복하다는 마음의 소리가 들려왔다. 눈길이 꿈길이 되기도 했던 때가 있었다. 눈물 콧물 다 흘리며 죽어도 교육장 가서 죽는다는 마음으로 운전했을 때가 떠올랐다. 강사들 마음의 소리에 귀 기울였다. 우리 강사들에게도 그날 내린 눈은 꿈길에 더 가까워졌으리라 믿는다. 마음의 소리에 귀 기울이기 시작하니까 강사들이 나를 더 믿고 따르는 것 같다. 차마 말하지 못하는 마음도 읽을 줄 아는 사람이 '진정한 리더' 라고 생각한다.

나로 인해 누군가의 삶이 달라진다

*

화장실이다. 밤 10시가 넘은 시각. 지금쯤 머리가 복잡할 사람. 김은미 강사. 작년 12월 19일. 다음날 부여에서 소방관들 대상 청렴 교육을 해야 한다. 내가 도울 수 있는 게 뭐가 있을까 곰곰이 생각했다. 볼 일이 있어서가 아니라 무언가 골똘히 생각해야 할 때는 내 방 화장실 변기에 우두커니 앉아 있는 습관이 있다. 그러면 아이디어가 샘솟는다. 낮에 전화할까 하다가 종일 참았다. 일찍 팁을 알려 주면 공부를 덜 할 것 같았다. 강사 배정이 되고 나서 내가 쓰던 자료, 틀을 잡아서 준 지 한 달 정도 되었다. 몇 가지 아이디어와 팁이 떠올랐다. 공직자 대상 청렴교육하면서 꽤 반응이 괜찮았던 기억을 끌어냈다. 화장실에서 나오자마자 얼른 메모하고 전화를 걸었다.

한창 교안 다듬으며 강의 준비 중이라고 했다. 지금쯤 머리가 복잡할 텐데 괜찮으냐고 하니 웃었다. 팁 몇 가지 알려 준다고 하니까 좋아했다. 공든 탑이 무너지느냐, 안 무너지느냐 했더니 안 무너진다고 했다. 때론 무너진다고 했다. 바로 공직자들의 부정부패라고 했다. 그 자리에 올라가기까지 얼마나 노력을 했을까! 하루아침에 일궈낸 것은 없다. 그렇게 10년, 20년, 30년 정성 들여서 쌓아 온 공 들인 탑이 한순간에 무너지는 걸 뉴스를 통해 많이 보지 않았느냐고 했다. 이렇게 시작한 코칭은 약 한 시간가량 콕콕 집어서 팁을 알려 줬다. 다음날, 단톡방에 올라온 강의 현장 사진을 보니 분위기를 예감할 수 있었다. 12월이면 가장 바쁜 시기다. 강사들 챙겨가며 하나라도 더 알려 주고 싶은 마음에 그날도 목이 다 잠길 지경이었다. 모든 피로가 싹 가실 정도의 말 한마디. "덕분입니다. 감사합니다. 존경합니다." 늘 같은 멘트지만, 김은미 강사의 진심이 느껴졌다. 살아오면서 이렇게 반듯한 사람 처음 본다. 사람이 단점이라는 게 있어야 하는데 아무리 찾으려고 해도 없다. '인성' 하면 이 강사를 따를 자가 없다. 내 삶의 롤모델로 정했다. "예! 알겠습니다." 무슨 말만 하면 이 답변만 하는 강사. 연구 대상이다. 내가 하는 말이 다 맞는 것도 아닐 텐데 단 한 번도 토를 달지 않고 따라준다. 리액션도 최고다. 나를 춤추게 하는 강사다. 이 강사를 알게 된 건 2022년 2월쯤으로 기억된다. 평범했다. 줌으로 비추는 모습은 항상 정수리만 보였다. 내가 하는 말마다 받아 적는 모양이다. 특강이며, 강사 양성 과정이며 빠짐없이 신청하고, 비디오를 끈 적 한 번도 없었다. 참 열심히 공부하는 강사구나 했다. 처음으로 이 강사한테 강의 연결을 했을 때다. 프로필, 강의계획서, 자격증, 서류를 받아야 했다. 보는 순간 기절할 뻔했다. 한국장애인고용공단 '직장 내 장애인 인식개선 교육 자격증' 하나만 필요한 건데 60개가 넘는 자격증 파일을 보내왔다. 그중에 하나를 찾는 것도 어려웠다. 프로필 사진도 전문성이 없는 스냅 사진 하나 떡하니 붙어있었다. 약력과 자격사항을 보니 어림잡아도 몇 천만 원짜리 프로필이다. 프로필 한 줄 쓰는데 돈으로 계산하면 적게는 몇 십만 원, 많게는 몇 백만 원 들어간다. 와! 화려하고 거창했다. 여기저기 교육원이며 강사양성 과정 하는 곳, 전국을 헤매었을 것을 생각하니 입이 떡 벌어졌다. 그렇게 많은 이력을 가지고 있는데 서류 작성하는 것 가르쳐 주는 곳이 한 군데도 없었나! 안타까울 뿐이었다.

도와주고 싶었다. 나도 못 하는 게 많지만, 내가 아는 한도 내에서는 무엇이든 돕고 싶었다. 서류 요청 다시 하면서 한 마디 건넸다. "강사님! 이제 그만 방황하시고 여기 정착하세요. 제가 도와 드릴게요." 한 치의 망설임도 없이 알았다고 대답했다. 그날 이후 서류 만드는 것도 알려주고, 프로필 사진부터 찍게 했다. 예전 사진 속에 핫 핑크 정장이 참 잘 어울리는 것 같아 그 옷을 입으라고 했다. 헤어스타일까지 내 의견을 말했다. 매사에 긍정적이고, 목소리만 들어도 기분 좋아지는 강사다. 내가 시키는 대로만 하면 자다가도 떡이 생긴다며 나를 '귀인'이라고 외치고 다녔다. 강의 하나 연결해 주면, 다시 요청이 오고, 소개도 이어서 계속 들어왔다. 블로그 하는 법도 알려 줬더니 1일 1포스팅 꾸준히 실천했다. 이제는 나보다 더 잘 해서 다른 강사들도 많이 도와준다. 블로그로 들어오는 강의는 훨씬 더 많았다. 나와 인연을 맺은 지 몇 달 되지 않아 '월 천 강사' 되었다.

직업이 강사지만, 인재를 발굴해서 성장시키는 일도 하고 있다. 촉이 왔다. 김은미 강사는 분명 세상을 이롭게 할 강사라고 확신했다. 선한 영향력 마음껏 펼치도록 돕고 싶었다. 작년 5월 28일. 〈국민강사교육협회〉 제1회 워크숍에서 '스타 강사상'을 줬다. 사실은 스타 강사 '예감 상'이었다. 나의 예상이 맞았다. 15년 동안 방과 후 학교 강사의 길을 걸어오면서 그토록 꿈이었던 '기업 강사'가 된 김은미 강사. 선하게만 살아온 삶도 눈물 없이는 들을 수 없는 아픈 스토리가 있었다.

2023년 1월 1일. 국민강사교육협회 설립 1주년을 맞이하여 '명강사 강연대회'를 열었다. 상금도 두둑하게 준비했다. 총 7명의 강연이 있었다. 과거에 자신의 아픈 상처를 드러낸 인생 스토리. 지금의 변화된 모습. 고난과 역경을 딛고 일어선 7명의 강연은 그야말로 인생 역전 같았다. 잘 웃고 행복해 보였던 강사들이다. 내가 가진 아픔은 아무것도 아니었다는 생각이 저절로 들었고, 더 큰 용기를 얻을 수 있었다. 특히 김은미 강사의 강연을 들으며 눈물바다가 되었다. 강사들에게 충분한 동기부여가 되었던 시간이다. 결혼한 지 몇 년 만에 어렵게 얻은 아이. 쌍둥이였다. 880g, 920g. 1kg도 안 되는 쌍둥이는 낳자마자 한 아이는 하늘나라로 가고, 남은 아이는 시각장애인으로 살아가고 있다고 한다. 표정에서 어두움이란 찾아볼 수 없었던 모습. 깜짝 놀랐다. 그런 사연이 있는 줄은 미처 몰랐다. 화면 속에서 쉴 새 없이 눈물을 닦아내며 강연을 이어 나갔다. 늘 웃는 모습만 봐왔던지라 당혹스러웠다. 마음고생이 심했나 보다. 2017년 유방암까지 걸려서 암 투병 중이란다. 아직 완치 판정은 아니지만, 자신이 하고 싶은 일을 마음껏 하면서 꿈을 이룬 자체만으로도 행복한 나날을 보내고 있다고 했다. '웃음' 이 자신을 살렸다고 당당하게 말했다. 항상 웃고, 좋은 에너지 나눠주고, 친절한 사람. 이 강사와 대화하면 나까지 행복한 기운을 얻을 수 있다. 내가 받았던 행복 에너지, 만나는 모든 이에게 나눠 주는 모습이 눈에 선하다. 하루 24시간이 부족할 만큼 전국을 누비며 강의에 열정인 강사. 행여나 건강 해치지 않을까 걱정되지만, 문제없다. 김은미 강사에게는 암세포도 무서워서 도망갈 만큼의 더 센 기운! 긍정 에너지가 있다.

좋은 일이 있을 때마다 나를 만나서 삶이 달라졌다고 한다. 내가 잘 이끌어 준 덕분이라며 전국에 강의 여행을 다니고 있다고 한다. "덕분입니다. 감사합니다. 존경합니다." 이 말만 천 번은 넘게 들었던 것 같다. 상대를 존중하는 마음. 감사하는 마음.

진심이 묻어나는 마음과 말씨. 그리고 행동. 내가 배워야 할 점이다. 잘 되는 사람은 분명 이유가 있다. 김은미 강사가 나를 만나 인생이 달라졌다면, 나 역시 이 강사로 인해 내 인생이 달라지고 있다. 소속 강사들에게는 롤 모델이 될 만큼 매사에 솔선수범과 실행력이 우수한 강사다. 많은 사람이 김은미 강사로 인해 더 행복한 삶을 꿈꾸며 인생이 달라질 거라고 확신한다. 이런 강사와 함께라면 그 무엇도 두렵지 않다.

강사는 '나'로 인해 누군가의 삶이 달라질 수 있다는 확신과 믿음으로, 변화와 성장을 꿈꾸는 이들에게 희망이어야 한다. 솔선수범과 리더십 발휘를 위해 오늘도 나는 누군가의 꿈이 되려고 노력하며 연구한다. 나만 잘 되는 것이 아닌, 다 같이 잘 되는 길로 인도하는 것.

느슨하게! 말랑말랑하게! 유연하게

*

나는 환자인가? 정신과에 가봐야 할까? 온갖 정신 장애는 다 갖고 있는 듯했다. 2021년 10월. 상담심리학과 석사과정에서 중간고사로 나온 과제였다. 《이상심리학의 기초》라는 도서를 읽고 각 정신장애에 대해 정리하며 소감을 써내는 거였다. 읽으면 읽을수록 다 나의 증상 같았다. 강박장애, 외상 후 스트레스 장애, 우울장애와 양극성 장애, 성격장애, 정신 분열 스펙트럼 장애 등. 사람들이 겪는 이상 행동과 정신장애에 대한 내용을 보면서 심각했다. 내가 정상인 줄만 알고 성격 이상한 사람을 비난했었다. 알고 보니 나도 정상은 아닌 듯했다. 특히 강박장애다. 원하지 않은 불쾌한 생각이 자꾸 떠올라 그것을 제거하기 위해 행동을 반복하게 되는 장애다. 이는 강박

사고와 강박행동으로 나타나는데 나는 둘 다 해당하는 것 같았다. 정리 정돈이 안 되어 있으면 아이들에게 화내기 일쑤였다. 이 물건은 이 자리. 저 물건은 저 자리. 저 물건이 이 자리에 가 있으면 무조건 화가 났다. 이런 강박 증상이 옆에 있는 사람들 피곤하게 한다는 걸 알면서도 쉽게 고쳐지지 않았다. 아니, 내가 옳다고만 생각했다.

작년 10월. 류미희 강사 특강이 있었다. 줌으로 50명 정도 모였다. 주제는 안전교육이다. 재난 안전, 지진 시 대피 요령, 생활 안전, 화재 안전 등. 사람들이 일상생활에서 겪을 수 있는 안전사고에 대비할 방법을 배우는 유익한 시간이었다. 그중에서 가장 와 닿았던 한 마디가 있었다. "전기선을 꽁꽁 묶지 마세요. 느슨하게 묶어야 화재 예방할 수 있습니다." 강의 들으면서 보니 눈앞에 바로 전기선이 있었다. 노트북, 데스크 탑, 듀얼 모니터. 복합기. 주렁주렁 널려있던 전기선을 각각 묶어서 고정해 두었다. 숨 쉴 틈 없이 꽁꽁 묶여있었다. 내가 그렇게 해놓았던 것이다. 아! 이런 게 불이 날 수도 있다고? 얼른 풀어서 느슨하게 다시 묶었다. 가슴이 뻥 뚫리는 것 같았다. 바로 그 순간,

내 삶도 이렇게 꽁꽁 묶어놓고 틀에 박힌 사고와 틀에 박힌 행동으로 그게 옳은 줄만 알고 살았던 게 아닌가 싶었다. 정리가 좀 안 되어 있으면 어때! 나 때문에 숨 못 쉬고 있는 사람들과 물건들에게 자유를 줘야겠다는 생각이 들었다. 나 자신에게도.

자정부터 오전 6시까지 내 스마트폰은 무음이다. 나는 물론, 스마트폰에도 휴식을 주기 위함이다. 그 시간에 스마트폰 소리는 안 들리지만, 책상 앞에 앉아있으면 카톡이 왔다는 알림이 보인다. 가끔 이조차도 안 보려고 스마트폰을 뒤집어 놓기도 한다.

새벽 4시. 또 시작이다. 나의 기상 시간을 기다리는 사람. 며칠째 새벽 4시만 되면 계속 카톡을 보내는 강사가 있다. 내가 잠에서 깨기만을 기다렸나 보다. 작년 12월. 강사들이 가장 바쁜 시기였다. 그중 강의에 한창 재미를 붙이고 열정 충만으로 자신감이 붙어가는 강사가 있었다. 송하주 강사다. 평소에는 경남지역에 강의가 그리 많지 않았는데 송하주 강사가 강의하겠다고 나서는 순간, 희한하게도 그쪽 지역 강의가 계속 들어왔다. 하늘이 돕는 것 같았다. 초보 강사라서 강의 실력은 차차 좋아질 거라 믿었고, 하겠다는 의지가 강해서 도와주고 싶었다. 나에 대한 신뢰감이 탄탄했다. 잘 따라왔다. 이은대 자이언트 북 컨설팅에서 화면으로 뵐 때마다 눈에 띄었다. 단아한 모습, 환하게 잘 웃는 모습. 뭔가 열심히 받아 적는 모습. 고개 끄덕이는 긍정적인 모습. 탐나는 사람이었다. '저분이 강사가 되면 참 좋겠다! 완전 강사 이미지네. CS 강사를 하면 좋겠다.' 이런 나의 마음을 알아챈 걸까. 작가로 인연이 되었지만, 강사 공부해 보겠다고 의사를 밝혀 주었다. 몇 달간 강사 양성 과정도 들어오고 공부도 열심히 하는 듯했다. 그러더니 몇 달간 보이지 않았다. 연락해 볼까 했지만 기다려 보기로 했다. 아마도 자신감이 부족하거나 작가의 길만 고집하거나 슬럼프인가 보다 했다. 작년 11월 드디어 연락이 왔다. 도와 달라고. 기꺼이 돕겠다고 했다. 탐나는 사람이었기 때문이다. 11월, 12월. 두 달간 나를 달달 볶았다. 흐뭇했다. 나를 귀찮게(?) 하고 달달 볶는 사람은 해낸다는 것을 안다. 내가 잠에서 깨기만을 기다렸다가 밤새 궁금했던 것을 묻기 시작한다. PPT 내용 봐 달라, 이건 어떻게 설명해야 하나, 메시지는 어떻게 하는 것이 좋냐 등 밤낮 가리지 않고 질문이 많았다. 내가 도울 수 있는 것은 기꺼이 알려 줬다. 그때마다 송 강사는 괴롭혀서 죄송하다고 하는데, 내가 할 일을 하는 것뿐이다. 예뻤다. 외모도 예쁘지만, 말하는 것도 예쁘고, 인성도 참 반듯했다. 쉼 없이 열심히 살아온 삶도 아름다웠다. 도대체 잠은 언제 자는지 궁금했다. 한순간도 나태함이 보이지 않았다.

작년 12월 19일. 저녁 무렵 깜빡 잠이 들었다. 스마트폰 교체를 해야 하는지 카톡이 와도 소리가 잘 안 울린다. 일부러 자꾸 들여다보지 않으면 중요한 메시지를 놓치기도 한다. 눈 떠보니 7시 30분이었다. 얼른 스마트폰을 봤다. 부재중 전화 3통. 송하주 강사였다. 무슨 일인가 얼른 톡을 확인했다. "대표님! 골프장에서 갑자기 시간을 9시로 변경한다는데 어떡해요? 여기 너무 춥고 배도 고프고 사방팔방 너무 깜깜해서 무서워요." 밀양에 있는 골프장에 친절 교육하러 갔다. 5시에 한 번, 8시에 한 번. 인원 두 번 나눠서 하는 거였다. 5시 강의 마치고 바로 전화가 왔다. 잘 마쳤다고 잘 해냈다고 목소리 톤이 평소보다 높았다. 송 강사가 만족하니 더 기뻤다. 8시 강의도 잘 부탁한다며 파이팅을 외쳤다. 당황했을 강사한테 얼른 전화했다. 자초지종을 들어보니 골프장에서 일방적으로 시간을 변경했다는 내용이다. 산골짜기 외진 곳에 있어서 갈 곳도 없었단다. 클럽하우스에 들어가 있지 하며 안타까워했다. 골프장을 벗어나면 그래도 뭔가 있을 줄 알고 식당 찾아서, 커피숍 찾아서 방황하다가 조용한 곳에 차 세워 두고 쉬고 있었다고 한다. 갑자기 시간 변경하는 건 받아들일 수 없다며 집으로 돌아가겠다고 했다. 중간에서 난처한 입장이지만, 그렇게 하라고 했다. 연결해 준 교육원 대표에게 말했더니 강사료 10만 원 더 줄 테니까 9시 강의 해달라고 했다. 얼른 전화해서 송 강사한테 알렸다. "대표님! 저 10만 원 더 안 벌어도 돼요." 금방이라도 눈물을 쏟을 것 같은 목소리에 안전운전해서 돌아가라고 했다. 아차 싶었다. 내 입장만 생각한 것 같았다. 산중에 있었을 골프장. 얼마나 무섭고 추울까? 얼마나 배고프고 서러웠을까? 내 초보 시절 생각하면서 송 강사 입장 생각하니 그 감정이 가슴으로 고스란히 느껴졌다. 그날 이후 송 강사는 몸살에, 코로나까지 겹쳐서 앓아 누웠다. 아들 독감으로 병원 입원까지 혹독한 시간을 보냈다. 모두 내 탓 같았다. 미안한 마음을 어떻게 전해야 할지, 어떻게 표현할지 몰라서 얼른 완쾌되어 복귀하기만을 기도했다. 돈이 중요한 게 아니었다. 어쩌면 송 강사가 나를 귀찮게 하고 괴롭힌 게 아닌, 나의 욕심으로 인해 더 달리도록 부추긴 것 같았다. 경험도 중요하고, 경험을 쌓아서 돈도 벌게 해주고 싶은 마음 때문에 힘들게 하지는 않았을까. 여러 날 동안, 지금 이 순간도 반성한다. 아픈 일이었다. 두 달여간 송 강사의 일정을 다시 훑어보니 초보 강사에게는 무리였을 일. 좀 더 느슨하게, 천천히 해도 될 것을. 왜 그렇게 달리도록 몰아버렸는지 나의 어리석음이 보였다.

느슨하게! 말랑말랑하게! 유연하게! 2023년 1월 1일. 새해 목표로 정했다. 꽁꽁 묶어두었던 전기선도 숨 쉬게 약간 풀어주고, 생활하는데 크게 불편함 없으면 좀 흐트러진 집안도 그냥 내버려 두고, 가지런히 놓여 있어야할 신발이 여기 한 짝 저기 한 짝 내동댕이쳐져 있어도 모른 척할 수 있는 느슨함. 단정한 옷차림이 아니어도 편하게 만날 수 있는 사람. 그렇게 살아보자! 내 삶도 느슨하게! 강사들과의 거리도 느슨하고 유연하게! 좀 느리면 어떤가. 강사들 발걸음에 맞춰 주는 것도 내가 할 역할이다. 이렇게 마음먹고 행동 하니까 강사들과는 물론, 사람들과의 거리가 더 가까워졌다. 더 느슨하게 풀어놓을 게 뭐가 있을까?

Instructor 07 ········· Secret

나의 임무와 권리

*

"저는 대한민국 미래를 위해서 실패할 자유가 없습니다."

집안일을 할 때는 24번 YTN을 틀어놓는다. 뉴스에서 강의 자료가 많이 나오기 때문에 하루에도 몇 번씩 틈틈이 틀어놓는다. 일부러 TV를 보지는 않지만, 집중해서 봐야 할 때가 있다. 그날의 사건 사고는 강의와도 연결되기 때문에 중요한 일과 중 하나다. 며칠 전에도 집 안 정리하면서 거실을 오가는데 내 귀에 탁 꽂히는 말이 있어서 얼른 받아 적었다. 정치에 크게 관심이 없어서 그런지 안철수 의원이 하신 말씀 앞뒤 다 기억이 안 나는데 너무 멋진 말이었다.

"저는 국민강사교육협회 미래를 위해서 실패할 자유가 없습니다."

"저는 국민강사교육협회 강사들을 위해서 실패할 권리가 없습니다."

안철수 의원이 하신 말씀을 마치 내가 한 것처럼 위장할 수는 없지만, 이런 마인드로 일하면 되겠다 싶었다. 멋진 말을 만들어 낸 것 같아서 이 말을 강사들에게 전했다. 물론 안철수 의원의 말씀을 인용한 거라고 솔직하게. 강사가 뉴스를 꼭 챙겨봐야 하는 일도 강조했다.

이상하다. 정신이 혼미해진다. 눈도 침침하고, 잘 들리지도 않고, 몸은 가라앉고. 너무 무리했나? 이사하느라 바삐 움직이다 보니 몸살인가 했다. 온몸이 쑤시는 통증과 두통은 좀처럼 가라앉지 않았다. 이삿짐 정리를 하다 말고 계단에 쭈그리고 앉아있는 딸 진이의 안색이 안 좋다. 일하기 싫어서 꽤 부리나 했더니 곧 쓰러질 것 같았다. 얼른 병원에 보냈다. 예상한 대로 '코로나 확진' 이었다. 나도 얼른 병원에 갔다. 음성이다. 다행이다 싶었다. 3일쯤 지났을까. 약을 먹어도 차도가 없고 증상은 더 심해졌다. 7월의 뜨거운 햇빛은 현기증까지 더해져서 간신히 병원에 도착했다. 양성이다. "너는 엄마가 그렇게 싸돌아다니지 말라고 했는데! 엄마한테까지 코로나 옮기고 그러냐! 엄마 강의 일정 어떻게 하냐고! 강사들 어떻게 관리 하냐고!"

현관문 열자마자부터 시작한 화풀이는 예전보다 목소리가 낮을 수밖에 없었다. 일주일을 어떻게 버텨야 할지보다는 내가 해야 할 일. 산더미 같은 일 처리를 어떻게 해야 하는지 걱정부터 앞섰다. 그래도 해결해야 할 일. 우선 강의 일정 잡혀 있는 기관이나 기업에 먼저 연락했다. 어쩔 수 없는 상황이니 모두 배려해 줘서 다른 강사 배정을 했다. 아침, 저녁으로 줌으로 만나야 하는 강사들에게도 이 사실을 알렸다. 스마트폰 글자가 두 개, 세 개로 보였다. 오픈채팅방에 올라오는 좋은 글이나 블로그, 소통. 하나하나 댓글을 남겨 줬었는데, 쉽지 않았다. 아무리 기운을 차리려 애써도 몸이 말을 안 들었다. 그런데 내가 하던 일을 누군가 대신하고 있었다. 류남숙 강사였다. 자상하게 친절하게 댓글을 달아 주는 모습에 눈물이 왈칵 쏟아졌다. 내가 아픈 걸 알고 〈국민강사교육협회〉 오픈채팅방 사람들에 대한 배려와 존중이라는 생각이 들었다. 감동이었다. 일주일간 자가 격리 시간 동안 '본죽' 쿠폰만 20개가 넘게 들어왔다. 얼른 일어나야겠다는 의지가 더 강해졌다. 아! 나는 아프면 안 되는 사람이구나! 절실히 느꼈던 시간이었다. 나는 아플 권리가 없는 사람이다.

재난이 이런 건가? 예상 밖의 일. 나에게도 이런 일이 닥치는구나! 살아서 돌아온 것만으로도 얼마나 감사하고 감사한지 “감사합니다.” 만 수백 번은 했다. 작년 10월이었다. 캠핑을 좋아하는 아이들이 캠핑하러 가자고 몇 번이나 졸랐는데 딱 한 번 들어준 날이다. 바쁘다는 핑계로 늘 거절만 해서 미안했다. 집 놔두고 밖에 나가서 왜 고생하는지 이해가 안 가는 나로서는, 크게 인심 쓴 날이었다. 비가 올 듯 말 듯 날씨가 흐렸다. 일기 예보에서 큰비는 아니라고 해서 예정대로 떠났다. 큰딸 정이가 간호사라서 3교대 근무다 보니 일정 맞추기도 여간 힘들지 않기 때문에 큰맘 먹고 갔다. 먼저 도착한 정이네 부부는 이미 멋지게 텐트를 치고 몇 걸음만 걸으면 바로 태안 바다가 있는 곳에 자리 잡고 있었다. 캠핑장에는 어림잡아 50여 개 텐트가 있었다. 몸만 오라는 아이들 말에 진짜 몸만 갔다. 장을 봐서 정성스럽게 저녁 식사 준비하는 정이네 부부를 보니, 정이가 주부로 성장하는 것 같아 흐뭇했다. ‘불멍’ 이라고 하던가? 숯불에

구운 고기는 입안에서 살살 녹았다. 컵라면까지 곁들여 먹으니 뜨끈뜨끈해서 속도 데워주고 꿀맛이었다. 진이와 정이, 사위는 텐트 밖에서 술을 마셨다. 엄마 앞에서 아무렇지 않게 술을 마시다니. 예전 같으면 호통을 쳤을 텐데 나도 많이 내려놓은 듯했다. 마침 밀물 때라 바다 풍경도 멋지고, 배도 부르고, 오랜만에 자연 속에서 힐링하는 기분이 꽤 괜찮았다. 더구나 사랑하는 가족과 함께 이런 시간은 필요한 거라고 더 강하게 느꼈던 시간이다. 어둑어둑해질 무렵, 바람이 거세게 불기 시작했다. 정이네 부부는 오순도순 술자리가 계속되고, 나는 텐트 안에서 바깥 풍경을 감상했다. 진이랑 손녀가 하는 그림그리기, 소꿉놀이 구경도 했다. 잘 놀아주는 진이가 기특했다. 손녀랑 수준이 비슷한 거 같기도 하고, 둘은 꽤 잘 맞았다. 바람이 점점 거세졌다. 바람 소리도 무섭게 들려왔다. 텐트가 들썩이고 밖에 늘어놓은 도구들이 날아가기 시작했다. 그 광경을 보고 손녀는 박수치고 깡충깡충 뛰면서 까르르 웃었다. 심각성을 모르는 모양이다. 별일 아니겠지 했다. 어머나! 이제 굵은 빗방울이 텐트를 내리치고 금방이라도 텐트가 날아갈 것만 같았다. 텐트 쇠기둥을 꽉 붙잡았다. 있는 힘껏 치켜세워도 이리 흔들, 저리 흔들거렸다. 진이까지 힘을 보탰다. 정이네 부부는 밖에 날아다니는 도구를 줍기 바빴다. 세상에나! 텐트 뿌리가 뽑히더니 5m 정도 날아갔다. 얼른 손녀를 내 몸으로 감싸고, 두꺼운 이불로 최대한 아이를 감쌌다. 숨 못 쉰다고 나를 밀쳐내는 아이를 더 세게 끌어안았다. 아! 바로 옆에 진이도 있다. 얼른 진이도 끌어안아 이불 속으로 넣었다. 텐트 쇠 파이프가 내 머리와 몸을 내리쳤다. 이미 다 찌그러진 텐트 안에서 우리가 할 수 있는 건 아무것도 없었다. 놀라서 달려온 정이와 사위는 주변 사람들에게 도움을 요청했다. 어떤 남성이 "움직이지 말고 가만히 계세요!" 우리를 안심시켰다. 꼬일 대로 꼬인 텐트를 풀기에는 바람이 너무 거셌다. 성인 남성 몇 명이 와서 해결하려 했지만, 거센 바람을 이기기 힘든 모양이었다. 어떻게 빠져나왔는지 기억도 안 난다. 간신히 탈출해서 얼른 손녀를 업고 차 안으로 피신시켰다. 그러는 동안 다른 텐트도 난리가 났다. 거기 있는 사람 모두, 마치 짜기라도 한 것처럼 서로 도와가며 텐트를 붙잡기도 하고 쓰러진 텐트를 일으키려 애썼다. 그곳을 빨리 탈출하지 않으면 더 큰 재난이 닥쳐올 것만 같았다. 우리 텐트 바로 옆이 바다인데 바다 쪽으로 날아가지 않은 게 천만다행이다. 생각만 해도 끔찍하고 아찔했다. 순식간에 일어난 일이다. 내 머릿속은 '우리 강사들 어떡하지? 우리 협회 어떡하지? 나 잘못되면 큰일인데.' 오로지 일과 강사들 생각뿐이었다. 얼떨결에 대충 수습하고 집으로 올라오면서도 같은 생각이었다. 나는 아파서도 안 되고, 사고를 당해서도 안 되는 사람. 내가 쓰러지거나 잘못되면 지금껏 쌓아온 것들이 흔적도 없이 사라질 수 있다는 두려움과 불안감이 맴돌았다. 하늘이 도와 우리 가족 모두 크게 다치지 않고 돌아올 수 있었던 그날. 평생 잊지 못할 날이다.

한 그루 한 그루 정성스럽게 심고 가꾼 나무가 숲이 되어가고 있는 지금. 한순간도 긴장을 늦추어서는 안 된다. 나를 믿고 따라와 주는 강사들. 우리는 같은 곳을 향해 걷고 있다. 강사는 사회에 공헌하는 사람이다. 강사는 우리 사회를 더 밝고 살기 좋게 만들기 위해 존재한다. 그러기에 나는 우리 협회 강사들을 위해 실패할 자유가 없다. 이것이 나의 임무이며, 권리이다. 나의 성공이 곧 강사들 성공이다.

Instructor 08 ········· Secret

끝이 아름다운 사람이 되자

*

소음에 민감하다. 작은 소리에도 집중하지 못하는 성격이다. 뭔가 몰입해서 해야 할 때는 더 예민해져서 소음에 짜증을 내기도 한다. 작년 7월. 조용한 곳으로 이사를 했다. 전에 살던 집은 소형아파트지만, 나름 번화가(?)라고 할 만큼 쇼핑몰이나 마트, 터미널 등 편의시설이 밀집되어 있다. 밤낮으로 들려오는 호객 행위 음악 소리, 마트 아저씨 방송 소리, 사람들 떠드는 소리, 층간 소음 등. 나를 괴롭히는 소음에서 벗어나고 싶었다. 줌으로 강의할 때도, 강의 준비할 때도, 연구할 때도, 글 쓸 때도 늘 조용한 곳으로 이사하고 싶었다. 이사하고 한두 달쯤 얼마나 행복했는지 모른다. 세상 고요했다. 이곳에서 책 열 권 쯤은 거뜬히 쓸 것 같았다. 단독 저서 달랑 한 권 내

놓고, 마치 기성 작가인 마냥 폼 잡을 수 있을 줄 알았다. 글이 줄줄 써질 거라고 착각했다. 조용하다고 해서 글을 더 잘 쓰느냐. 그렇지 않다. 시간이 지남에 따라 너무 고요한 이곳이 조금씩 두려워졌다. 여기서 내가 쓰러지거나 죽어도 아무도 모르겠다는 생각도 들었다. 만약 우리 진이가 결혼이라도 한다면 나는 혼자 남게 될 테고, 나한테 무슨 일이 생긴다면 어떡하지? 겁이 났다. 역시 사람은 북적북적한 곳에서 살아야 하는구나! 가끔 살던 곳이 그리워졌다.

며칠 전, 살던 곳 세입자가 베란다에 물이 샌다고 해서 그곳에 갔다. 주차장에 들어서는 순간 사람은 참 간사하다는 생각이 들었다. 사람들이 오가는 모습도 정겹고, 시끌시끌한 그곳이 왠지 끌렸다. 다시 이사할까 하는 마음도 들었다. 복도식 아파트다. 옆집에 누가 사는지도 모르고 사는 세상이라지만, 804호 옆집만큼은 똑똑히 기억한다. 비호감인 아줌마. 10년 넘게 옆집에 살면서 인사도 안 할 만큼 사이가 안 좋았다. 어쩌면 그 아줌마 때문에 더 이사하고 싶었는지도 모른다. 5월~10월. 현관문을 열어놓는다. 날씨가 더우면 에어컨을 켜면 될 텐데 이

해가 안 갔다. 그 집 앞 복도를 통과해야만 우리 집에 들어갈 수 있는데 지나갈 때마다 반려견이 죽으라고 짖어댄다. 10년 넘게 나를 봐왔고, 내 발소리를 들었으면 익숙할 때도 훨씬 지났을 텐데 내가 뭘 어쨌다고 목청껏 짖어대는지 화가 날 때가 많았다. 문제는 개 특성상 한 놈이 짖으면 동네 개가 다 짖는다. 아수라장이 따로 없다. 나도 반려견을 키우고 있기 때문에 참아야만 했다. 내가 없을 때 우리 강아지도 짖을지 모르니까. 개가 그 정도로 짖으면 현관문을 좀 닫아놓으면 되는데 짖거나 말거나 배려심도 없는 그 아줌마가 미웠다. 이사 날짜가 잡히고 며칠 안 남았을 때 드디어 용기를 냈다. 10년 넘게 참아왔던 분노였다. 직접 찾아가지는 않고 우리 집 현관문에서 그 집 현관문을 향해 한 마디 던졌다. "아니! 세상에! 개가 그렇게 짖으면 문을 좀 닫고 계셔야죠!" 그 아줌마는 말없이 현관문을 닫았다. 속이 시원했다. 그렇게 이사를 했는데 다시 그곳으로 이사 가려니까 마음에 걸렸다. 그 아줌마랑 또 무언의 실랑이를 벌일 것을 생각하면 끔찍하기도 했지만, 참다가 던진 그 한마디가 내내 마음에 걸렸다. 그 아줌마에게 나는 어떻게 비쳤을까? 내 입장만 생각하지 않았을까? 역시 사람은 끝이 좋아야 해. 끝이 아름다워야 해. 씁쓸했다.

2023년 9월 기준. 소통하는 방으로 이용하는 오픈채팅방에는 500여 명이 있고, 〈국민강사교육협회〉 소속 강사 방이 따로 있는데 몇 명이 나갔다. 한 사람씩 나갈 때마다 속상하고 가슴이 아프다. 어떻게 다 뜻이 맞을 수 있겠는가. 이해는 한다. 몇 명은 방향성이 다르고 무례를 범해서 내보냈고, 몇 명은 뚜렷한 이유도 없이 그냥 나갔다. 떠날 때 그래도 있는 동안 감사했다고 인사라도 하면 좋겠지만, 그런 적 없다. 나름대로 그들을 돕기 위해 무던히도 노력했건만 나의 노력은 온데간데없었다. 나가는 사람 공통점은 매사가 불평불만이고 부정적이었다. 나의 단점만 관찰하는 것 같았다. 알고 보면 장점도 많은데 왜 그들에게는 단점만 보이는지 모르겠다. 있는 동안 강의 연결도 신경 써서 더 해줬고, 수고비도 넉넉히 줬는데 돌고 돌아 들어오는 말은 어처구니없었다. 강의 준 적 없다, 돈 받은 적 없다고 했다. 기가 막혔다. 참 나쁜 사람들이라는 생각이 들었다. 통장 거래 내역 증거를 하나하나 보여주고 싶은 심정이었다.

2021년, 책 쓰기 공부하는 곳에서 다가오는 작가가 있었다. 사교성이 부족한 나로서는 감사했다. 비밀 채팅으로 안부를 물어오고 친절하게 다가와 줘서 금방 적응할 수 있었다. 거리는 멀지만, 가끔 만나기도 하고, 통화도 했다. 책 쓰는 이야기도 하며 수다도 떨었다. 작년 1월부터 내가 운영하는 〈국민강사교육협회〉에서 강사 활동까지 했다. 내가 도울 수 있는 건 총동원해서 도와주고 싶었다. 강사 세계에 먼저 입문한 선배 강사로서 역할을 해주고 싶었다. 강사 자질도 보였고, 피드백도 항상 좋았다. 강의가 잡히면 더 신경 써서 코칭해 주고, 강의 연결도 더 신경 써서 해줬다. 시간이 지남에 따라 자꾸만 멀리하고 싶어졌다. 만나도 즐겁지 않고, 통화를 해도 끊고 나면 기분이 상했다. 여럿이 있는 곳에서도 피하고 싶은 존재였다. "나니까 이런 말 하는 거예요. 이런 말도 해주는 사람이 있어야 돼요." 이런 식으로 사사건건 지적을 했다. 처음에는 나를 위한 말이겠거니 감사했다. 그래! 충고도 들어야 내가 더 성장할 수 있지! 충고와 지적을 정도껏 해야 하는데 점점 상처로 다가왔다. 부정적인 생각이 들기 시작했다. "너는? 너는 얼마나 잘하는데!" 맨날 책 많이 읽는다고 자랑하고, 글 쓰는 작가라고 으스대면서 도대체 어떤 책을 읽기에 사람을 무시 하냐고 따지고 싶었다. 책에는 인간관계 잘하는 법도 나올 텐데 말이다. 나뿐만이 아니라 다른 강사들에게도 기분 나쁜 어조로 항상 지적하며 상처를 주곤 했다. 오만방자했다. 상처 주는 방법이 담긴 책만 읽는 사람 같았다. 그 강사랑 이야기하면 기분 나빠지니까 되도록 피하자고 결심했다. 나는 사람들에게 좋은 에너지, 긍정 에너지를 나눠줘야 하는 사람이니까 부정 에너지를 받으면 안 된다고 생각했다. 눈치를 챈 건가? 작년 11월, 12월. 두 달여간 안 보였다. 전화해 볼까? 무슨 일이 있나? 어디 아픈가? 몸이 약한 편이라서 자주 아픈 사람인데 생각하면서도 피하고 싶었다. 이야기하다 보면 또 기분 상하게 될까 봐 두려웠다. 12월 30일. 협회 오픈 채팅방, 소속 강사방, 법정의무교육방, 인권교육방 등 소속되어 있는 모든 방을 나갔다. 오랜 시간 고민했을 테고, 내가 잡는다고 해서 다시 올 것 같지는 않았다. 아니 나가는 사람 원래 안 잡는다. 지금껏 살면서, 강사 일을 하면서 깨달은 게 있다. 떠날 사람은 어떤 핑계를 대서라도 언젠가는 또 떠난다. 아쉬움 때문에 몇 시간 이야기해서 설득하고 붙잡아 두면 오래 버티지 못하고 또 떠났다. 그 과정에서 상처받으며 많이 울고, 분하고 억울한 감정도 많았다. 나 믿고 따라와 주는 사람한테 집중해야지 떠난 사람 아쉬워하며 시간 보내기가 싫었다. 아직도 왜 나갔는지 모른다. 둘 사이에 안 좋은 일이 있었던 것도 아닌데, 작가 공부를 하던 강사 일을 하던 언제 어디서 어떻게 만날지도 모르는데 그렇게 행동하는 것이 경솔하게만 느껴졌다. 한편으로는 나에 대한 불만과 지적만 하는 사람이 없으니, 속이 시원하기도 했다.

꿈꾸던 삶에 서 보니 인간관계가 가장 힘들었다. 영원할 것처럼 말하고 영원하지 않은 사람들. "어떻게 나한테 그럴 수가 있어? 내가 당신한테 어떻게 했는데?" 분노와 서운함. 나에 대해 잘 알지도 못하면서 마치 모든 것을 아는 것처럼 말하고 다니는 사람들. "그래! 그럴 수도 있지!" 물음표를 느낌표로 바꾸니까 마음이 편해졌다. 내가 해준 것만 생각하니까 분하고 억울한 거였다. 나에게 말 못 한 서운한 부분, 상처받은 부분도 있을 텐데 말이다. 안 좋게 헤어지면 다음에 만날 때 껄끄러운 사이가 될 수도 있다. 원수 같은 일이 있었던 일도 아닌데 이유야 어쨌든 깔끔하게 마무리하며 인사하고 가면 어땠을까? 내가 살던 곳으로 다시 이사 간다면 옆집 아줌마와의 관계가 신경 쓰이듯이 아름답게 마무리하며 인사하고 갔으면 좋았을 텐데 안타깝다.

모두가 아름다운 만남, 헤어질 때도 아름답게 헤어지면 좋으련만. 아쉬움이 남는 사람이 있고, 고개가 좌우로 저절로 흔들어지는 사람도 있다. 과연 나는 사람들에게 어떻게 기억될까? 다시 보고 싶은 사람일까? 고개를 절레절레 흔들어지는 사람일까? 강사는 돌고 돌아 어디서든 또 만나게 되는 경우가 많다. 다시 만나고 싶은 사람, 다시 만났을 때 반갑게 인사하고 싶은 사람이 되고 싶다. 혹시라도 이별해야 하는 상황이 온다면 끝이 아름다운 마무리, 끝이 아름다운 사람이 되겠다고 다짐해본다.

Instructor Secret

*

PART 05

강사를 키우는 강사가 되기까지

Instructor 01 ········· Secret

상처가 아물면 더 단단해진다

*

아! 꿈만 같다. 어떻게 내가 이렇게 많은 성과를 이루어 낼 수 있을까! 하늘이 돕고, 주변에 귀인들이 넘쳐나며 도와주고, 믿어주는 사람들. 이 은혜를 어찌 다 갚아야할지 모르겠다. 무대에서 큰절을 올리고 일어서서 고개 들어 앞을 보니 많은 분이 눈물을 닦고 있었다. 예상하지 못한 나의 행동에 감동을 받은 모양이다. 울컥했다. 뭉클했다. 숨을 고르게 쉬려고 호흡을 크게 가다듬고 마이크를 잡았다. 맨 앞줄과 두 번째 줄은 강사가 되어 첫 발을 내디딜 때부터 스승이셨던 분들이 계시고, 축하해 주려고 와주신 내빈들도 있었다. 20명 정도 된다. 뒤에는 국민강사교육협회 소속 강사들이 연신 눈물을 닦고 있었다. 무슨 말부터 어떻게 해야 하는지 딱히 준비한 말은 없지만, 감사의 인사와 앞으로의 다짐을 5분 정도 말했다. 무대 뒤 대기실에서 한복으로 갈아입고 몇 번씩이나 큰절 올리는 연습을 했다.참 오랜만이다. 24살, 내 결혼식 때 해본 큰절. 그리고 설날에 시댁 어른들한테 했던 큰절. 남편 장례식 때 했던 큰절. 22년 만에 큰절이었다. 오랜만에 입은 한복이지만, 불편하지 않았다. 예의를 갖추고 싶었다.

2022년 5월 28일. 국민강사교육협회가 생기고 약 5개월이 되었다. 두 달 전부터 기획하고 준비했던 워크숍이었다. 식전 행사로 앙상블 연주도 하고, 시낭송, 공연으로 분위기를 띄웠다. 본 행사는 강사 위촉식과 시상식을 했다. 내가 직접 강사들에게 위촉장과 감사장, 상장을 주는 시상자다. 지금 생각해도 참 대견스럽다. 하루도 쉬지 않고 강사로서 책임을 다하기 위해 꾸준히 걸어온 길. 강사를 성장시키는 강사가 되어야겠다는 생각은 막연했었는데, 어느 새 그 자리까지 올라왔다. 뜨거운 날씨에 전국에서 모인 분들. 용산역에서 행사장까지 한참이나 걸어야 했을 텐데도 누구하나 불평하지 않고 진심으로 축하해 주었다. 온 마음 다해 정성을 다해 진심으로 큰 절을 올리고 싶었다. 그런 내 마음이 통했을까. 한 분 한 분이 보내 주는 눈빛에서 마음을 읽을 수 있었다. 나를 응원하고 격려하며 진심으로 잘되길 바라는 마음. 함께 가고자 하는 마음. '김규인' 이라는 사람을 신뢰한다는 눈빛. 가슴 벅찼다. 울컥울컥할 때마다 애써 참았다. 좋은 날. 눈물을 보이고 싶지 않았다. 물론 감동의 눈물이다. 2022년 1월 1일에도 결심했던 내 마음. 그날 다시 한 번 또 결심했다. "나는 국민강사교육협회랑 결혼했어! 모두가 내 남편이야! 내 가족이야! 마음껏 사랑하자!" 혼자가 아니라는 생각에 얼마나 행복했던지, 지금도 변함없는 마음이다.

사기를 당했다. 어이없고 기가 막힌다. 계속 눈물만 나왔다. 두 달 정도 얼마나 마음고생을 했는지 모른다. 위기였다. 사기를 당한 것보다 사람들 태도가 더 힘들게 했다. 홈페이지 개설을 하고 싶었다. 좀 이른 감은 있었지만, 9월부터 12월까지는 강의 의뢰가 많은 '성수기' 임을 안다. 그 전에 홈페이지 개설을 해서 더 많은 강의 연결을 해주고 싶었다. 인터넷으로 검색하며 어떤 곳이 가격이 저렴한지, 믿을만한지 눈이 빠지게 찾고 찾았다. 몇 군데 상담 전화도 했다. 그중에 가장 끌리는 곳이 있었다. 30대쯤으로 보이는 남자 대표. 상담도 성심성의껏 아주 친절하게 해 줘서 선택했다. 요구하는 자료를 넘기면 2주일 안에 완성한다던 홈페이지였다. 아무리 기다려도 개설은 되지 않고 이 핑계, 저 핑계. 차일피일 미루기만 했다. 7월초에 시작했던 것이 9월 중순이 되어도 완성되지 않았다. 약속 안 지키면 전액 환불은 물론, 피해 사례금까지 준다고 했다. 돈이 문제가 아니다. 9월부터 효과를 봐야 하는데 조급했다. 함께 아이디어를 내서 만들어보자고 했던 운영진 두 사람은 아예 협조도 안 하고 관심도 없었다. 대화로 풀면 될 것을 그 당시에는 말조차도 하고 싶지 않았다. 그런 내가 이해되지 않았던지 소속 강사 단톡방인 강사 섭외 건 올리는 방을 예고도 없이 폭파시키고 나가버렸다. 아무리 내가 싫어도 어른으로서, 강사 예절로서 절대 해서는 안 되는 행동이었다. 지금도 어처구니가 없다. 다시 방을 만들어서 강사들을 다시 초대해야 했고, 무슨 상황인지도 모르는 강사들은 불편함을 겪어야 했다. 그것도 모자라서 따로 방을 만들고 우리 강사들에게 초대장을 보내 우르르 몰고 갔다. 홈페이지 때문에 스트레스 폭발지경이었는데 더 보탰던 사람. 그 사람이 잘 되든 못 되든 관심 없었다. 어떻게든 그 상황에서 어수선한 분위기를 잡아야만 했다. 죽을 것 같았다. 몸도 마음도 아팠다. 강인한 정신과 꿋꿋이 서는 내 모습을 보이고 싶어서 안간 힘을 썼다. 아주 큰 대로변에 옷을 홀딱 벗고 서있는 나에게 돌을 던지고 욕하는 것 같은 혐오감이 느껴졌다. 쉴 새 없이 눈물이 흘렀지만, 내색하지 않았다. 오히려 더 당당하게 강사들 앞에서 강의했다. 내가 쓰러지는 모습을 보일 수는 없었다. 나를 믿어 주는 분들에게 나약한 모습을 보일 수도 없었다. 여기저기 걱정하는 전화가 빗발쳤다. 아무렇지 않은 척했다. "대표님! 이건 아니지요. 유치원이 너무 잘 되니까 원장 싫다고 원감이 나가서 옆에다가 유치원 차리고 원생들 데리고 가는 거랑 뭐가 달라요? 그 사람 벌 받을 거예요. 대표님! 힘내세요! 대표님 믿고 따르는 강사들 생각하셔야죠." 힘이 되었다. 딸 진이는 어른들을 이해할 수 없단다. 초등학생들도 그런 행동은 안 한다며 엄마가 너무 잘 되니까 시기와 질투 때문에 그러는 거라고 힘을 보탰다. 창피했다. 나보다 자기는 똑똑하기 때문에 자기보다 덜 똑똑한 사람 밑에서 일하기 싫어서 나갔다는 둥, 내 욕 엄청 하고 다닌다는 둥, 별의별 말이 다 들어왔다. 한쪽 말만 들으면 그쪽 말이 맞다. 질문하는 강사들에게 일일이 답변하지 않았다. 그럴 마음의 여유도 없었고, 굳이 설명하고 싶지도 않았다. 그 사람 욕할 게 없는 게 아니라 욕할 시간이 없었다. 그럴 시간에 강사들 한 사람이라도 코칭하고, 강의 연결 하나라도 더 해주는 게 내 임무였다. 그렇게 떠난 사람 나도 필요 없다. 욕을 하든지 말든지, 내가 하던 일을 따라 하든지 말든지, 좋은 마음으로 시작해도 성공할까말까 하는 강사 세계. 종종 들려오는 소리는 그다지 좋은 이야기는 없었다. 어른이라는 사람이 어떻게 그런 일을 벌였는지, 우리 강사들 개인정보 전화번호는 어떻게 알아냈는지 기가 막힐 노릇이다.

국민강사교육협회가 설립되고 가장 큰 사건이었다. 충격적이었다. 한편으로는 그 사건이 감사하다. 계속 커나가는 협회. 어쩌면 나태해질 수도 있을 즈음에 그런 사건을 만들어줘서 더 열심히 달릴 수 있었던 계기가 되었다. 보란 듯이 더 성공한 모습 보여주리라 다짐할 수 있었기 때문이다. 내가 힘들고 어려울 때 따뜻한 말 한마디와 침묵으로 내가 일어나길 간절히 바라는 강사들이 있는가 하면, 거기에 휩싸여서 휘둘리며 자신의 자리를 잃어가는 강사들도 있었다. 안타까웠다. 누군가를 짓밟고 일어나려고 하는 파렴치함. 강사로 지켜야할 예의도 모르는 어리석음. 그 일로 나는 더 단단해졌다. 굴곡이 있었기에 더 강해질 수 있었다. 상처가 아물기 전에 뜯으면 피가 나지만, 아물고 나면 더 단단해지기 마련이다. 상처는 더 큰 성장을 불러일으키는 윤활유다.

2022년 5월 28일. 많은 분을 초대해서 큰절을 올렸던 그 자리. 그 마음. 그 순간. 잊지 않을 것이다. 잊을 수도 없다. 그때 그 마음으로 나를 응원하는 분들에게 감사와 존경을 표했던 큰절. 앞으로 어떤 시련이 와도 그런 마음이라면 아무것도 두렵지 않다.

배움을 배우다

*

잡은 물고기 밥 주자! 나의 인생철학 중 하나다. 강사가 되기 훨씬 전, 17년 동안 학원 운영하면서 원훈이었다. 학생들 한 명 한 명이 소중했기에 신입생 모집보다 현재 있는 학생들한테 집중하자는 의미였다. 강사가 되어 강사를 성장시키는 강사가 되어서도 변함없다. 신입 강사 모집보다는 나를 믿고 들어온 소속 강사들에게 더 집중한다. 자나 깨나 연구! 연구! 또 연구! 어떻게 하면 강사들 목표와 꿈에 더 가까이 가게 도와줄 수 있을까? 오로지 그 생각만 한다.

"대표님! 바쁘신데 죄송해요."

하루에도 몇 번씩 전화나 카톡이 오는데, 첫 마디가 대부분 이 멘트다. 도대체 얼마나 바쁜 척을 했기에. 결코 죄송할 일이 아니다. 서류발급, 코칭 등 분명히 내가 할 일이다. 잠자는 시간 외에는 거의 업무 중이기 때문에 전화하거나 부탁하는 건 잘못이 아닌데 말이다. 내가 바쁘다는 건, 업무가 많다는 증거 아니겠는가! 한가하면 문제가 있는 거지.

차별화, 독특화, 전문화, 진정성으로 승부하자! 국민에게 꼭 필요한 강사! 국민강사가 되자! 이런 마인드로 시작했다. 강사를 키우는 강사가 되면서 지금까지 실천했던 방법 몇 가지가 있다.

첫째, 꾸준한 강사 관리다. 한 달에 한 번, 정기적으로 전문강사 자격과정을 연다. 한 번 열릴 때마다 많게는 40명, 적게는 20명 정도 들어왔다. 프로그램은 내가 그동안 강사 생활하면서 가장 자신 있게 할 수 있는 것으로 정했다. 왜냐하면 누군가 모르는 것을 물어볼 때 즉각 답변이나 코칭을 할 수 있어야 된다고 생각했기 때문이다. 음식점 사장이 요리를 할 줄 알아야 성공하는 법 아니겠는가. 자격과정을 거쳐서 소속 강사가 되면 그때부터 관리가 들어간다. 나도 자격과정을 여러 번 거쳐서 이 자리까지 왔지만 만족했던 때도 있었고, 돈과 시간이 아까웠던 적도 있었다. 적어도 내게 오는 강사들에게는 돈과 시간이 아깝지 않게 하자는 마음으로 다가갔다. 자격과정을 거치면 강의 연결은 물론, 물고기 잡는 방법을 알려줄 거라고 믿었다. 별로 알려주지 않았다. 자격과정 강의해 주고, 자료 주고 거의 그걸로 끝이었다. 이후는 알아서 공부해야 했고, 고객 확보도 거의 나의 몫이었다. 그래서 내가 실천한 방법은 물고기 잡는 방법 알려주고, 물고기 잘 잡아오는지 봐주고, 성과가 별로면 다시 알려주는 방법으로 계속 트레이닝 과정을 거쳤다. 내 안에 있는 사람이 중요하기 때문이다.

둘째, 시범 강의와 재교육이다. 전문 강사 자격과정을 마치면 필기시험이나 실기시험이 있다. 이 시험에 통과하면 자격증이나 수료증 발급을 해준다. 여기서 끝이 아니다. 교육 한 번 듣는다고 해서 다 이해하는 것도 아니고, 따로 공부하는 사람 별로 없다. 인원을 나눠서 날짜를 정해주고 시범 강의하게 했다. 자신 있는 부분 간추려서 자신의 스타일로 PPT도 만들고 10분가량 하게 한다. 강의를 잘한다, 못 한다 판단을 하는 게 아니다. 듣는 사람에 따라 다르게 받아들이기 때문에 이 부분은 정답이 없다. 내가 보는 것은 스피치, 전달력, 전문성 등을 보는 건데, 나도 완벽하지 않은지라 내가 아는 범위까지만 피드백을 한다. 8년 동안 2000번 넘는 강의. 현장 노하우와 강의 스킬 알려 주는 시간이다. 꽤 성공적이었다. 훌륭한 스펙이나 강의력을 가진 강사들도 많았지만, 나보다 무대 경험이 많은 사람은 거의 없었다. 9개월 정도는 매주 토요일, 일요일마다 재교육을 했다. 만족도도 높았지만, 시간을 많이 뺏는다는 불만의 소리도 있었다. 작년 10월부터는 한 달에 한 번 프로그램 돌아가면서 매주 화요일 밤 8시~10시 줌으로 재교육을 한다. '재교육 중독' 이라는 말이 나올 만큼 강사들이 기다리는 시간이었고, 나 역시도 준비하며 긴장되는 날이기도 했다.

셋째, 모닝 블로그 모임이다. 강사가 되고 나서 SNS 활동 중에서 가장 큰 효과를 본 것이 블로그였다. 처음에는 나를 알리기 위해 시작했는데 블로그를 통해 섭외 건이 많았다. 바로 '돈' 이 되는 방법이었다. 에이전시나 교육원을 통한 소개일 경우는 중간 수수료인 페이백이 많아서 실제로 돌아오는 강사료는 많지 않았다. 순수하게 내가 다 가질 수 있는 강사료는 블로그로 들어오거나 재요청이었다. 블로그의 위력을 이미 많이 경험했기에 우리 소속 강사들에게 권했던 방법이다. 혼자 하면 해도 되고 안 해도 되는 게 블로그다. 이른 아침 6시에 줌으로 만난다. 전날 블로그 포스팅 한 것을 단톡방에 올리면, 참여한 강사들이 그 블로그에 차례대로 들어가서 읽고 공감 댓글을 남겨준다. 초보 블로거에게는 하나하나 코칭을 했다. 내가 직접 할 때도 있지만, 스스로 연구하고 공부해서 터득한 강사들은 노하우와 정보를 알려 줬다. 나도 많이 배우고 실천하는 시간이었다. 블로그 쓰는 방법조차도 모르던 강사들이 나보다 더 열심히 활동하기도 했다. 강사 섭외 건이 줄줄이 이어지자, 모두 신기해했다. "와! 진짜 블로그로 강의가 들어오네요." 재미를 붙인 강사들은 잠도 안자고 블로그를 하는 눈치였다. 마치 경쟁이라도 하듯이 그렇게 하니까 강의 섭외 건이 점점 많아졌다. 이런 모임을 만들어 준 내게 무척이나 감사하게 생각했다. 네이버 검색창에 키워드 검색하면 우리 강사들 상위노출 쫙 되어있다.

넷째. '따따따 법칙' 을 이용하자고 했다. 비발디 연구소 이창현 대표의 강의를 몇 번 들은 적이 있었다. 한두 시간 강의하면 10분처럼 여겨질 정도로 흥미롭고 유익했다. "따라 하면 따라가고 따라잡는다. 따따따 법칙을 써 보세요." 늘 강조하셨다. 이창현 대표는 가수 싸이, 김정운 교수, 스티브잡스 등 철학과 행동을 '따따따' 해서 이 자리까지 왔다고 했다. 창의적인 자신의 콘텐츠도 중요하지만, 처음엔 벤치마킹도 필요하다. 롤 모델을 정해놓고 그 사람을 따라 해 보는 것. 참 좋은 방법이다. 우리 강사들에게 늘 강조했다. 꼭 유명한 사람, 유명한 강사가 아니더라도 우리 안에서 좀 더 앞서가는 강사의 태도와 방법을 따라 해 보자고 권했다. 그랬더니 유행처럼 너도 나도 '따따따 법칙' 이 입에 붙었다. 블로그, 강의 스킬, 홍보, 마케팅, 그 사람의 사상, 행동 등 서로서로 좋은 것은 따라 했다. 그리고 서로 잘한다고 칭찬하고 격려하고 응원했다.

다섯째, 출강 사진 단톡방에 올리고 댓글 달기를 했다. 내가 연결 해주는 강의로 출강했을 시 단톡방에 사진과 소감을 올리라고 했다. 500명까지만 인원제한을 두고 '양보다 질' 을 우선으로 했다. 이 인원이 다 보는 건 아니지만, 보는 사람도 많기 때문에 쇼맨십이 필요했다. "거기 가면 진짜 강의 연결 해주나요?" 이런 질문을 너무나 많이 받다 보니 진짜라는 것을 알리고 싶었다. 또 다른 이유는 신비한 체험을 했기 때문이다. 강의 다녀와서 사진과 소감을 올리면 강사들 댓글이 쭉 달린다. 축하와 격려, 응원의 메시지다. 부러움을 사기도 한다. 그렇게 하다

보니 왠지 그 강사한테 좋은 기운이 몰리는 것 같았다. 우선 관심 대상이 된다. '어떻게 하면 저렇게 강의를 많이 나가지?' 하는 궁금증으로 동기부여도 되고, 제자리걸음만 하는 강사들에게 자극이 되는 것 같기도 했다. 그렇게 관심이 몰리고 축하해주다 보니 이상하게도 그 강사한테 강의 기회는 더 많이 주어졌다. 좋은 기 받아서 더 성장하라는 나의 뜻이 통하는 것 같았다.

배움을 배웠다. 나의 노하우를 알려 주고 싶었는데, 위 다섯 가지 방법을 실천하면서 오히려 내가 더 많이 배웠다. 강사들 배움에 대한 열정도 배웠고, 철학도 배웠다. 내가 가지지 못한 부분이나 모르는 부분은 다른 강사가 가지고 있었다. 배움과 성공에 대한 열망은 같은 마음이었다. 시범 강의할 때도 우리가 미처 몰랐던 부분을 공부해서 알려주는 강사. 통계 조사 그래프를 만들거나 특이한 자료를 만들어내는 강사. PPT도 멋지게 만들어내는 강사. 자신의 땀과 노력이 들어가 있음에도 불구하고 아낌없이 나눠 줬다. 그 덕분에 서로에게 부족한 부분을 채워 주었다. 못하는 게 있으면 배우면서 노력하면 되는 것이고, 능력이 부족하면 서로 도우면 되는 것이고, 지식이 부족하면 공부하면 된다. 우리는 이렇게 서로의 배움을 배우며 성장해 가고 있다. 강사의 배움은 끝이 없다.

강의도 한 편의 영화처럼

*

토요일에 특별히 외출할 일이 없으면 낮잠을 잔다. 일주일간 열심히 산 나에게 주는 선물이다. 스마트폰으로부터 해방인 날이기도 하다. 평일에는 혹시라도 강사섭외 전화 올 까 봐 엄두도 못 낸다. 오늘도 한 숨 푹 자고 일어났더니 오후 4시다. 밀린 집안일 하고 블로그 쓰고 나니 저녁 7시다. 매주 토요일은 홈페이지용 활동사진 올리는 날. 강사들이 단톡방에 사진과 내용을 올리면 다음날 딸 진이가 업데이트 한다. 사연이 많았던 홈페이지다. 이것저것 훑어보며 홈페이지 점검하는데 옛 생각이 떠올랐다. 처음에 사기 당했던 곳에서 싸울 기운도, 시간도 없어서 포기했고 다른 곳에 의뢰해서 멋지게 만들어 냈다. 그곳은 약속대로 2주일 만에 완성했다.

"대표님! 홈페이지 개설 혼자서 힘들면 제가 좀 도와 드릴까요?"

생각처럼 쉽지 않은 홈페이지 개설. 도와주겠다고 나섰던 최명식 강사 목소리. 아직도 들리는 듯하다. 든든했다. 혼자서 얼마나 힘들었는지 모른다. 바보였다. 모르면 물어보고 못 하겠으면 도움 요청을 해도 되는데, 굳이 혼자 해보겠다고 진땀을 뺐다. 혹시라도 강사들 바쁜데 피해줄 까 봐 염려되었고, 홈페이지 만들어준다고 큰 소리 떵떵 쳤는데 사기 당했다고 말도 못하겠고. 극도에 다다랐던 스트레스였다. 힘들다고 솔직하게 말했다. 주변에 도움이 필요하다고 손을 뻗으면 얼마든지 도와줄 사람 많은데 왜 몰랐을까? 하루라도 빨리 개설해서 섭외 건이 많아졌으면 하는 바람. 그래야 강사들 출강도 많아지고 돈도 벌 수 있을 텐데 조바심만 들었다. '혼자' 가 아닌데 혼자라고 생각했던 어리석음을 반성했다. 그 이후로는 내가 하지 못하는 일이나 업무가 많을 때 무조건 강사들한테 도움 요청을 했다. 홈페이지 개설은 바로 효과가 있었다. 1,2월 달에는 비수기인데도 상담이나 강의 의뢰 요청이 많았다.

2022년 10월 3일. 대전에서 홈페이지 개설 기념식을 했다. 9월 말에 완성이 되었는데, 대전 강사들이 어렵게 만들어낸 홈페이지라고 축하 파티를 하자는 제안을 했다. 그렇게 대단한 일이 아니라고 생각했지만, 내가 마음고생 했던 것을 눈치 챈 강사들 마음이 예뻐서 못 이기는 척 따랐다. 정신없이 달려온 9개월. 바람도 쐴 겸 여행 겸 나에게 보상을 해주고 싶었다. 갑자기 잡힌 일정이라 전국에서 모인 강사 15명으로 일정이 시작되었다. 갈 때부터 보슬보슬 비가 내렸는데 대전도 비가 내렸다. 일정은 등산코스 산책 후 점심 식사 겸 축하 파티였다. 울산에서, 대구에서, 평택, 서울, 화성 등 기차도 타고 버스도 타고 모인 강사들. 감동이었다. 좀 늦게 도착하는 강사들 기다리는 동안 대전 강사들과 '수통골'이라는 곳, 계룡산 자락 산책 코스 걷기로 했다. 한 시간 반가량 걷는다고 했다. 비가 오락가락해서 우산 쓰고 걷기 시작했다. 걷기 별로 안 좋아하지만, 정신 수양도 하고 그동안 마음 고생했던 거 몽땅 산에 버리고 힐링하고 싶은 마음에 기꺼이 응했다. 산책 코스라고? 속았다. 운동 부족인 내가 오르기에는 산이 높았고 경사도 가파르다는 느낌이었다. 가슴까지 차오르는 숨을 헐떡거리며 쫓아가도 나만 계속 뒤처졌다. 나를 보호라도 하듯 권미숙 강사는 조용히 묵묵히 내 뒤를 따랐다. 그때는 나처럼 힘들어서 늦게 오는 거라고 생각했는데 나중에 알고 보니 나랑 대화하고 싶었다고 했다. 그런 줄도 모르고 산을 오르는 게 힘들어서 계속 투덜댔다. "누구야! 누가 산책코스라고 했어요?" 김용화 강사는 계속 이제 다 왔다, 5분만 가면 된다고 했다. 그 5분이라는 시간은 한 시간이나 걸린 듯했다. 왕복 3시간 걸렸다. 산 정상에서 우리는 파이팅을 외치며 박장대소도 하고 사진도 많이 찍었다. 그동안 스트레스가 몽땅 다 날아가는 기분이었다. 역시 산은 이 맛이지! 오를 때는 힘들었지만 정상에서 내려다보이는 탁 트인 자연. 올라가길 잘했다는 생각이 저절로 들었다. 코다리 찜으로 맛있게 점심 식사를 하고 근처 사람들 붐비지 않는 작은 카페로 이동했다. 와! 대전 강사들한테 또 한 번 감동했다. 현수막, 케익, 개인별 간식 보따리, 대전에서 유명한 '성심당' 선물용 빵 등 바리바리 싸와서 펼쳤다. 입이 떡 벌어졌다. 홈페이지 개설을 앞두고 배신당한 나를 위로하기 위해 애쓰는 강사들을 보니 자꾸만 울컥했다. 참았다. 웃었다. 일부러 더 떠들었다. 말하지 않아도 서로의 감정을 느꼈던 그 자리. 축하곡도 우렁차게 불렀다. 나를 주인공으로 만들어 줬던 강사들. 촛불도 힘차게 끄고 우리의 성공을 다짐했다. 기차표 예매 시간이 많이 남은 타지역 강사들과 노래방에 갔다. 몇 년 만에 가보는 노래방인가! 직업이 강사라서 그런지, 원래 끼가 많은 사람들인지 난리도 아니었다. 다 같이 노래하고 박자 맞추며 춤도 췄다. 예전에 알지 못했던 강사들의 숨은 끼 발산은 신세계였다. 노래를 잘하고 못하고를 떠나서, 춤을 잘 추던 못 추던 우리는 '하나'가 되었다. 보기만 해도 흥겹고 신났다. 마지막 순서가 되어 버린 내 노래. 따로 18번 곡이 떠오르지 않았다. 평소 강사들에게 재교육이나 강의 스킬, 코칭할 때 자주 사용하는 노래로 정했다. 노래방 기계에 숫자 버튼을 눌렀다. 가수 이선희의 '그중에 그대를 만나' 전주곡이 나왔다. 모두 일어났다. 나도 처음 불러본다. 강의할 때 주로 마무리 때 쓰는 뮤직비디오다. 이 글을 읽는 분들에게 그 뮤직비디오를 꼭 보라고 권하고 싶다. 새벽 2시. 이 글을 쓰면서 유튜브로 세 번이나 감상했다. 오늘 제대로 feel 받았다. 시각장애인, 노부부, 연인의 삶을 표현한 곡. 이 곡을 강의 현장에서 사용하면 우는 사람이 많다. 각각 느끼는 감정은 다를 터다. 마치 영화 한 편 보는듯한 뮤직비디오. 강사들한테 이 곡을 강의 마무리에 써보라고 권했었는데 꽤 효과적이었다는 여론이었다. 그런 나의 마음을 아는 강사들. 우리는 함께 떼창을 했다. 손에 손을 꼭 잡고 한마음이 되었다. 뜨거운 눈물이 마스크를 적셨다. 그동안 힘들었던 일들이 영화 필름 돌아가듯 스쳐 지나갔다. 얼마나 힘들어하며 만들어낸 홈페이지인지, 그 노력이 빛을 발하는 날만 남은 듯했다.

〈그중에 그대를 만나〉 가사처럼 별처럼 수많은 사람. 그중에 그대를 만나, 〈국민강사교육협회〉에서 우리는 인연이 되었다. 언젠가는 꼭 만나야 할 사람들이 돌고 돌아 꼭 필요한 시기에 만나게 된 것은 기적이다. 교육장에서 마무리할 때 사용하는 이 뮤직비디오. "이 세상에 그 많고 많은 사람 중에 이곳에서 만난 여러분! 기적입니다. 귀하고 소중한 인연입니다. 한 편의 드라마, 영화 같은 이 영상이 어쩌면 우리의 삶일지도 모릅니다. 사랑하십시오! 존중하십시오! 나를 사랑합니다. 당신을 존중합니다. 당신을 이해합니다. 함께여서 행복합니다." 자신을 안아 주고, 옆에 앉은 동료를 향해 존중의 표시로 손바닥을 받들어 주고, 양팔을 머리 위로 올려 하트 표시를 하며 강의 마무리를 한다. 감동적인 한편의 영화를 보면서 사람들은 눈물을 흘린다. 어쩌면 영화보다 자신의 삶이 더 감동적일지도 모른다. 아무리 열심히 살아도 세상이 가만히 두지 않는 세상 속에 우리는 살고 있다. 그럼에도 꿋꿋하게 살기 위해 노력하는 사람들. 자신의 삶에도 감동하며 자신을 진심으로 안아주면 좋겠다. 우리의 삶이, 각자의 삶이 한 편의 영화 같듯이 강의도 한 편의 영화처럼! 마음과 마음을 이어주는 감동과 울림이 있는 강의. 그 중심에 서서 축복의 통로가 되리라. 이것이 나의 사명이다. 내 삶이 끝나는 날, 나는 정년퇴직이다. 그날까지 세상 사람들에게 기꺼이 등불이 되리라.

강사 셀프리더십

*

되는 사람은 되는 이유만 찾고, 안 되는 사람은 안 되는 이유만 찾는다. 강사 양성하면서 느꼈던 부분이다. 아무 말 없이 무조건 믿고 따르는 사람이 있고, 사사건건 트집 잡고 불만을 토하는 사람도 있다. 자신이 남들보다 뒤처지는 이유를 찾으면 좋은데 참 안타깝다. 시간이 많은가 보다. 그럴 시간에 공부하고 강의 연구하고 출강 준비하고 블로그로 자신을 알리면 좋을 텐데 말이다. 내가 받아들일 건 받아들이지만 습관적으로 투덜대는 사람은 그러려니 한다. 불행한 사람이다. 행복의 반대말은 뭐냐고 강의 중에 자주 묻곤 한다. 거의 '불행' 이라고 대답한다. 사전적 의미로는 맞다. 내가 생각하는 행복의 반대말은 '불만' 이다. 어떤 일에 불만을 가지는 순간, 비교하는 순간, 불행하다. 대부분 공감했다. 세상에 불만, 나라에 불만, 자기 삶에 불만, 가족, 직장동료, 친구에 대한 불만. 내가 성인군자도 아니고 신도 아닌데 '리더' 라는 이유로 내가 신이길 바라는 사람이 많은 것 같다. 나도 잘못 판단할 때 있고, 실수할 때 있는데 나의 말 한마디 때문에 울고, 웃는 강사들. 책임이 막중하다. 생각 끝에 작년 연말, 소속 강사들 대상으로 '강사 셀프 경영 리더십' 이라는 주제로 특강을 했었다. 그리 긴 경력은 아니지만, 나름대로 별별 경험을 다 했다고 자부한다. 그 날 특강은 나의 경험을 토대로 강사들에게 바라는 점을 담아 함께 했던 시간이었다.

자신이 꿈꾸는 성공적인 강사가 되기 위해서는 어떻게 하면 좋을까? 여러 가지 방법을 나눈 시간이었는데 몇 가지만 소개하겠다.

첫째, 자신 능력을 의심하지 말자. 내가 생각할 때는 분명히 해낼 수 있는 사람인데 지레 겁먹고 못 한다고 하는 강사도 있다. 작년 10월. 성주에서 '스트레스 관리' 강의 요청이 왔었다. 아무리 시간을 계산해도 하루는 꼬박 다 써야 할 것 같아서 경상도 쪽 강사들에게 대신 다녀오라고 했다. 세 명에게 전화했는데 답변은 똑같았다. "어머! 대표님! 네 시간요? 저 못해요. 네 시간을 어떻게 강의해요?" 나도 놀랐다. 네 시간 금방 가는데 왜들 그럴까 안타까웠다. 자신을 못 믿는 거다. 지난 1월, 꽤 큰 강의 섭외 건이 들어왔다. 내가 가도 되는 곳이었지만 1, 2월에는 강의가 별로 없기 때문에 하나라도 강사들한테 나눠 주고 싶었다. "정영미 강사님! 서울에서 리더십 강의가 들어왔는데 7시간해야 해요. 하실 수 있겠죠?" 무조건 하겠다고 했다. 멋지게 해냈다. 바로 이거지! 못 하는 게 어디 있어. 자신이 하겠다고, 할 수 있다고 믿으면 결국 해낸다. 나도 그랬다. 자신에게 숨어있는 끼와 재능을 발견하지 못한 채 두려움과 의심 때문에 꿈을 펼치지 못한다면 얼마나 안타까운 일인가. 목표 달성을 위해 스스로 동기부여 해야 한다.

둘째, 상상력의 기적을 맛보아야 한다. 1년에 강사 이력서에 한두 줄 추가 되거나 달라져야 한다고 생각한다. 내일을 위해서는 '오늘'에 집중해야 하지만 미래의 자신 모습을 상상하는 건 큰 도움이 된다. 2021년 내가 첫 책을 출간했을 때 모두 대견해하고 자랑스러워했다. 그리고 아파했다. 나의 아픔이 그렇게 큰 줄은 몰랐다고 했다. 그런데 가장 많이 축하해 줄 것 같았던 친한 친구 두 명은 별 반응이 없었다. 서운했다. 내가 책을 냈는데 어쩜 그리 덤덤하냐고 했더니 "야! 너 학교 다닐 때부터 맨날 작가 된다고 했었잖아! 그래서 당연히 해낼 줄 알았지." 어머나! 난 기억도 안 나는 일인데 어릴 때부터 아마도 작가를 꿈꿨던 모양이다. 생각해 보니 여중, 여고 시절 검정색 뿔테 안경을 코밑으로 내려쓰고 펜으로 글을 쓰는 모습을 상상했던 적이 어렴풋이 기억났다. 상상과는 다르게 노트가 아닌 노트북으로 글을 쓰고 있지만, 상상하면 이루어지나 보다. 이뿐만이 아니다. 20년도 훨씬 넘게 상상한 것. 내가 강사가 되어 큰 무대에서 마이크 잡고 사람들과 웃으며 소통하는 모습. TV에 나오는 모습. 힘들 때마다 그런 나의 모습을 상상하고 크게 그림을 그렸다. 마치 그 꿈이 이루어진 것 같았다. 상상하는 대로 나의 삶은 조금씩 변화했다. 늘 기적이라고 생각했다. 지금 이 순간도 기적이다.

셋째, 선후(先後) 완급(緩急). 일에는 순서가 있다. 해야 하는 일이 있고, 해야만 하는 일이 있다. 꼭 해야만 하는 일 중에서도 급한 것부터 차례대로 일을 해나가는 거다. 27세 때 다니던 직장 상사가 조회 시간에 했던 말이다. 그때부터 모든 일에 순서를 정해서 메모하고, 실천했으면 빨간색 색연필로 지우고, 또 다음 일을 했다. 아직도 쓰고 있는 방법이다. 막연하게 그날 할 일을 머릿속으로 생각만 하면 까먹기 쉽다. 특히 요즘은 돌아서면 까먹기 때문에 메모하는 습관은 일상이다. 그날 할 일에 색연필로 그어져 있으면 뿌듯하다. 반대로 아직도 처리할 일을 못 했을 때는 잠자리에 들 때 마음이 무겁다. 바쁜 하루를 보냈음에도 별로 한 일이 없는 것 같을 때도 있다. 그래서 '시간 일기' 도 써보았다. 몇 시부터 무엇을 했는지, 몇 시에 끝났는지 써보았더니 시간을 허투루 썼던 부분을 찾아낼 수 있었다.

넷째, 다이어트해야 한다. 살 빼라는 게 아니다. 강사 이미지 메이킹을 위해 자기 관리는 필요하다. 강사로서 체력 유지를 위해 건강관리는 기본이다. 자신에게 맞는 체중 유지를 하도록 노력하자는 것이 1번이었다. 2번은 SNS 다이어트다. 필요 이상으로 SNS 하는 사람 많다. '카페인 중독' 이다. 나도 그랬다. 불과 3년 전까지만 해도 카카오스토리, 페이스 북, 인스타 그램(카 · 페 · 인) 열심히 했다. 그래야 성공하는 줄만 알았다. 나를 알리기 위한 최고의 방법이라고 생각했다. 하다 보니 댓글이 그다지 진정성 있어 보이지 않았고, 두세 시간 금방 지나갔다. 내 글에 댓글 달아주는 사람들 글도 방문해서 공감 댓글을 해야 하는 게 의무인 줄만 알았다. 점점 부질없다는 생각이 들었다. 차츰차츰 줄이다 보니 이제는 가장 중요한 블로그만 한다. 예전에 SNS 하는 시간에 비해 반 이상이 줄었다. 3번은 사람 다이어트다. 나에게 부정 에너지를 주고 응원자가 되지 않는 사람은 가지치기가 필요하다고 생각한다. 모든 사람이 내 편일 수는 없다. 같은 목표를 안고 한 곳을 바라보며 서로에게 힘이 되어 주고 동기부여가 되는 사람이 있는가 하면, 질투와 시샘으로 빈정거리거나 뒷담 화하거나 상처만 주는 사람이 있다. 굳이 가까이 둘 필요 없다. 끊을 수 있는 관계라면 과감하게 정리하고, 그렇지 못한 관계라면 열 번 만날 거 다섯 번 만나고, 다섯 번 만날 거 한 번으로 줄이면서 거리 두기를 하면 편하다.

다섯째, 성공 전략을 짜고 실천한다. 내가 사용하는 사명 선언문, 경영 비전문, 성공 체크 리스트가 있다. 이 중에서 매일 매일 실천해야 해야 하는 성공 체크리스트는 A4용지에 가로 31칸, 세로 10칸으로 만들었다. 가로는 날짜, 세로는 실천할 것을 썼다. 세로 10칸. 하루에 10가지 루틴을 실천하겠다는 뜻이었다. 포부가 크다 보니 처음에는 10칸 다 채워서 시작했었는데 반도 실천하지 못했다. 그러는 나 자신이 밉고 자책하기 시작했다. '오늘 또 못 지켰구나!' 도움 되지 않았다. 7가지로 줄이다가 이제는 5가지로 줄었다. 1. 독서, 독서노트 쓰기 2. 산책이나 운동하기(명상) 3. 책 쓰기 4. 유튜브로 관련 강의 듣기 5. 강사 관리, 인맥 관리, 고객관리. 모두 한 시간씩 정했다. 이것도 못 지키는 날이 허다한데 10가지는 욕심이었고 의욕만 앞섰다.

이 외에도 강사 스스로 자신의 목표와 꿈을 향해 해야 할 일을, 이론보다는 나의 경험을 나누어 보는 시간이었다. '사람 다이어트' 부분에서 공감하고 도움 되었다는 후기가 많았다. 그만큼 인간관계 때문에 힘들어하는 사람이 많다는 뜻일 것이다. 강사 셀프리더십. 거창하지 않다. 어쩌면 강사 누구나 실천하고 있는 방법일지도 모른다. 팩트 만큼 정확한 게 없다. 내가 쓰는 방법을 직접 보여주며 공유했다. 마무리는 '간절함' 이었다. 간절했다. '난 이거 아니면 죽어' 이런 마음으로 여기까지 왔다. 나만의 성공 전략. 셀프리더십이 없었다면 쉽게 무너질 수도 있다. 간절함의 힘도 컸다. 미친 사람! 미(美) 친 사람! 내 일에 미친 사람이 되기 위한 방법. 미쳐야 한다. 간절해야 한다. 내가 간절해야 하늘도 감동하고, 주변에서도 그 간절함을 인정해 준다.

도와주고 싶다는 마음으로

*

침대에 누워 이불을 뒤집어썼다. 반려견 나대기가 이불 속을 비집고 들어온다. 귀찮다. 내 눈물을 핥아먹는다. 참다못해 벌떡 일어나 끌어안고 무릎에 올렸다. 애처로운 눈빛으로 나를 뚫어지게 쳐다본다. "그만해! 지금 다 귀찮다고!" 다시 이불을 뒤집어썼다. 끙끙 앓는 소리를 내며 걱정하듯 낑낑댄다. 못 들어오게 이불을 꽉 동여맸다. 지금 너무 속상해서 그런다고 사람들이 내 마음을 너무 몰라준다고 주저리주저리 하소연하듯 나대기한테 전후 상황을 설명했다. 갸우뚱거리며 빤히 쳐다보는 눈빛이 기특하기도 하고, 가엾기도 하고, 우습기도 했다. 2013년에 출간된 천호식품 김영식 회장님의 저서 《10미터만 더 뛰어봐!》 책을 당시에 감명 깊게 읽었다. 내용 중에 김영식 회장님이 힘들 때마다 반려견과 이야기한다는 대목이 있었다. 그때부터 따라 하기 시작했다. 속이 답답하거나 힘든 일이 있을 때 나도 강아지랑 대화했다. 넋두리에 가까웠다. 나를 향한 강사들의 화살이 속상해서 나대기한테 다 말했다. 내 진심을 몰라주는 강사들에 대한 속상함과 상처 준 것만 같은 죄책감이 모여 한바탕 눈물 쏟아내고 나니 좀 시원했다. 우리 나대기 덕분에 큰 위로가 되었다.

김미리 강사를 도와주고 싶었다. 지나친 관심이었을까? 도전정신이 눈에 띄었다. 거침없었다. 점점 기대가 커졌다. 작년 6월 '웃음 힐링 융합 테라피' 라는 강사 양성 과정에서 처음 만났다. 옷차림부터 예사롭지 않았다. 파란색 나팔바지 투피스에 화려한 장신구가 주렁주렁 달린 반짝이 의상. 보기만 해도 웃음이 나왔다. 유쾌했다. 흥이 많았다. 웃음치료사로 왕성한 활동을 하고 있었다. '기업 강사' 가 되고 싶다고 찾아왔다. 과연 변화될 수 있을까? 의문이었지만 모든 일에 적극적이었다. 무서운 속도로 쫓아와서 기업 강사가 되었다. 주로 법정의무교육이다. 강의 연결을 여러 차례 해줬는데 피드백이 나쁘지 않았다. 잘하고 있는 줄만 알았다. 믿었다. 언제부터인가 유심히 관찰하기 시작했다. 관심이었다. 줌에서 만나는 특강, 재교육, 블로그 모임 참여율 99%였다. 강의 때문에 어쩔 수 없이 참여 못 하는 날 외에는 우등생이었다. 그런데 언제부터인가 의심이 들기 시작했다. 참여는 잘하는데 공부는 전혀 안 하는 눈치였다. 화면에 비친 다른 강사들은 필기하기 바빠서 고개 숙인 모습, 정수리만 보였다. 김미리 강사는 항상 하품하거나, 졸거나, 왔다 갔다 돌아다니거나, 한 번도 필기하는 모습이 안 보였다. 블로그 1일 1 포스팅 실천하며 열심히 했다. 강의하러 다니다 보니 잠이 부족해서 그런가 보다 했다. 어느 순간 그런 현상이 '강사 탓' 이라는 생각이 들었다. 자기 관리, 시간 관리를 제대로 못 해서 그런 것 같았다. 그렇게 집중 안 하고 공부 안 하는데 과연 강의는 잘하고 오는 걸까? 몇 달간 지켜보다가 얼마 전 법정의무교육 재교육 날, 갑자기 시범 강의를 하라고 했다. 꽤 당황하는 모습이 보였다. 한국장애인고용공단 자격증을 딴 강사여서 '직장 내 장애인 인식개선 교육' 해 보라고 했다. 세상에나! 자료 찾는 데만 꼬박 10분이 걸렸다. 노트북에 폴더 정리를 제대로 하지 않았으니 그 자료가 어디에 있는지조차도 모른다.

벌써 거기서부터 실망이었다. 겨우 찾아낸 자료는 '자기 것' 이 없었다. 여기저기서 공유해 온 자료를 짜깁기해서 글자만 엄청 많았다. PPT에 글자가 많으면 강사도, 대상자도 힘들다. 내 예상이 맞았다. "공부 안 하는 게 티가 납니다. 강의 많은 게 중요한 게 아니라, 그 강의를 얼마나 깊이 있게 하는지도 중요한 거죠! 실망입니다." 30명 정도 참여한 그날. 나는 강사들에게 된통 혼났다. 카톡으로, 전화로 어떻게 그럴 수 있냐고 야단법석이었다. 예고도 없이 시켜서 망신을 줬다는 것이다. 반성했다. 왜 그 강사의 강의가 궁금했을까? 속으로는 미안한 마음이 들었지만, 겉으로 덤덤한 척했다. 아끼는 사람일수록, 키우고 싶은 사람일수록 더 강하게 해야 한다고 생각했다. 김미리 강사가 상처를 딛고 올라오면 자신이 가고자 하는 목표 지점에 가겠지만, 만약 여기서 무너진다면 그 강사 그릇은 거기까지라고 강사들에게 단호하게 말했다. 불만의 목소리가 들려도 아무렇지 않은 척 내색하지 않았다. 그로부터 며칠 후. 2월 11일, 협회 워크숍이 있었다. 거기서 만난 김미리 강사는 인사도 안 하고, 평소보다 잘 웃지도 않고, 나랑 눈도 안 마주쳤다. 내가 말을 걸어도 대답하는 둥 마는 둥 피하기만 했다. 단단히 삐친 모양이다. 내 마음을 몰라주는 것 같아 서운하기도 했다. 김미리 강사의 CS 친절 교육이 잡혀 있었다. 2월 21일 강의다. 의뢰해 줬던 교육원 일정지에 대상 기관의 요청이 꼼꼼하게 적혀 있었다. 이럴 경우 강의는 좀 더 쉽다. 고객이 요구하는 대로 준비하면 된다. 친절 교육 전문 강사들만 따로 운영하는 단톡방에 공지를 띄웠다. 그 방에 있는 강사들 중 친절 교육이 잡히면 거기서 시범 강의하고 서로 피드백하며 공부한다. 2월 19일, 강의 이틀을 앞두고 김미리 강사 시강 날이다. 낮에 준비한 자료를 먼저 받아봤다. 또 실망이다. 자기가 만든 자료는 두세 장 정도이고 모두 내가 공부하라고 공유해 준 자료였다. 한 시간 강의이면 사실상 40분~45분 분량 준비해야 한다. 뒤에 다른 강의가 있으면 10분 쉬는 시간 줘야하므로 50분 정도로 본다. 스팟 빼면 남는 시간 계산해서 준비해야 한다. PPT 50장. 기절하는 줄 알았다. 1분에 한 장씩 넘긴다고? 아무 말 하지 않았다. 시범 강의 때 또 달라질 수 있으니 기다려 보기로 했다. CS 전문 강사 15명이 있는 방. 그날 줌에 들어온 강사는 10명이었다. 강의가 시작되자 모두 긴장하는 눈치였다. 혹시라도 김미리 강사가 실수해서 나의 피드백이 좋지 않을까 봐 걱정하는 눈빛이 보였다.

김 강사는 시작부터 떨기 시작했다. 10분이 지나도, 20분이 지나도 고객이 요구하는 내용은 하나도 안 나왔다. 워밍업만 하다가 끝날 건가? 30분 만에 그만하라고 잘랐다. “교육 대상 기관에서 요구하는 니즈를 파악했습니까? 그분들이 하는 일이 무엇이며, 그분들이 만나는 고객은 누구입니까? 요구한 사항은 몇 가지입니까? 무엇 무엇을 요구했나요?” 냉정하고 딱딱한 나의 말투로 분위기는 삭막해졌다. 하나하나 잘못된 부분을 콕콕 집어서 피드백을 했다. 그 과정에서 김 강사는 훌쩍훌쩍 울었다. 안타까웠다. 가슴이 아팠다. 참았다. “지금 흘리는 그 눈물이 1년 후에 값진 보석이 되어 있을 겁니다. 내일 오전까지 교안 다시 만들어서 제출하십시오. 그때 다시 1대 1 코칭 하겠습니다.” 단호하게 말했다. 평소에 공부하는 모습이 보이지 않았던 이유. 분명하게 드러났던 현장이었다. 다음날 자료를 받아 보고 깜짝 놀랐다. 누가 대신 만들어 준 자료인가 할 정도로 전날과 확연히 달랐다. 공부하면 더 잘할 수 있는 강사였다. 그런데 준비도 없이 남이 쓰던 자료를 그대로 복사해서 쓰고 공부 안 하는 모습. 교육 대상자들에 대한 도리가 아니라는 게 나의 강의 철학이기도 하다. 강사들 코칭할 때마다 하는 말이 있다.

“강사님들! 제가 대표라는 생각보다 먼저 이 길을 가본 선배 강사라고 생각하십시오. 먼저 가본 길이기에 어디에 낭떠러지가 있고, 어디에 꽃길이 있는지 알려 드릴 수 있습니다.”

그렇다. 나는 선배 강사이다. 먼저 해 본 사람. 본인이 직접 경험해야 자기 것이 될 수 있기는 하지만, 먼저 해 본 사람 말을 듣고 따라 해 보는 것도 나쁘지 않다.

그날 이후 나의 피드백이 너무 날카롭고 김미리 강사한테 상처 줬다고 강사들의 항의가 빗발쳤다. 얼마나 아프고 힘들까 걱정이 되었다. 그래도 김미리 강사가 다시 일어나 크게 성장할 수만 있다면 욕먹어도 괜찮다고 생각했다. 반성도 했다. 망설임 끝에 김 강사한테 전화했다. 한 시간가량 내 마음을 이야기했다. “왜 저를 존중해 주지 않으셨어요?”라는 말 한마디에 둘 다 펑펑 울었다. 나도 존중 받지 못해 서러웠던 적이 있었는데 그 마음을 읽을 수 있었다. 그런 의도는 아니었지만, 진심으로 사과했다. 전화를 끊고 나서도 한참을 울었다. 강사를 진심으로 위하는 일이었을까. 나에게 물었다. 강사들에게 공부 안 하면 안 된다, 이런 상황 벌어지지 않게 조심해라. 본보기로 보여 줬던 모습은 아니었는지 한참을 생각했다. 진심으로 도와주고 싶다는 마음이 더 앞섰더라면 상처 주지 않고 현명하게 지혜롭게 1대 1로 했을 일이다. '좀 더 빠르게, 좀 더 쉽게' 는 없다. 자기 피와 땀, 억척같은 노력 없이는 자신이 가고자 하는 길에 다가가기는 어렵다. 도와주고 싶다는 마음으로 아무런 대가 없이 베푸는 것. 나의 몫이고 과제이다. 도와주고 싶다는 마음으로! 도와주고 싶다는 마음으로! 진심은 통한다.

보수보다 많은 일을 하는 습관

*

2020년 3월부터 10월까지 독서 모임에서 나폴레온 힐 《성공의 법칙》 두 번 읽었다. 그 모임에서 우연히 알게 된 김정수 박사. 알고 보니 이 책 편저자였다. 워낙 훌륭한 분이라 가까이 갈 수 없는 분으로 생각했다. 2022년 1월 15일. 개정증보판이 나오자, 그분이 선릉역 연구실에서 미팅하자는 연락이 왔다. 뜻밖의 제안에 얼떨떨했다. 그렇게 대단한 분을 직접 만나다니, 꿈만 같았다. 약속 당일인 1월 12일. 떨리는 마음으로 연구실로 찾아갔다. 생각보다 소박하고 아담했다. 상패와 상장, 트로피가 수두룩한 장식장이 눈에 띄었다. 그동안 얼마나 바쁘게 열심히 사셨는지 짐작할 수 있었다. 세 시간가량 소통의 시간을 가졌다. "김규인 강사님! 자신만의 브랜드, 콘텐츠가 있어야 하는데 강사님은 강의 분야가 너무 많더라고요. 저와 함께 나폴레온 힐에 대해 연구하고 재단을 만들어서 '성공의 법칙' 주제만 콘텐츠로 잡아서 강의하는 게 어때요?" 솔깃했다. 좀 더 미리 말씀하셨으면 바로 도전했을 텐데 1월 1일 〈국민강사교육협회〉를 시작했다. 당장은 자리 잡아야 해서 힘들지만, 언젠가는 도전하겠다고 했다. 그날 박사님께서 사인해 주신 개정증보판. 읽고 있다. 역시나 벽돌 책이다. 읽을 때마다 밑줄 그어가며 독서 노트에 기록했다. 개정증보판이 나오기 전 책에서 크게 기억나는 건 큼직큼직한 각 장의 소제목이다. 16개의 장에서 9장에 나오는 '보수보다 많은 일을 하는 습관' 이 부분이 가장 기억에 남는다. 제목부터 참 마음에 들었다. 실천하려고 노력하는 부분이다. 그날 박사님과 이 부분에 대해 한참 대화했다. 강사료, 받는 금액보다 더 많은 일을 하는 습관을 지니겠다는 다짐도 밝혔다. 강사료 10만 원 받으면 100만 원짜리 강의한다는 마음으로 준비하겠다고 했다. 실제로 그런 마음으로 강의 준비하고, 그런 마음으로 강의에 임한다. 보수보다 많은 일을 하는 습관! 이 습관을 실천하는 분들을 소개해 보겠다.

지난 4월, 협회에서 '최고위 명강사' 과정이 있었다. 기획과 프로그램 선정, 계획, 장소 예약, 강사 섭외 등 할 일이 많았다. 모든 게 신중해야 했다. 그중 강사 섭외는 이 과정의 성공 여부가 달려 있다. 연구하는 동안 갑자기 우리나라에서 손꼽히는 강사 몇 명이 떠올랐다. 김미경 강사. 만날 수 있다면 얼마나 영광일까. 엄청난 강사료를 요구하겠지 하면서도 혹시나 해서 알아보기로 결심했다. 인터넷을 뒤져서 여기저기 통화하고 겨우 알아낸 전화번호로 전화했다. 직접 통화할 수 없을 거라는 예감은 했었지만, 역시나 그랬다. 직원으로 보이는 친절한 분과 통화했는데 몇 마디 나누지도 못했다. 온라인으로만 신청을 받는단다. 메일로 받아본 내용 중에 가장 궁금했던 강사료. 90분에 천만 원. 지방일 경우 1,300만 원. 입이 다물어지지 않았다. 바로 포기했다. 직접 통화할 수 있다면 졸라서라도 어떻게 협상(?)이라도 해보겠는데 그분의 위치는 생각보다 높았다. 와! 강사들의 꿈은 대부분 매월 천만 원 이상 버는 건데 이분은 두 시간도 안 되는 강의에 천만 원이라니! 나는 언제쯤 그렇게 될까. 당장은 욕심이라는 걸 바로 알아차렸다. 그분은 강의 경력 30년이지만 나는 거기에 비하면 고작 10년도 안 되었다. 그렇다면 20년 후 나도 시간당 그 정도 받는 강사가 되어 있을까? 나이를 계산해 보니 70대 중반이 되어있을 나의 강사료. 도전해 보지 뭐. 그분이 한 달에 벌어들이는 수익금은 얼마일지 그야말로 잠자면서도 돈을 세고 있는 것만 같았다. 언젠가는 꼭 그분을 섭외할 수 있는 능력자가 되어보기로 결심했다.

명강사 과정에 모실 강사 섭외. 내가 강의를 직접 들어본 강사 중에서 섭외해 보기로 했다. 평소 존경하는 대표. 자이언트북 컨설팅 이은대작가한테 전화해서 요청했다. 매주 수요일, 목요일, 토요일 그분의 공식적인 일정은 알고 있어서 목요일 오전에 강의해 주셨으면 좋겠다고 했다. 시간 계산해 보니 밤 9시에 강의니까 오전 시간이면 충분할 거로 생각했다. 목요일은 문장 수업 있어서 몰입하기 위한 준비로 못 움직인다고 하셨다. 생각한 대로 프로다. 강의가 있는 전날은 약속 잡지 않는 나. 그 마음을 안다. 컨디션 조절도 해야 하고, 강의에만 집중하기 위한 준비. 모든 기를 거기에 쏟으려는 노력. 충분히 이해했다. 다음날인 금요일은 이미 강의가 잡혀 있는데 조절이 가능한지 알아보고 연락 준다고 했다. 만약 가능하다면 강사료는 얼마 드리면 되냐고 조심스럽게 여쭈어 보았다. 강사료 안 받는다고 했다. 그동안 받은 적도 없다, 꼭 주고 싶다면 문화상품권 몇 장 정도면 된다고 하셨다. 문화 상품권? 5,000원? 만원? 그 이상 문화상품권도 있나 모르겠는데 그렇다면 고작 몇 만 원 받는다는 건가? 몇 백만 원을 드려도 아깝지 않은 분인데 놀랍기도 하고 존경심은 더 커졌다. 밤늦게 다른 강의 잡힌 게 확정되었다는 톡을 남겨 주셨다. 아쉽지만 졸라서 될 일이 아니다 싶었다. 보수보다 많은 일을 하는 습관! 바로 이런 거다. 자신이 땀을 쏟아 받는 강사료보다 훨씬 더 많이 일하는 습관.

요즘은 연락이 뜸한 친구가 있다. 5년 전만 해도 자주 통화했던 정미. 얼굴도 예쁘고 목소리는 더 예쁘다. 이 친구는 사람들이 목소리 좋다, 예쁘다고 하면 짜증낸다. 쑥스럽고 어색함의 표시를 그렇게 하는 것 같았다. 부정적이다. 하는 말마다 예쁜 말이 별로 없다. 커피숍 한다고 크게 벌리더니 얼마 안 가서 문을 닫아버렸다. 빚이 많다고 했다. 그 이후 걸핏하면 전화해서 나를 괴롭혔다. 친구니까 하소연 들어주는 것도 시간이 지날수록 피하고 싶어졌다. 한두 시간 같은 얘기만 반복하는 친구였다. 감정은 전달되기에 나까지 괜히 그 부정적 기운에 사로잡히는 것 같았다. 하루는 좀 짜증이 났다. 도대체 뭐가 걱정이냐고, 뭐 때문에 그러느냐고 물었다. 돈 걱정 때문에 힘들다고 했다. 빚도 많고 반지하에서 사는 것도 너무 싫다고 했다. "야야야! 돈 걱정하지 마! 돈 걱정해서 돈 걱정이 없어지면 돈 걱정이 없겠다. 돈은 잘 지내고 있으니까 너 걱정이나 해! 너 삶의 일부분이 망했다고 마치 너 인생 다 망한 것처럼 말하지 마! 너 인생 다 망한 거 아니잖아!"

인터넷에 떠돌아다니는 이 문구. 써먹었다. 강의할 때도 많이 쓰는 문구다. 의외로 사람들 반응이 좋아서 자주 쓴다. 친구는 돈은 진짜 잘 지내고 있는데 왜 그것도 모르고 맨날 돈 걱정만 했는지 고맙다고 했다. 이제 더 열심히 일해서 빚도 갚고 인생의 일부분일 뿐임을 항상 생각한다고 했다. 그날 이후 친구는 아주 가끔 안부 전화가 온다. 5년 전만 해도 맨날 죽을 것처럼 살았는데 대출해서 지상으로 이사했다는 이야기, 빚도 많이 갚았다는 이야기. 종종 좋은 소식만 들려준다. 사람들이 예쁘다고 하면 그냥 감사하다고 하라는 조언과 부정적인 말 안 하는 습관 들이면 좋겠다는 진심 어린 충고도 여러 번 했다. 친구에게 많은 변화가 찾아왔다. 그 친구의 부정적 생각과 부정적 언어 습관이 더 망가뜨리고 있다는 걸 너무 잘 알고 있었기에 평소 쓰는 말이 얼마나 중요한지 깨닫게 해 줬다. “누가 강사 아니라고 할까 봐” 늘 이런 답변이지만 듣기 나쁘지 않다. 자기 삶에 늘 불평불만이었던 친구. 나로 인해 달라진 생활. 뿌듯하고 고맙다.

어느 날 우연히 ‘학원 우수 사례 발표’ 를 계기로 20대 때 강의를 시작하게 된 김미경 강사. 지금은 큰 기업으로 자리 잡을 만큼 엄청난 성과를 거두었다. 문장 수업 한 시간을 위해 하루 이상 꼬박 몰입하는 이은대 작가. 두 분 다 존경할 수밖에 없는 분이다. 돈을 떠나서 그 자리에 오르기까지 얼마나 많은 시련과 고통과 땀과 눈물이 배어있을지 짐작이 간다. 보수보다 많은 일을 하는 습관 실천가들이다. 친구가 더 부지런히 일해서 조금씩 나아지는 이유. 아마도 보수보다 많은 일을 하는 노력을 했기 때문일 거다. 기업 강의할 때 임직원들에게도 ‘보수보다 많은 일을 하는 습관’ 을 지녔으면 좋겠다고 한다. 예를 들어 월급 300만 원이면 500만 원 받는다는 마음으로 일하라고 권한다. 누군가는 보고 있다. 사람들이 신뢰하고, 인정받고, 승진도 빠를 것이다. 강사 코칭 할 때도 마찬가지다. 강사료 적다고 불만 갖지 말고 불러 주는 자체만으로도 감사하게 생각하라고 한다. 10만 원짜리 강의라도 100만 원짜리 강의한다고 생각하고 준비하는 것. 언젠가는 10만 원이 100만 원 되고, 100만 원이 1,000만 원 되는 날 반드시 온다고 믿는다. 받는 강사료보다 훨씬 많은 것을 돌려줄 수 있는 강의. PPT에만 의존해서 자신이 하고 싶은 말만 줄줄 할 게 아니라, 그들이 듣고 싶어 하는 말이 무엇일지 철저히 연구해서 진심을 전달하는 강의. 시간이 많이 투자되는 일이다. 이것이 보수보다 많은 일을 하는 습관이다. 그런 강사가 되기 위해 오늘도 강의 준비에 혼신의 힘을 다하려고 한다.

사람 공부

*

2000년부터 17년간 학원 선생님으로, 원장으로 일했다. 학원 현관문 열면 바로 보이는 액자가 있었다. "큰 그릇이 되거라!" 였다. 내가 가르치는 아이들이 꿈을 이루도록 그릇을 크게 만들어 주고 싶었다. 장래 희망을 물어보면 똑 부러지게 대답하는 아이들 별로 없고, 대부분 부모가 원하는 직업을 말하거나 없다고 했다. 수업이 원활하게 잘 풀릴 때는 아이들도 나도 기분이 좋다. 하나를 가르쳐 주면 열 개를 까먹고 오는 아이들. 근육이 목뒤로 뭉치는 현상이 셀 수 없을 정도였다. 때론 포기하고 싶었던 아이도 있었다. 못 하니까 배우러 왔겠지 생각하니 마음이 편했고, 더 집중할 수 있었다. 공부 잘하고, 말 잘 듣는 아이들만 오면 좋겠지만, 선생님이 아이를 골라

가며 가르칠 수는 없다. 그 아이가 나중에 얼마나 큰 인물이 될지는 모를 일이다. 내가 한 아이의 그릇을 정해놓거나, 한계를 정해놓을 수 없기에 스트레스 안 받는 방법을 터득했다. 그 아이가 얼마만큼 받아들이고 익힐 수 있는지 그만큼만 가르치기로 했다. 내 욕심 때문에 하나라도 더 가르쳐 주려고 아이에게 무작정 집어넣을 수는 없는 노릇이다. 코이의 법칙. '코이' 라는 잉어는 어떤 물에 사느냐에 따라 크기가 달라진다. 어항 속에서 자라면 그 크기만큼 자라고, 연못에 살면 또 그만큼만 자라고, 큰 강물에서 살면 그 크기만큼 자란다. 사람도 마찬가지인 것 같다. 사람은 믿어주는 만큼 자란다. 시험 문제 10개 중 4개 맞은 아이에게 왜 6개 틀렸냐고 하는 것보다 어제는 2개 맞았는데 오늘은 4개나 맞았다고 칭찬하고, 내일은 7개 맞힐 수 있겠다고 격려하는 게 훨씬 효과가 좋았다. 그런 과정에서 아이의 그릇 크기가 커지는 것이 보이기 시작했고 가능성도 보았다. 사람 공부였다.

지난 1월에 며칠 동안 신입 강사들에게 전화를 걸어 한 명당 한 시간가량 통화했다. 어떤 분인지, 어떤 일을 했으며 현재는 어떤 일을 하고 있는지, 앞으로의 계획은 뭔지 알고 싶었다. 그래야 내가 도울 수 있는 건 돕고, 배울 수 있는 것도 배운다. 기존 강사들에게도 번갈아 가며 통화했다. 사람 공부였다. 살면서 사람 공부는 연속이다. 그 사람의 인생을 통해 보고 느끼며 배우는 것이 곧 강의와도 연결된다. 오픈채팅방마다 휘젓고 다니며 정착하지 못하는 사람. 그러려니 했다. 알고 보니 누구도 흉내 낼 수 없는 모성애가 있었다. 발달장애인 아이를 키우면서 겪어야 했던 차별. 수십 번 아이와 극단적 선택을 고민했던 엄마. 아들 이야기를 할 때마다 '우리 훌륭한 아들'이라고 했다. 코끝이 찡했다. 아픔이 느껴졌다. 30대 젊은 나이에 갑자기 사별하고 남은 두 아들을 훌륭하게 키워낸 엄마도 있었다. 이제는 너무 지쳐서 몸과 마음이 병들고 그저 쉬고 싶다는 사람. 남편의 오랜 외도에도 가정을 지키기 위해 상처를 무릅쓰고 강의를 해야만 치유가 된다고 하는 강사. 그래서 강의에 올인 할 수밖에 없다고 했다. 친정엄마의 오랜 투병으로 7년째 손수 간병하며 24시간 비상 대기인 강사. 그 와중에도 강의해야만 경제적으로 조금이나마 보탬이 된다고 했다. 가정을 이루었음에도 아내에게 경제적으로 의존하는 남편. 생활비며 아이 학비며 돈을 벌어야 생계를 이어갈 수 있는 강사도 있었다. 교통사고로 지체장애인이 되어 장애인을 돕겠다고 강사가 된 사람도 있었다. 부모가 경제적으로 괴롭힌다고 눈물 흘리는 강사. 고칠 수 없는 아이의 병 때문에 언제 무슨 일이 발생할지도 모르는 강사 등. 겉으로는 다 행복해 보여도 한 사람 한 사람 그 안에 들어가 보면 사연 없는 사람이 없었다. 화려해 보이는 이력을 가진 강사도 있지만, 생계형 강사도 참 많았다. 공통점은 강의 무대에 섰을 때가 가장 행복하다고 했다. 나도 그렇다.

인재를 발굴하는 과정에서 그 사람의 가능성을 마음껏 발휘할 수 있었으면 좋겠다는 바람. 한결같은 마음이다. 강사를 위해 연구한다. 그 과정에서 안타까운 일도 많다. 강의 안 준다고 항의하는 강사. 설마 그 사람이 미워서, 싫어서 강의를 안 줄까. 그런 게 아니다. 얼마만큼 노력하는지를 보고 판단해서 그 사람의 능력을 끌어내고 싶을 뿐이다. 강의 안 주는 데는 다 이유가 있다. 하나를 주면 열 개를 내놓으라는 강사. 준 것에 대한 고마움보다는 안 준 것에 대해 불만을 표하는 강사. 평소 재교육이며 특강이며 블로그 모임 등. 잘 참여하는 강사. 이런 노력하는 모습이 보일 때 하나라도 더 주고 싶다. 사람의 가능성은 무한하다. 자신에게 얼마나 큰 힘과 재능이 숨어있을지도 모르는데 과소평가하는 사람도 있다. 지금도 충분히 만족한다는 강사다. 자신의 삶에 만족하는 거. 좋다. 하지만 능력을 얼마든지 끌어낼 수 있는 사람인데도 제자리걸음만 하겠다는 사람. 안타깝다. 다음에. 다음에. 다음으로 미루는 강사들. '지금' 이 얼마나 중요한지 모르는 것 같아 답답하다. 그릇의 크기가 느껴진다.

며칠 전 국가대표 멘탈 코치인 천비키 코치와 통화했다. 그때 동기부여 메시지가 있었다. "대표님! 악마가 가장 좋아하는 사람이 어떤 사람인지 아세요? 지금을 버리는 사람이에요. 지금! 지금 여기에 금! 말 그대로 금이잖아요. 금이 널려있는데 그 금을 다 놓치는 사람. 악마는 그런 사람을 좋아해요." 와! 맞다! 무릎을 탁 쳤다. 미래를 위해 열심히 살아가는 것도 좋지만, 지금 내 눈앞에 놓인 현실. 지금에 집중해야 한다. 지금. 우리 주변에 금(金)이 천지로 널려있다.

안티도 팬이다? 누가 그래? 안티는 안티일 뿐. 이렇게 생각했던 날이 많았다. 요즘은 나를 싫어하는 사람 별로 신경 안 쓴다. '사람 때문에 아파하지 마라. 모두의 마음을 얻기 위해 내 마음 도려낼 것도 애쓸 필요도 없다. 몇 사람은 흘려보내고 또 몇 사람은 주워 담으며 그렇게 사는 것이 인생이다.' 작가 미상. 무명으로 나오는 유명한 시다. 사람 때문에 힘든 일이 있을 때마다 이 시를 생각하며 마음을 다잡곤 한다. 이유 없이 나를 헐뜯고 평가하고 싫어하는 사람들. 그 사람들 마음을 얻기 위해 노력하는 것보다 내 곁에 있는 사람. 나를 응원하고 지지해주는 사람들에게 더 집중하려고 한다. 알고 보면 막말하는 사람. 나한테만 그러는 게 아닌 것 같다. 원래 그런 사람인가 보다. 이렇게 털어내면 좀 쉽다. 자존감이 낮을수록 누군가 던지는 화살에 맞고 힘들어한다는 생각이 들었다. "자존감이 낮은 사람은 자기 자신에게 가장 폭력적이다." 김규인, 나의 어록이다. 사람들이 던지는 화살도 아픈데 굳이 내가 나 자신에게까지 폭력을 행사할 필요는 없다. 짧은 시간에 많은 성과를 거두었고 꾸준히 성장해 나가는 내 모습이 못마땅한 사람들. 그런 사람들 때문에 아파하며 시간을 보내기에 아깝다. 내 아이디어와 콘텐츠를 모방해서 따라 하는 사람. 마치 자기가 만들어 낸 것처럼 으스대기도 하고, 내 교육 자료는 어떻게 유출이 되었는지 SNS에 떠돌아다닌다. 그런 게 신기하게도 눈에 띈다. 어쩌면 좋은 일이든 나쁜 일이든 사람을 걸러내는 과정인 듯하다. 양보다 질! 많은 사람보다 적은 사람이라도 뜻이 맞고 마음 맞는 사람. 서로에게 힘이 되는 사람. 그런 사람과 좋은 시간 보내며 사는 게 현명하다는 생각이 든다.

살다 보면 좋은 사람도 만나고, 나랑 맞지 않는 사람도 만난다. 그 과정에서 좋은 점은 배우고, 안 좋은 점은 닮지 말아야지 한다. 사람 공부다. 그 사람 그릇의 크기도 알게 된다. 더 클 수 있는 사람, 나보다 그릇이 훨씬 큰 사람 만나면 행운이다. 그런 사람들 만나면서 오늘도 나는 한 뼘씩 성장한다. 내 그릇이 필요한 사람에게 나눌 수 있는 넉넉한 사람으로 꾸준히 성장하며, 내 마음까지도 내어주는 강사가 되고 싶다. 사람 공부는 사람을 더 지혜롭게 만든다. 사람 때문에 힘든 일은 얼른 흘려보내고 해야 할 일에 더 집중하는 것이 성공 노하우기도, 시크릿이기도 하다.

지금은 영웅시대

*

이상하다. 왜 자꾸 나타나는 걸까? 출연료 주는 것도 아닌데. 웃음도 나오고, 어이없기도 하고, 궁금하기도 하다. 몇 달에 한 번씩 꿈에 등장하는 인물이 있다. 매번 비슷한 꿈이다. 가수 임영웅이 가끔 꿈에 나타난다. 나를 좋아한다며 졸졸 쫓아다니는 꿈. 꿈에서도 좋고 깨어나서도 기분 좋은 꿈이다. 팬들이 알면 얼마나 기분 나쁠까? 꿈에 유명 인물이 나타나면 운수 대통이라더니, 로또라도 살까 하다가 참는다. 열렬한 팬인 송중기 꿈은 한 번도 안 꿔봤는데, 임영웅은 왜 자꾸 꿈에 나타나는지 모르겠다. 큰딸 정이랑 한 살 차이 난다. 아들 같은 나이인데도 참 재미있다. 한번은 잠에서 깨어나 딸 진이한테 또 임영웅 꿈을 꿨다고 했다. 진이는 왜 그 사람이 임영웅이라고 생각하느냐며 아빠(남편)라고 했다. 예전에 TV에서 봤는데 죽은 사람 얼굴이 나오면 가슴 아플까 봐 다른 사람 모습으로 꿈에 나타난다고 했다. 내가 남편 보고 싶어 하니까 임영웅 모습으로 꿈에 나타난다는 거라고 했다. 복합적인 감정이 들었지만, 유명인이 꿈에 나타났으니 좋은 일만 있을 것 같은 예감이 들었다. 친구 숙이네 집에 가면 거실에 임영웅 사진을 도배해 놓았다. 숙이 아들이랑 동갑이다. 주책이라고 핀잔을 주면 숙이는 사진만 봐도 행복하다고 했다. 유튜브로 온종일 임영웅 관련 동영상만 보고, 임영웅이 광고하는 것은 거의 사는 친구다. 지금은 영웅시대라고 얼굴에 화색이 돈다.

지난 3월 8일. 분당에 있는 〈한국장애인고용공단〉 본사에 갔다. 자격증 딴 지 3년. 이번에 보수교육을 받지 않으면 자격증은 자동 취소가 된다. 그러면 처음부터 또다시 준비해서 3차 시험까지 거쳐야만 자격을 취득할 수 있다. 8시간 교육 받아야 한다. 눈치껏 자야겠다는 생각으로 갔다. 도착하니 9시 30분. 배치된 책상을 보니 잘 수 있는 환경이 아니었다. 6명씩 조를 짜서 팀별로 책상이 둥글게 배치되어 있었다. 책상 위에는 예쁘게 포장된 작은 떡 포장 박스가 있었다. 먹음직스러웠다. 아침 식사 든든히 하고 갔지만, 포장을 뜯었다. 떡을 맛있게 먹고 있는데 자꾸만 누군가가 나를 보는 게 느껴졌다. 여성분인데 경호원 같은 포스였다. '누구지? 공단 직원인가?' 떡 먹으면서 그 사람 시선을 의식했다. 내 곁으로 온다. "저 강사님! 송가인 닮았어요." 웃었다. 자주 듣는 말이라서 감사하다고 했다. 떡 먹다 말고 잠깐의 수다가 이어졌다. 내게 강의를 얼마나 했는지 물었다. 당당하게 2,000회가 넘었다고 했다. 화들짝 놀라며 그분이 큰 소리로 "어머나! 2,000번요? 오늘 강의는 제가 할 게 아니라 강사님이 하셔야겠어요." 아하! 강사구나! 강사들 교육하는 강사. 그분은 직원으로 보이는 몇몇 사람에게도 내가 송가인 닮았다, 강의 2,000번 했다는 것을 반복했다. 책상 위에 놓인 A4용지 몇 장이 있었다. 뒤적거려 보니 볼 게 별로 없었다. PPT 교안을 인쇄한 듯했다. 10시가 되자 공단 직원의 간단한 소개와 안내가 시작되었고, 이어서 경호원처럼 생긴 그분의 강의가 시작되었다. 키 175cm, 전직 수학 선생님, 2018년 공단 자격증 취득. 이정도 자신의 정보를 알려줬다. 짧게 말씀하신 PPT에는 강사 소개 달랑 한 줄이었다. 공단 자격 번호였다. 그

한 줄을 쓰기 위해 몇 시간 고민했다고 한다. 강의 준비하면서 참석하는 강사들에게 공감되는 부분을 찾았다고 한다. 같은 자격증을 가지고 있는 부분을 어필하기 위해 자격증 번호로 자기소개를 했다. 휘황찬란한 프로필보다 훨씬 멋있게 보였다. 이어서 자연스럽게 일상 속 자신의 경험을 이야기했다. 흥미로웠다. 에피소드와 연결 지어 장애인 편견에 대해 이야기하는데, 오프닝부터 내 마음을 사로잡았다. 바로 이론 들어가는 것보다 일상 속 이야기로 자연스럽게 접근하는 것. 나도 자주 쓰는 기법이다. 고개가 저절로 끄덕여졌다. 더 놀라운 건, 강의 교안이었다. 미리 나눠 준 교안에는 한 페이지 당 문장 한 줄이었다. 무늬도 색상도 그림도 없었다. 나처럼 PPT 잘 못 만드는 강사인가 보다 했다. 두 시간 강의에 열두 장. 문장 몇 줄. 이게 전부였다. 12페이지 이후는 공단에서 배포하는 바뀐 법이나 이론에 대해 나와 있었다. 시간이 지날수록 빨려 들어갔다. 강의 준비하면서 한 문장을 쓰기 위해 서너 시간 거리를 무작정 걷는다는 이미영 강사. 걸으면서 오감을 활용해 관찰하고 느끼고 생각하고 거기서 장애인이 되어 보기도 한다고 했다. 강의 준비할 때 많은 시간과 노력, 연구 끝에 교안을 만들어 내는 걸 알지만, 그 정도의 열정과 사랑, 땀이 있을 줄 몰랐다. 그 이야기를 듣고 한 페이지 한 페이지 넘겨보니까 문장 하나하나가 다 명언이고 그 분의 어록이었다. 한순간도 놓칠세라 필기하기 바빴다. 그분의 강의 듣는 내내 점점 나 자신이 부끄러웠다. 어디론가 숨어버리고 싶을 정도였다. 처음에 나한테 와서 송가인 닮았다며 이것저것 물어볼 때 괜히 2000번 이상 강의했다고 했다. 그분은 나보다 2년 늦게 강사가 되었지만, 내가 흘린 땀과는 비교도 안 될 만큼 깊이 있는 강의였다. 장애인에 대한 이해와 인권, 장애인 고용 창출을 위한 방법 등 이 정도면 괜찮고, 많이 안다고 생각했는데 나의 교만이었다. 쥐구멍에라도 들어가고 싶었다. 강의 스킬이며 청중을 사로잡는 비법. 대단한 기법은 아닌 것 같으면서도 거기에 참석한 공단 자격 강사들은 그분에게 스며들었다. 더 깊이 있는 강의를 하려고 노력해야겠다는 성찰의 시간이었다. 깊이 있는 강의! 깊이 있는 강사!

드디어 점심시간이다. 아침 식사도 했고, 떡도 먹었다. 그래도 남이 해주는 밥이 제일 맛있는 법. 공단 식사는 어떻게 나오는지 호기심 가득 안고 식당으로 갔다. 와! 시설도 좋고 위생관리가 철저히 되어 있었다. 줄을 서서 식판을 들고 배식하는데 새로웠다. 강사들과 수다 떨며 먹는 밥은 더 맛있었다. 점심시간 내내 우리는 오전 시간 강의 내용과 이미영 강사에 대한 이야기로 꽃을 피웠다.

오후 1시 10분. 또 한 분의 단아한 강사가 인사를 했다. 공단 직원으로 30년 근무. 전직 춘천 KBS 아나운서. 목소리부터가 남달랐다. 그분과는 '장애인 공감하기' 방법으로 네 시간 동안 함께했다. 우리가 간접적으로 장애인이 되어보는 프로그램이었다. 언어장애인 흉내, 지체장애인 흉내, 시각장애인 흉내 등. 그 과정에서 보는 사람, 듣는 사람도 어려웠지만 당사자인 장애인은 더 답답하고 힘들 거라는 것을 실감할 수 있었다.

영웅. 위대한 업적을 남기거나 나라를 빛낸 사람. 우리는 이런 사람을 '영웅'이라고 한다. 국민들의 감성을 자극해 오랜 무명 시절을 거쳐 대 스타가 된 임영웅. 어려운 가정 형편 속에서도 꿈을 향한 끊임없는 도전 정신. 배울만하다. 영웅 맞다. 장애인의 행복한 삶을 위해 단 한 줄의 문장을 만들고자 피나는 노력을 하는 사람. 청중을 사로잡는 마력을 가진 강의 기법. 이미영 강사. 내 마음속 히어로! 영웅이다. 이제 다시는 내 강의 회수를 자랑삼아 이야기하지 않아야겠다는 다짐과 겸손을 가르쳐 준 강사다. 영웅이 따로 있나. 이분이 영웅이지. 영웅이 따로 있나. 깨달음과 성찰의 시간을 통해 조금 더 확장해 나가고, 조금 더 성장 하고, 조금 더 오늘에 집중하는 나. 이런 나를 따라오려는 강사 한 명에게 나도 영웅일 것이다. 이미영 강사가 내게 영웅인 것처럼. 이 글을 읽고 있는 바로 당신도 누군가에게 영웅이다. 영웅이 되기 위해 강사가 된 것은 아니다. 하지만 나의 말과 행동이 누군가에게 동기부여가 될 수 있다는 믿음으로 연구하고, 또 연구하는 것! 단 한 사람이라도 변화시키고 싶은 준비와 열정. 내가 만나는 모든 사람이 내게 영웅이라는 마음으로 마음의 거리를 좁히는 것. 이것이 나의 강의 노하우다.

감정노동자의 삶이란

*

강사는 감정노동자다. 강사도 서비스직이기 때문이다. 자신의 감정을 숨기고 말투나 표정을 연기해야 하는 직업이다. 평정심을 유지해야 한다. 강사라는 직업을 가지고 강사를 키우는 강사가 되기까지 수많은 감정과 경쟁해야 했다. 앓아 누웠다가도 일어나야 했고, 슬픈 일이 있어도 웃어야 했고, 기쁜 일이 있어도 크게 티 내지 않아야 했고, 분통 터지고 억울한 일이 있어도 참아야만 했다. 그게 강사다.

2023년 9월 2일. 대전에서 〈국민강사교육협회〉 공저 1기, 공저 2기 출판기념회가 열렸다. 한 달 정도 준비하고, 시크릿 이벤트까지 준비했다. 가족 동방 행사라서 두 딸아이를 데리고 갔다. 대전으로 향하는 새벽길은 기쁨도 있었지만, 아픔도 있었다. 대표로서 자리를 해야 하는 내게는 값진 선물과도 같은 날이다. 1년 8개월 만에 공저 작가 20명 배출! 모두가 놀라워했다. 일찍 도착한 작가들은 무대 장치 준비 및 리허설로 한창이었다. 미리 주문한 꽃바구니와 꽃다발을 정리하며 그 속에서 추모용 국화꽃다발을 얼른 꺼냈다. 맨 앞자리에 그 꽃다발을 놓고, 공저 2기 책 《강사를 말하다》를 탁자 위에 올려놓았다. 그 옆에는 촛불도 켜놓았다. 두 달 동안 항암치료 잘 받고 출판기념회에는 꼭 참석하겠다고 약속했던 강민희 작가 자리다. 7~8월 약 두 달간 치료 잘 받으면 퇴원한다고 했던 강 작가는 끝내 약속을 지키지 못했다. 일주일 앞둔 8월 25일 밤 10시쯤, 하늘나라로 갔다. 아직도 믿기지 않는다. 미래가 비단길이었을 강사. 꿈을 꼭 이룰 수 있도록 돕고 싶었던 강사. 투병 중에도 강사로서, 작가로서 최선을 다했던 사람. 공저 2기 《강사를 말하다》 강민희 작가가 쓴 부분 148~149P 내용을 보면 마치 죽음을 예감했던 것 같아서 더 마음이 아프다. "적어도 삶의 끝자락에서 기억에 남는 순간이 하나도 없다면, 너무 슬프지 않을까"하며 매 순간 진심이면 된다, 적어도 그 시간이 나의 인생이 되고, 역사가 된다고 했다. 전혀 눈치 채지 못했다. 그렇게 심각한 병인 줄도 몰랐다. 서울 아산병원에 두 달여 입원해 있는 동안 지난 7월 25일 병문안을 가기로 약속했다. 자신의 그런 모습 보이고 싶지 않다고는 했지만, 그래도 아끼는 사람이고, 대표로서 당연한 도리라고 생각했다. 당일 오후 4시에 강의 마치고 나오니, 세무사 사무실에서 여러 차례 전화가 와있었다. 통화해 보니 그날이 부가가치세 신고 마감일이라며 몇 가지 서류 제출 요청을 했다. 그날 아니면 할 수 없는 일이었다. 강민희 강사에게 톡을 남기고 곧바로 돌아와 일을 처리했다. 다시는 돌아올 수 없는 날인 줄도 모르고 다음을 기약했다.

출판기념회는 성황리에 잘 마무리가 되었다. 국화꽃송이가 놓여 있는 자리만 보아도 울컥 울컥 가슴이 미어졌지만, 내 위치는 내색하면 안 되는 자리였다. 그날 수백 장 찍은 작가들 사진 속에 한쪽에 놓여 있는 국화꽃만 보이고 강민희 작가의 고운 얼굴은 보이지 않았다. 기쁨이 천 배 만 배 넘쳐야 했던 날, 슬픔이 더 컸던 날이기도 했다.

대학원 박사과정 수업 날이다. 교통 상황 고려하여 일찍 출발해서 가는데, 전화 한 통이 왔다. 정유미 강사다. 반갑게 받았다. 다짜고짜 통곡을 했다. 사고라도 난 줄 알았다. 강민희 강사가 어젯밤 하늘나라로 갔단다. 앞뒤로 꽉 막힌 도로에서 내가 할 수 있는 게 아무것도 없었다. 그냥 눈물만 났다. 수원에서 안동까지 약 세 시간가량 소요되는데, 돌면 또 그 자리고, 또 돌고 돌아 다섯 시간 넘게 걸려서 장례식장에 도착했다. 최근에 찍은 프로필 사진이라며 어떠냐고 물어보던 그 사진이 영정사진으로 나를 향해 웃고 있었다. 기절할 노릇이다. 누구나 부러워할 만한 외모, 인성을 지닌 45세 강민희. 고생만 하다가 얻은 병. 시댁이며 친정이며 가족에게 가장 역할하느라 투 잡도 아닌 '쓰리 잡'을 했던 강사다. 아무리 말리고 강사 일에만 매진하라고 해도 생계가 우선이었던 강사. 그렇게 우리 곁을 떠났다. 박사과정 수업에 가야 하나 말아야 하나 망설이기도 했던 날이다. 우리 협회에서 나 포함해서 10명이 함께 다니고 있는 학교에 내가 가지 않으면 안 되는 자리다. 조문을 함께 했던 강사들 앞에서 내가 더 무너지면 안 되겠기에 이를 악 물었다. 슬픔도 추모도 그 감정에 충실하고 싶었다. 그런데 우리 10명으로 인해 다른 학우들에게 피해를 주면 안 되기에 울 수도 웃을 수도 없었던 날이었다. 모두 힘든 감정을 억누르며 무사히 수업을 마쳤다. 만약 내가 거기서 더 울고, 쓰러지고 수업까지 망쳤더라면 어땠을까. 감정노동자의 삶이란 참 힘들다는 것을 새삼 깨달았다.

8월 11일, 새벽 3시. 벌떡 일어나 앉았다. 얼른 스마트폰을 꺼내어 '꿈 해몽' 검색을 했다. 제사지내는 꿈, 제사 음식 보는 꿈. 좋은 꿈으로 나와 있었다. 그런데 이상했다. 처음 보는 제사상이었다. 깊은 산 속에 정갈한 음식이 차려져 있었다. 상이 그렇게 큰 것도 처음 보고, 음식이 참 예쁘고 아름답다고 느꼈던 적도 처음이다. 파란 하늘 위에 강민희 강사가 나를 향해 밝게 웃고 있었다. 이상한 예감이 들었다. 수십 번 전화를 해도 전화를 안 받는다. 모닝 블로그 모임에 참석한 강사들에게 얼른 강민희 강사 가족들 연락처를 수단과 방법을 모두 동원해서 알아내라고 했다. 다행히 정유미 강사가 알아냈다. 위독한 상황, 항암 치료도 중단한 상황, 중환자실에 있어서 병문안도 힘든 상황이란다. 떠나기 보름 전, 나에게 마지막 인사라도 하듯 꿈에 나타난 강사. 장례 절차를 모두 마치고 강민희 강사 여동생이 단톡방에 감사 인사를 했는데 '나가기'는 하지 말라고 했다. 우리에게도 정리할 시간이 필요하다고.

"강민희 강사님! 하늘나라에서는 아프지 않을 거죠? 비록 떠났지만, 우리 마음속에는 항상 국민강사교육협회 명강사이고, 공저 2기 훌륭한 작가입니다."

떠난 자리를 누가 대신할 수는 없지만, 협회 대표로서 내가 할 일은 강민희 강사가 못다 이루고 간 꿈을 우리가 더 뛰고, 더 노력해서 그 자리를 빛내는 일이라고 생각한다.

6일간의 황금 추석 연휴다. 딸 정이 간호사 근무 스케줄에 맞추다 보니 어제 9월 30일, 시댁에 갔다. 남편 없이 지내는 명절이 46번째다. 이제는 그만 가고 싶을 때도 있지만, 애들 할머니이고, 남편을 낳아준 엄마니까 내 도리는 해야 해서 무거운 발걸음으로 운전대를 잡았다. 시어머니를 보자마자 눈물이 쏟아질 것만 같았다. 뵐 때마다 눈에 띄게 야윈 모습과 우리 기척에 맨발로 뛰어나오시는 모습이 짠하다. 얼마나 기다리고 계셨을지 알기에 뵙기를 잘 했다고 생각했다. 보기만 해도 서로 아프기만 한 관계. 여섯 시간 정도 머물다가 인사하고 다시 운전석에 앉는 순간, 참았던 눈물이 쏟아졌다. 조수석에 앉은 큰딸 정이도 펑펑 운다. 뒷자리에 앉은 작은딸 진이가 다들 왜 우냐고 했다. 나는 할머니 보면 그냥 가슴이 아파서 운다고 했고, 정이는 할머니가 드시는 약이 무슨 약들인지 아니까 눈물이 난다고 했다. 간호사니까 약 이름만 봐도 아는 모양이다. 살날이 얼마 남지 않은 것만 같은 시어머니. 그렇게 곱던 모습은 이제 찾아볼 수도 없고 그저 앙상한 뼈만이 가슴을 더 아프게 한다. 집에 돌아와서도 며칠은 더 아플 시간에 우울했다.

매일 아침 좋은 글과 희망 메시지를 찾아 〈국민강사교육협회〉 단톡방에 올린다. 10월 1일 아침, 전날의 기운이 여전히 남아 있었다. 강사들 감사와 감동의 댓글이 줄줄 달리는 걸 보면서 정신이 번쩍 들었다. 사적인 감정에 휩싸여 우리 협회에 우울한 기운이 전달되면 안 된다. 강사들이 가장 바쁜 시즌, 강사들을 도와야 한다. 나는 그런 자리에 있었다. 연휴지만 그 주에 내가 해야 할 일과 해야만 하는 일을 정리해서 순서를 정했다. 책상에 앉으니 평정심을 찾을 수 있었다.

감정노동자의 삶이란, 내 마음을 쉽게 들키지 않아야 된다는 생각이다. 쉽지만은 않다. 나도 사람이니까. 때로는 감정에 충실해야 하는 때도 있지만, 나로 인해 안 좋은 기운이 사람들에게 전달되면 안 된다고 생각한다. 그냥 강사만 할 때랑, 강사를 키우는 강사가 되었을 때를 비교해 보니 많은 변화가 왔다. 표정의 변화, 감정의 변화, 말과 행동, 모든 것이 솔선수범이어야 하는 리더의 자리. 완벽하지는 않아도 조금씩 변화하며 성장해 나가는 내 모습을 보니 누군가는 또 '내'가 꿈이 될 수도 있겠다 싶다. 새벽바람이 차다. 곧 붉은 태양이 빌딩 숲으로 고개 내밀 듯이, 내가 만나는 이들에게 희망의 메시지를 건네는 내 직업이 참 좋다. 사람이 자리를 만드는 게 아니라, 자리가 사람을 만든다.

Epilogue

마치는 글

강사 시크릿 노하우

지난 10월 26일. 강사 생활 8년 만에 나 스스로 가장 만족스러운 피드백을 했던 날이다. 전국 초등, 중등 교장 연수. 약 2주일간 진행되었던 연수 마지막 날, 마지막 시간에 500여 명 교장 선생님 대상 '웃음 힐링 융합 테라피' 라는 특강을 했다. 두 달 전에 교육 담당자로부터 섭외 전화를 받았다. 나를 찾기 위해 한 달 이상 고생했다고 했다. 영광이었다. 한 달 동안 그 강의를 위해 연구와 준비로 시간 투자를 했다. 자주 하는 강의지만, 모든 강의는 내게 특별하다. 그 인원을 들었다 놨다, 울렸다 웃겼다 반복하며 열정과 열광의 무대. 꽤 성공적이었다. 교장선생님들의 피드백도 아주 좋았다. 그 인원은 우리 협회 잠정 고객이다. 학교마다 꼭 해야 하는 의무교육이 있기 때문에 나의 영향력이 중요했다. 연말에는 섭외가 많은 프로그램이다. 그날 바로 블로그에 글과 사진을 올렸다. 예상대로 섭외 연락이 끊이질 않고 있다. "교장 선생님들은 제일 반응이 없는 사람들인데 사진을 보니 꼭 그런 게 아닌가 봐요." 정미경 강사가 내 블로그를 보고 한 말이다. 그렇게 생각하는 이유는, 강사가 강의 전 대상자 파악을 제대로 안 했기 때문이고, 자기가 하고 싶은 말만 잔뜩 했기 때문이라고 했다. PPT 펴 놓고 이론적인 전달만, 자기가 하고 싶은 말만 하고 그들이 진정 듣고 싶은 말이 무엇일지 연구를 안 해서 그렇다고 단호하게 말했다. 무안해 하는 정 강사에게 조금 미안했지만, 내 생각을 전달하고 싶었을 뿐이었다. 청소년, 군인, 공직자 등 강사들이 꺼려하는 대상자가 있다. 반응이 없다는 이유다. 그런 고정관념이 강사들 성장을 막는다고 생각한다. 예를 들어 '교장선생님들은 반응이 별로 없어.' 라는 생각을 체념하며 내가 강의 준비를 했더라면 이 강의가 성공적이었을까. 교장 선생님들은 대부분 중년이다. 20대 중반부터 시작했을 일. 거의 30년 동안 교직 생활을 하면서 학생, 학부모, 동료 선생님들과의 수많은 갈등 속에 얼마나 시련이 많았을까. 때론 교육계를 떠나고 싶을 만큼

좌절했을 일도 많았을 것이다. 그럼에도 꿋꿋하게 학생들 미래만을 생각하며 참아냈을 일. 그런 분들을 위해 진심으로 이해와 공감하며, 감사함과 존경심을 표현하는 일. 모두가 '하나' 가 될 수 있었던 시간이다.

피드백이나 반응이 다 좋은 건 아니다. 강의 경력, 경험이 늘어날수록 스스로 터득한 게 있다. 끊임없이 연구하며 지금까지 성공적으로 이끌 수 있었던 노하우. 나의 시크릿 몇 가지를 공개해 보겠다.

첫째, 교육 대상자 파악과 철저한 연구다. 섭외가 확정되면 내가 만나게 되는 교육 대상자가 어떤 분들인지 정확하게 알아야 그들에게 맞는 맞춤 교육을 준비할 수 있다. 연령대, 지역, 성별, 업무 등이다. 연령대에 따라서 그들이 좋아하는 것과 싫어하는 것이 무엇일지, 피해야 할 말은 무엇이며, 꼭 들려주고 싶은 말은 무엇인지 준비한다. 지역에 따라서 그 지역 특이 사항이나 유명한 것, 특산물 등을 알면 소통하기가 더 쉽다. 성별에 따라서도 남자가 많을 경우와 여자가 많을 경우 메시지 하나라도 다르게 준비한다. 업무 특성 상 어떤 보람이 있고, 어떤 스트레스가 많은지도 연구해서 내가 하고 싶은 말만 하는 것이 아

'웃음 힐링 융합 테라피' 라는 특강을 위해 연구와 준비로 많은 시간을 투자를 했다. 자주 하는 강의지만, 모든 강의는 내게 특별하다. 많은 인원을 들었다 놨다, 울렸다 웃겼다 반복하며 열정과 열광의 무대. 꽤 성공적이었다.

닌, 그들이 진정으로 듣고 싶어 하는 말이 무엇일지 연구하고 준비한다. 대상자에 따라서 오프닝 스팟부터 동기부여 메시지, 마무리 멘트까지 그들이 듣고 싶은 말이 무엇인지 철저히 연구하는 게 나의 비법이다. 현장에서는 교육생과 소통하는 교수법이다. 강사들이 SNS에 올리는 활동사진을 보면, 대부분 무대에 서 있다. 내가 추구하는 교수법은 언어적 소통은 물론, 비언어적 소통도 중요하다고 생각한다. 무대에만 있는 것이 아닌, 무대 아래 내려가서 직접 손도 잡고, 눈도 맞추고, 대화도 하면서 함께 웃기도 울기도 한다. 강의 평가 이야기를 들어보면, 대부분 다른 강사와는 차이점이 있고, 독특하다고 한다. 무대 아래 내려오는 강사는 거의 없었다고 한다. 몇 십 명일 때는 그나마 다 보이니까 상관없는데, 100명이 넘어가면 뒤에 있는 분은 눈에 잘 안 들어올 때가 있다. 그럴 때 무대 아래로 내려가 교육생과 거리를 좁히니까 좋아했다. 마음의 거리도 훨씬 가까워진다. 이렇게 대상자 파악과 연구를 철저히 하니까 강의 재요청도 많았고, 소개도 많았다.

둘째, 새벽 기상 비법이다. 강사가 되고 나서 8년째 휴일을 제외한 날은 무조건 새벽 4시 기상을 했다. 이 시간은 가장 늦게 일어나는 시간 기준이다. 새벽 2시나 3시에 일어나는 경우도 많다. 꼭 해야만 하는 일이 있는 날이다. 대부분 사람들은 전날 미리 일을 다 해놓고 자야 편하다고 하는데, 나는 한두 가지 일은 남겨놓고 자는 편이다. 그래야만 새벽 기상을 할 수 있다. 그 일을 안 하면 지장이 크기 때문에 안 일어나면 안 된다. 그러니까 새벽 기상 꾸준히 실천할 수 있었다. 또 다른 이유는 새벽에 나의 뇌는 가장 활발하게 움직이는 시간이기 때문에 집중이 최고로 잘 되고, 일도 척척 잘 된다.

새벽에 일어나서 가장 먼저 하는 일은, 좋은 기운 모으는 일이다. 강사는 강의 분야를 떠나서 사람들에게 꿈과 희망을 심어주는 동기부여 강사나 다름없다. '내' 가 좋은 기운, 좋은 에너지를 가지고 있어야 만나는 사람들, 교육 대상자들에게 그 기운을 나눠 줄 수 있다고 생각한다. 그래서 눈 뜨는 즉시 실천하는 게 있다. 일어날 때는 절대 머뭇거리지 않는다. 그냥 벌떡 일어난다. 그리고 날씨와 상관없이, 계절에 상관없이 창문을 활짝 연다. 창밖을 보면 고요함과 짙게 깔린 어둠속에서 우주의 기운을 느낄 수 있다. 가만히 눈을 감고 그 기운에 귀 기울이고 좋은 기운을 쫙 빨아들인다. 코로 숨을 쉬면 그 맛이 느껴진다. 그렇게 하니까 하루를 활기차게 열 수 있었고, 종일 다녀도 덜 지치고, 아무리 몸이 아프고 힘든 일이 있어도 강의 시작만 하면 언제 그랬냐는 듯 멀쩡해진다. 좋은 기운을 모아 모아서 좋은 기운을 가지고 전달하니까 교육 대상자들도 좋은 기운을 가지고 가는 것 같았다.

셋 째, 나누고 베푸는 일이다. 강사 일을 시작하면서 누군가의 도움이 절실히 필요했던 적이 한두 번이 아니었다. 교육 자료도 필요했고, 강의 스킬도 필요했다. 조언도 필요했다. 그때마다 손을 뻗기에는 여간 힘든 일이 아니었다. 어쩌다 도움을 요청하면 기꺼이 도와주는 사람도 있었지만, 거절도 있었다. 처음에는 원래 그렇게 하는 줄 알았다. 그렇게 힘든 시간을 경험하다 보니 강사의 애로사항이 무엇인지 알 수 있었다. 그래서 누군가 내게 도움 요청을 하면 도울 수 있는 건 도왔다. 강의 기법, 교육 자료 공유, 코칭, 기념일 챙기기, 상담 등. 그렇다고 무조건 다 돕는 건 아니다. 강사로서 더 성장하기 위해 치열하게 살아가는 사람들에게는 아낌없이 나누었다. 선배 강사로서 내가 아는 것과 노하우를 나누고 베푸니까 주변에 강사들이 모이기 시작했다. 사람 심리가 하나를 주면 하나를 받아야 기분

대상자에 따라서 오프닝 스팟부터 동기부여 메시지, 마무리 멘트까지 그들이 듣고 싶은 말이 무엇인지 철저히 연구하는 게 나의 비법이다.

이 좋은데 받기만 하는 사람도 있었다. 그런데 신기하게도 내가 좋은 마음으로 베풀면, 다른 곳에서 다른 일로 돌아 돌아서 내게 다시 돌아오는 것을 수없이 경험했다. 혼자만 잘 되려고 하는 것이 아닌, '함께' 잘 되기 위해 베푸니까 주변에서도 따라했다. 이는 선한 영향력이다. 강사라는 직업은 사회에 공헌하는 일이라고 생각한다. 힘들고 절망에 빠진 사람에게는 생명수와 같은 일이고, 어두운 사회를 더 살기 좋게 밝게 만들기 위한 강사들의 땀. 나누어야만 하는 일이다. 나에게 좋은 아이디어가 있거나 강의할 때 반응과 호응이 괜찮았던 것. 스킬을 공유하고 나누는 일은 곧 우리 사회를 위한 일이라고 생각한다.

이 외에도 블로그 포스팅 꾸준히 하기, 강의 전 리허설 하기, 강사 이미지 메이킹 신경 쓰기 등. 중요하게 생각하며 실천하는 게 있다. 이렇게 실천하는 노하우는 하루아침에 뚝딱 만들어진 게 아니다. 많은 시행착오를 겪기도 하면서 감동의 무대를 만들 수 있었다. 경험을 통해 연구하고 나만의 비법을 개발해 내기도 했다. 차별성, 전문성, 독특성. 이 세 가지에 '진정성'을 더하자는 교육 목표를 정하고, '교육에 마음을 더하여 마음과 마음을 잇는 축복의 통로'라는 슬로건을 정해서 실천하고 있다. 땀은 거짓말하지 않는다. 얼마만큼 땀 흘렸느냐에 따라 현재의 자리에 있을 테고, 얼마만큼 땀을 흘려야만 자신이 원하는 자리까지 갈 수 있는지 미래가 보인다. 내 삶이 강의이고, 내 강의가 삶인 강사! 나는 이렇게 매일 조금씩 성장한다. '김규인' 이름 세 글자만 들어도 알 수 있는 '국민강사'를 꿈꾼다.

나의 말 한마디가 누군가의 삶에 희망의 빛과 씨앗이 되고 싶다. 나의 말 한마디가 사람을 살릴 수도 있고, 내가 쓰는 문장 하나가 동기부여가 되는 그런 강사와 작가의 꿈을 꾼다. 엄마의 향기처럼 늘 보고 싶고 그리운 강사. 다시 만나고 싶은 강사. 오늘도 내 연구실에서는 끊임없는 도전과 열정이 솟아난다. 내 인생을 바꾸는 건, 내 하루를 바꾸는 것이다.

지은이 김규인

이 책은 내가 강사 생활하면서
직접 겪었던 이야기들이 소개된다.
초보시절부터 지금까지 성장하며
변화해 나가는 과정.
실수했던 일, 감동적이었던 일,
억울하고 속상했던 일, 행복했던 일 등.
모두가 소중한 재산이다.